Scandal in Spades
by Wendy LaCapra

英国一結婚から遠い令嬢

ウェンディ・ラカプラ
緒川久美子[訳]

ライムブックス

SCANDAL IN SPADES
by Wendy LaCapra

Published by arrangement with St. Martin's Publishing Group,
through Japan UNI Agency, Inc., Tokyo

英国一結婚から遠い令嬢

主要登場人物

キャサリン・スタンレー……………………〝もっとも結婚から見放された女〟と呼ばれる令嬢
ジャイルズ・エヴァーハート……………第三代ブロムトン侯爵。通称〝スペード〟
ファリング……………………………………ジャイルズの友人。通称〝クラブ〟
レイン…………………………………………ジャイルズの友人。通称〝ダイヤ〟
マーカム………………………………………ジャイルズの友人。キャサリンの弟。通称〝ハート〟
ジュリア………………………………………キャサリンの妹
クラリッサ……………………………………レインの妹。ジャイルズの元婚約者
リディア………………………………………ジャイルズの母

1

第三代ブロムトン侯爵、第一〇代ストレイス伯爵、第一二代ラングレー男爵など数々の爵位を持つジャイルズ・エヴァーハート・ラングレーは、ファリング卿とレイン卿を無視してマーカム卿を見つめた。マーカム卿は賭博場で有名な放蕩者の四人組に一番新しく加わったメンバーで、彼らはそれぞれカードの絵柄にちなんでスペード、クラブ、ダイヤ、ハートと呼ばれている。

マーカムはいつもうっすらと浮かべている笑みを消して、もともと色白な顔が蒼白になっているが、そんな反応を示すなどと、ブロムトンは予想もしていなかった。

「カードを置けよ、マーカム」

ブロムトンの言葉に、マーカムは無言のままだった。そして、すでに出してあった一〇の札の上にスペードのエースを置く。

「二一だ！　ちくしょう！　ハートの勝ちか」レインがテーブルをこぶしで叩いた。

「そうみたいだ」マーカムが返す。

「そうみたいだ、だって？」ファリングがずり落ちた眼鏡を押しあげてくっと笑い、くわえていたパイプを口から外してマーカムにうながした。「さあ、ブロムが何を賭けたか見てみるといい」

マーカムがブロムトンを見た。「そんなふうに黙っているなんて、いつものきみらしくないじゃないか、スペード」

「さあ、早く見ろよ。そんなふうに迫ったって、スペードが心の内を明かすはずがない」ファリングが手を動かしたので、煙が渦巻いた。

「クラブの言うことを聞いたほうがいいぞ。ブロムは冷静さのかたまりのような男だからな。亡くなったおやじさんとまったく一緒だ」そう言って椅子の背にもたれるレインの首巻き(クラヴァット)には、自分のあだ名に合わせてひと粒のダイヤモンドが輝いている。

「それぞれが何を賭けたかは明かさないまま勝負をするってことに、きみだって同意したじゃないか。今になって不満そうにするなんて、男らしくないぞ」ブロムトンは肩をすくめた。

マーカムが指で唇をこすった。「そうは言っても、あまりにもふつうじゃない」

「いいからさっさと紙を取れよ、ぼうや。達人と勝負をして勝つなんて、なかなかあることじゃない」レインが重ねてうながす。

「まったくだ」ファリングが鼻を鳴らした。「スペードが何を賭けたにせよ、それなりのものだろう」

煙草(たばこ)の煙のまじった空気が、ブロムトンの喉と肺を刺激する。賭けたのは、彼が持っているものすべてだった。

というより、亡くなった先代侯爵の血を引く者が受け継ぐべきものすべて、と言ったほうがいいだろうか。

「さあ、マーカム。そこに書かれているものは、もうきみのものだ」ブロムトンの声に脅すような響きがまじる。

「マーカムがあくまで見ようとしないなら、ぼくが代わりに読んでやる」それぞれが賭けたものを書いた紙の中から、レインがブロムトンのものを引き出した。

ブロムトンは立ちあがった。彼が自分たちの仲間ではなくなったと、メンバーたちはこれから知ることになる。いや、口に出して言うつもりはないが、そもそもブロムトンは一度も彼らの仲間ではなかったのだ。

「じゃあ、ぼくはもう寝るよ。マーカム、細かい話は明日しよう」一同に背を向けると、書斎へ向かった。

少なくとも朝までは、書斎を自由に使える。

今夜の勝負で、ブロムトンはひそかにカードを加えた。そういう行為は、負けるためだとしてもいかさまになるのだろうか。だが、どちらでも関係ない。今さら悩む必要はないのだ。不正を正したのだから。

ようやく。

ガチャガチャと耳障りな音をたてるナイフとフォークのように、耳の奥で母親の言葉が響いた。〝ラングレー家の名とブロムトン侯爵の名誉を盾に再婚を禁じられるいわれはないわ。

あなたは爵位を継ぎ強大な力を手にして冷たい人間になったけれど、その力は偽物よ。あなたは侯爵の血を引いていないんだもの〟

母親は彼に私生児という恥ずべき烙印を押したあとで懇願した。〝ブロムトン、わかってちょうだい。わたしが跡継ぎを産まなかったら、家系が途絶えてしまうところだった。どんな手段を使っても、妊娠しなければならなかったのよ〟

とはいえ彼には母の訴えが理解できず、ましてや許せるはずもなかった。

ブロムトン侯爵のローブをまとって議会に出席するようになるずっと前から、彼は爵位に伴う特権と義務の重さを叩き込まれてきた。どんな犠牲を払っても、脈々と受け継がれてきた血が持つ名誉と尊厳を守らなければならないということを。

ラングレーの名と名誉あるブロムトン侯爵の称号は、彼の人生の一分一秒に影響を与えてきた。このふたつこそ彼の本質だったのに、母親によって粉々に打ち砕かれたのだ。今の彼は抜け殻だ。崇拝する先祖たちの肖像画が見おろす中を地獄の番犬に追いかけられながら、ブロムトン城の廊下を呆然とさ迷い歩いている。

一度継いだ爵位を放棄することは許されていない。母親は先代侯爵の妻だったから、その子である彼は法的には正当な跡継ぎなのだ。だがブロムトン城の証書を調べたら、この不動産の所有権が相続の範囲を限定されていないものだとわかって、解決策がひらめいた。爵位を正当な血筋の人間に戻すのは無理でも、それに付随している資産はそうではない。

そこで家系図を細かく調べてみると、男系では血が途絶えているが、三代さかのぼると初代侯爵と同じ両親を持つ女性から連なっている血統にひとりだけ男の子孫がいると判明した。

それがマーカムだ。

カードでいかさまをするのは不名誉な手段だったかもしれないが、名誉に値する幕引きをするという究極の目的のために、すべてを捧げた一世一代の行動だった。ブロムトンは酒を飲み干すと、指のあいだでグラスの柄を行ったり来たりさせながら、正しいことをしたのだという満足感が込みあげるのを待った。だがそんな気配はなく、地獄の番犬の声は大きくなるばかりだ。

計画を無事行動に移して義務を果たしたにもかかわらず、気持ちはちっとも晴れない。何かが間違っているといういやな感じがよどんでいる。

突然、ドアが勢いよく開いて壁にぶつかった。

「マーカム。さっそく帳簿を見に来たのか？」現れた友人に声をかける。

若い伯爵は怒りに燃えた目を向けた。「今すぐ介添え人を選べと言いたいところだ」

ブロムトンはなんとか震えをこらえた。「なんだって？」

「聞こえただろう」マーカムが扉を閉めた。「いかさまをしたきみに決闘を申し込む権利が、ぼくにはある」

「負けるためにいかさまをしたっていうのか？　そんなばかげた話は誰も信じやしない」ブロムトンはあざ笑った。

「ああ、そうさ。そんなまねは気でも狂っていないかぎり誰もしない。だが、きみはどこからどう見ても正気だ。自分のすべてを賭けたあげく失った人間には、とても見えないよ」マーカムが部屋を横切って近づいてくる。

「ぼくは名誉を重んじるのさ」ブロムトンは言い返した。実際、彼に残されたものは紳士らしい行動を取るという矜持だけだ。

マーカムがさらに表情を険しくした。「ごまかさないでくれ。目を見てわかったよ。きみはぼくがスペードのエースを引くとわかっていた」鼻を鳴らす。「あのカードを引かせるなんて、あまりにも見え透いたやり方だ。しかし、それよりもわからないのは、どうしてすべてを賭けたかだ」マーカムは首を横に振った。「恥ずかしくないのか、ブロムトン。きみを頼りに生活をしている小作人たちはどうするんだ？　領地に責任を持って適切に運営していくことが貴族に生まれた者の務めだと言ったのは、きみじゃないか」

ブロムトンは顔をゆがめ、感謝の念をまったく見せない目の前の男を殴ってやりたいという苦々しい衝動を抑えた。小作人や領地の運営に関わっている使用人たちのことは、もちろん考えている。だからこそ、彼らが正当な血を引く者——彼らが何百年も仕えてきたラングレー家の血を引く者——に仕えられるようにしなければと思っているのだ。嘘に基づいて爵位を継ぐ者は自分だけにとどめなければならない、と。

「きみの非難はばかげているし、無礼きわまりない」

「ばかげているし、無礼きわまりないが、真実だ」マーカムが詰め寄る。

「いいか、マーカム。勝ったと認めろ。みんなで納得して始めた勝負だ。それぞれが金ではない最高のものを賭けて」ブロムトンは机の上で片方のこぶしを握った。

「城や土地をひっくるめたブロムトン侯爵領すべてだなんて、〝最高のもの〟という範囲をはるかに超えている！　レインが賭けた一対の葦毛の馬なら妥当だろう。ファリングが賭けた新しい二頭立て四輪馬車も。あるいはぼくが賭けた劇場のボックス席も」

劇場のボックス席が〝最高のもの〟と呼べるものなのかどうか、マーカムにはわからなかった。だが綿々と受け継がれてきた純粋な血統や名誉以上に、〝最高〟と言えるものはない。

マーカムが怒りのにじむ足取りで暖炉の前に行き、ブロムトンが書いた紙を火の中に投げ込んだ。「こんなものに意味はない」

オレンジ色の炎があっという間に紙を舐め尽くすのを見て、ブロムトンは名高い冷静さにひびが入るのを感じた。初めての感覚に心が乱れる。

一大決心で始めたことを、こんなふうに簡単に灰にさせはしない。

何カ月もかけて、マーカムを一人前の紳士に仕込んだのだ。いかさまの証拠はないのだから、どれだけ非難されようと引きさがるつもりはない。後ろで手を組んで足を開いて立ち、先代侯爵に鍛えられた鋼の意志を奮い起こす。

「いったん勝負に同意しているんだ。勝ちを放棄することはできない」ブロムトンは目に力を込めて、マーカムを威嚇した。「もしぼくが同じまねをしたらどうする？　レインやファリングがそうしたら？」

マーカムも足を開いて対抗する。なかなか学習が早い。

「いかさま勝負に同意した覚えはない」マーカムが反論した。

「勝負を続けたじゃないか」

「あくまでも主張を引っ込めないなら、きみのしたことをレインとファリングに話す」

ブロムトンは唇を引き結んだ。ファリングは一番古い友人だ。まじめすぎるきらいがあるブロムトンはファリングの快活さに救われてきたし、彼とのあいだには強い信頼がある。一方レインに対しては、彼の父親が死んだあと、いろいろと相談にのり助言してきた。たしかに最近は関係がぎくしゃくしているが、完全に断絶するとは考えられない。

「いかさまをしたなんて、認めるつもりはないね」

「きみが負うべき責任を肩代わりするなんて、ごめんだ」マーカムが返した。

「では、もう一度勝負をしよう。カップにさいころを投げ入れて、大きい目が出たほうが勝ちということにしないか？」

ところがマーカムは頑(かたく)なだった。「いやだ」

〝傷口を見つけ、血を止めるのだ〟先代侯爵が耳もとでささやいたかのように、頭の中にきびしい声が響く。

ブロムトンは息を吸いながら、マーカムを見つめた。いつも明るい伯爵が、こんなふうに怒りをあらわにするのは珍しい。彼の怒りにはもっと別の理由がある気がしてならない。何か……訴えたいことでもあるのだろうか。

「どうやら、ぼくの領地を受け取るつもりはまったくないらしいな。だが、何かほかに頼みたいことがあるようだ。そうじゃないか？」

マーカムが繊細な模様の絨毯に視線を落とす。「別の形でなら、負けの代償を払ってもらってもいい」

ブロムトンは眉をあげた。「別の形というと？」

「きみの母上が再婚したあと、ブロムトン領には女主人がいない」

「そのとおり」教養のある紳士同士の会話としては、こうとしか言いようがなかった。今、ブロムトン侯爵夫人は存在していない。未亡人も、通常の侯爵夫人も。彼は私生児だと知らされたあと、母親の再婚に対する異議を引っ込めた。といっても、それを母親が気にしているとは思えない。その後は母親とのいっさいの接触を断っている。彼女はなんと王子を証人に、絵描きふぜいと結婚したのだから。しかも、ただの王子ではない。礼節などまるで無視した浪費家でホイッグ党びいきの王太子だ。ブロムトンはひそかに身震いした。母親の数々の裏切りが胸に突き刺さる。

「侯爵夫人がいないからといって、きみにどう関係がある？」

「領地はいらないが、きみが欲しいんだ。姉をブロムトン侯爵夫人にしてもらいたい」マーカムが顔を赤らめた。

自分は本来書き入れられるべきではないと判明したラングレー家の家系図を、ブロムトンは思い浮かべた。たしかマーカムの名前は姉と妹のあいだにはさまれていたが、彼女たちには関心がなかったので、名前を思い出せない。

「財産はいらないと退けておきながら、ぼく自身が欲しいというんだな」ブロムトンは口もとに残忍な笑みを浮かべた。

「まあ、そうだ」急に自信を得たように、マーカムの声が力強くなる。「もしぼくが本当に運よく勝負に勝ったんだとしたら、きみは負けた代償を支払う義務がある。そうではなく、いかさまのおかげで勝ったんだとしても、やはりきみがぼくに借りがあることには変わりないんだ。領地はいらない。姉をもらってほしい」

ブロムトンは苦々しく笑った。「気を悪くしないでもらいたいんだが、見たこともない女性との結婚なんて考えられないな」

「気を悪くしないでもらいたいんだが、自分の資産すべてを賭けたきみがそんな常識を語っても説得力はない」マーカムが顎に力を込めた。「今この場で婚姻契約書に署名してくれとは言わない。だが結婚を前提に、真剣な気持ちで姉に求愛してもらいたいんだ」

どうやら目の前の若き伯爵にも、それなりに芯の強さがあるようだ。

「きみも知っていると思うが、ぼくとレインの妹のあいだには、いつか結婚するという暗黙の約束があった」

「過去の話だろう？」マーカムが唇を湿らせる。「今年になってからは、きみは彼女をどこへもエスコートしていない。〈ホワイツ〉の賭け帳でも、彼女はきみではなくセント・オールデン公爵と結婚するという予想が優勢だ」

アルコールを摂取する必要に駆られて、ブロムトンは飾り戸棚に向き直って扉を開けた。

もしクラリッサがマーカムの言うとおりセント・オールデンをつかまえたのなら、自分にとってこれ以上ほっとすることはない。それならレインもようやく、妹に結婚を申し込まなかったブロムトンを許してくれるだろう。クラリッサとの結婚は、先代侯爵がレインの領地にある鉱山に投資をしたときに決められた政略的なものだった。要するに、侯爵の投資に対する見返りとしてクラリッサと持参金が差し出されたのだ。ちなみに、その鉱山は今や着々と利益をあげている。ただし当時クラリッサがまだ学生だったため契約書に署名をして正式な婚約を交わすことはなかったのだが、それが幸いした。おかげで彼女を、ブロムトンとの関係から解放できたからだ。本当は名乗る権利のない家名をクラリッサに与えるなんて、彼にはどうしてもできなかったのだ。クリスタルのデキャンターがグラスの縁に当たって音をたてた。

……クラリッサだけではない。ほかの女性に対しても事情は同じだ。マーカムの提案はばかげている。ありえない。考える余地も……。

そのとき、頭の芯がすっと冷えた。

マーカムの姉はラングレー家の血を、ブロムトンはラングレー家の名を受け継いでいる。つまり彼女と結婚すれば、正当な血を引いた子が法的にも問題なくすべての財産を受け継げるのではないだろうか。

「姉上と言ったか？」ブロムトンはデキャンターを置いた。

マーカムがうなずく。「レディ・キャサリンだ」

「今まで紹介された覚えがないが」

「姉は社交界から離れている。とはいえ、噂を聞いたことはあると思う」マーカムが顔をしかめる。「少なくとも、ぼくは話したはずだ」

「覚えていないな」ブロムトンはマーカムを紳士に仕立てあげることしか頭になかったのだ。震えの止まった手で、ふたつ目のグラスに酒を注ぐ。「なぜ社交界から離れている？」

「洒落男のボウ・ブランメルに、英国一結婚から見放された女だと言われたからだ」

ブロムトンはマーカムにグラスを渡した。「結婚から見放された女だって？」

「今の姉はたしかにそうなってしまっている」マーカムがいらだった声を出した。「気のきいたことが言えるとうぬぼれた近侍の息子が、軽い気持ちでくだらないことを口にしたせいで」

「ブランメルの軽口には、力のある男たちでさえ破滅に追い込まれてきたからな」

「ブランメルの意見が気になるかい？」

ブロムトンは考え込んだ。「まあ、それはなんとか折りあいをつけられると思う。もちろん、妻の評判に傷がなければないに越したことはないが」だがレディ・キャサリンと結婚すれば自分の葛藤はきれいに解消し、このグラスの中の血のように赤い液体を飲むより至福の気分に浸れる。「ところで、その姉上だが……？」

「容姿はどうなのか知りたいのか？　自分で見るといい」マーカムがベストのポケットから細密画を取り出した。

ブロムトンはグラスを置いて、肖像画を受け取った。

レディ・キャサリンは、マーカムと同じはしばみ色の目をしていた。だが弟と違って女らしい頬は若々しく健康的な薔薇色に輝き、それを赤褐色の巻き毛が囲んでいる。そしていかにも貴族的な鼻の下にある熟れたサクランボを思わせるふっくらとした唇は、まるでブロムトンを誘っているかのようだ。

彼は目をしばたたいた。どうやら、女性と関わらずに過ごした期間が長すぎたらしい。明らかに。

あるいは間違いを正さなければという思いが強すぎて、自制心が弱まっているのだろう。だがこんなときだからこそ、心を強く持たなければならない。レディ・キャサリンとの結婚を受け入れると決めたら、いやがうえにも慎重にことを進めなければならないのだ。

「その肖像画は姉に生き写しだ」マーカムが言った。

「なかなか……魅力的な女性だが、頭がおかしいということもありうる」ブロムトンが顔をあげると、マーカムにむっとした表情でにらまれた。

「姉は頭がおかしくなんかない。いわれのない不名誉な軽口を、毅然として受け止めてきたんだ」

なぜかブロムトンは、気づかないうちにレディ・キャサリンを守るように肖像画を手で包んでいた。「どうしてブランメルはそんな軽口を？」

「婚約が二度だめになったからさ」

要するに、スキャンダルだ。ブロムトンはスキャンダルが何よりも嫌いなのに、母のせいですでにその渦中にある。

「詳しく教えてくれ」

「最初の相手は、セプティマス・チャンドラー。ぼくたちが住んでいる村の牧師の息子だ」

「身分が下だな」

「そうとも言えない。牧師は伯爵の末息子として生まれたからね。それに少なくとも姉にとっては、愛が実っての婚約だった」

マーカムは愛なんてものを信じているのだろうか。「だがふたりは結局、祭壇の前まで行き着けなかった」

マーカムが息を吸って言う。「ああ、そうだ。チャンドラーが死んでしまった」

「そうか」ふたりが結婚できなかった悲劇的な理由を聞き、ブロムトンは一瞬、自分を恥じた。ほんの一瞬だが。「ふたりめは?」

「カートライト子爵だ。カートライトは愛人の名誉を守るために決闘をして、結婚式の前の夜に、彼女とインド諸島に駆け落ちした。父はやつの父親のメリウェザー伯爵に慰謝料を請求して、その金はキャサリンが受取人の信託になっている」

その事件については、ブロムトンも覚えている。少なくとも、メリウェザーがなんらかの家庭の事情でトーリー党の重要な議決を欠席したことは記憶していた。

「運悪く結婚できない状況が続いただけで、彼女の責任じゃないな」

マーカムはグラスの酒をひと口飲んだ。「ブランメルが余計な軽口を叩いたあと、みんながあれこれキャサリンの噂をするようになったんだ。それはもう、ひどかったよ」

ブロムトンは肖像画を握る手に力が入り、指先がどくどくと脈打った。「社交界を離れてからも、何かスキャンダルはあったのか？」

「ない」マーカムはやりきれなさと姉への愛情を同時に浮かべながら、暖炉のほうを向いた。「あれから五年間、姉は一族の領地の運営を手伝ってくれている。妹の面倒を見て、領地に関わる問題のほとんどをぼくの手をわずらわせずに解決してきただけでなく、小作人の子どもたちに毎週読み書きを教えてきた」

「充実した生活を送っているようじゃないか。どうしてぼくの出番が必要なんだ？」

「きみにもわかると思うが、ぼくはいつか結婚しなくてはならない。そうしたら、姉は女主人として今持っている権限をすべて失ってしまう」マーカムが顔をあげる。「その状態で一緒に暮らしつづければ、みじめな思いをすることになるだろう」

「それで代わりに、彼女にぼくの領地を与えようと思いついたのか？」

マーカムは一瞬息を止めたあとうなずき、決まり悪げに指摘した。「きみだって結婚しなくちゃならないだろう？　それに姉ときみはきっと気が合う。姉は知れば知るほど、よさがわかってくる女性なんだ」

とにかく目の前の若者は、自分に依存している姉を厄介払いしたくてブロムトンに押しつけようとしているわけではないらしい。姉に充実した未来を与えようとしているのだ。

ブロムトン家の領地を管理するという、充実した未来を。

ブロムトンが亡き先代侯爵の遺志を受けてクラリッサを妻にすると信じて疑わなかった彼女とその兄の希望を、彼は打ち砕いた。そして、いかさま勝負でマーカムにすべてを渡し、残りの人生を隠遁して孤独に生きていくつもりだった。それなのにその計画を反古にして、ひとりの女性にすべてを賭けてしまってもいいものだろうか。それも世間の人々から人間性に疑問を持たれている女性に。

指にはめている印章つきの指輪が蠟燭の光を受けてきらりと光り、不貞がどういう結果を生むものかを思い出させる。だがわきあがる不安を打ち消すと、今の身分と力を持ちつづけられる見通しに希望が息づきはじめた。

ブロムトンは内心とは裏腹な、そっけない笑みを浮かべた。「レディ・キャサリンはきみの計画に同意すると思っていいんだな?」

「いや、まさか!」マーカムが声をあげる。「ぼくがカードの勝負で花婿を手に入れたと知ったら、姉はぞっとするだろう。ぼくが余計なまねをして、ひどいことになった前歴があるし」

なんてこった。「では、どうやって彼女に求婚を受け入れさせろと?」

「そうだな……まずは、ぼくと一緒にサウスフォードに来てもらうのがいいと思っている」

「白馬の王子よろしく乗り込んで、その気のない姉上を夢中にさせろと?」

「まあ、そんな感じだ」マーカムは顔を赤らめるだけのたしなみは持ちあわせていた。「だがうまくそうなれば、きみはこの世にふたりといない忠実な女性を手に入れることになる」

忠実だって？　まるで外国語でも聞いたかのように、頭の中にその言葉が反響する。ブロムトンは大きく息を吸った。なぜかはわからないが、背後に張りついていた地獄の番犬の声が消えている。自分という人間の本質を否定されて何カ月か経つが、以前のままの自尊心はことあるごとに頭をもたげ、彼を嘲笑していた。それが鎮まって静けさが訪れたことは、泣き伏したいほど素晴らしい。

自分にとって、これ以上魅力的なことがあるだろうか。

ブロムトンはマーカムに断ることなく、肖像画をベストのポケットに入れた。そのとき背筋を駆けあがった震えが運命からの祝福なのか、警告なのかはわからない。だがどちらにしても、今の彼にはこれ以上の選択肢はないのだ。血と名誉と尊厳という至高のものを、この国一結婚から見放された女に賭ける。

「こんなふうに利用されるのは面白くないな」

「それでも、受けてくれるかい？」マーカムが訊いた。

「きみがオールドミスの姉という重荷から解放されるよう、努力はしてみ――」

「ありがとう」マーカムがブロムトンの言葉をさえぎった。

「ただし条件がひとつある。もしうまくいかなかったら、領地を受け取ってもらいたい」

マーカムが顔をしかめる。「どうして？」

「借りは必ず返す主義だからさ」ブロムトンはしっかりと目を合わせて言った。

「わかった」マーカムが小さくうなずく。「だがこんな同意にたいした意味はない。きみはきっと成功するよ」

そうだろうか。

いや、成功させるのだ。

ブロムトンは冷酷な侯爵の血は引いていないかもしれないが、生まれたときからその精神を叩き込まれている。だから欲しいものを手に入れることに、ためらいはない。そしていったん手に入れれば、自分のものとしてとことん支配する。

オールドミスひとりを手に入れるくらい、たいした手間ではないだろう。

「パーシヴァル・ウィリアム・ヘンリー・スタンレー」キャサリンは怒りのあまり声を震わせた。弟のことは愛しているが、懲りずに結婚させようとするやり口は許せない。そんなものはごめんこうむる。

弟の手紙をくしゃくしゃに丸めてみても、気持ちはおさまらない。朝から書きものをしていたインクも乾いていない紙を放り出すと、妹のジュリアの横をすり抜けて窓辺に行き、窓枠にもたれて外を見つめた。

サウスフォード邸の裏側に細長く広がっている図書室は、キャサリンにとって昔からやすらげる場所だった。象牙色の本棚にぎっしり並んでいる宝物のような革表紙の本や、床から天井まである大きな窓から見える風景――堂々としたブナの木が曲がりくねっている道の両側を左右対称に縁取っているサウスフォードの風景――がいつも心を慰めてくれた。

遠くの丘の上には、母親のお気に入りだったギリシア風の装飾目的の建物(フォリー)がかすかに見え、隠れ垣の向こうでは羊たちが幸せそうに草を食(は)んでいる。羊たちが幸せそうなのも当然だ。彼らは余計なまねばかりする弟に邪魔をされることがないのだから。

キャサリンが吐く息で、窓ガラスが曇った。

どうしてマーカムはわからないのだろう。彼の助けなど求めていない。本で読んだ一節に従って生きることに、満足しているのだと。〝たとえ荒野に住むことになろうとも、わたしは欲求を抑え自立して生きていく〟という一節に。

もちろん完全に自立しているとは言えないが、サウスフォードにいるかぎり、世間から屈辱を味わわされることはない。だがキャサリンがこれまで手放してきたものや拒絶してきたものをすべて無視してマーカムが自分の主張を通したら、彼女はふたたび世間の悪意にさらされるだろう。ブランメルが冷たい視線を向けて薄ら笑いを浮かべながら放ったひとことで、彼女の未来を叩きつぶしたあの晩と同じように。

思わずうめき声が漏れ、キャサリンは冷たいガラスに顔を押し当てた。

「マーカムは今度は何をしたの？」ジュリアが尋ねた。

「まだしていないわ。これからしようとしているの」キャサリンは振り向いて、くしゃくしゃにした手紙を振ってみせた。「金曜日に、サウスフォードへ戻ってくるんですって」

座っているジュリアが両肘に体重をかけ、片足を椅子にぶつける。「それっていい知らせじゃない?」

「パーシーはひとりで戻るんじゃないのよ」キャサリンは陰鬱な声で返した。

「マーカムはお姉さまにパーシーって呼ばれるのを嫌っているわよ。ところで、どうして誰かを連れてきたらいやなの? そもそも、そんなことは初めてじゃない?」

本当に、どうしてこんなにいやなのだろう。外から来る人間は昔の噂を呼び起こし、過去をよみがえらせるからだ。ようやくスキャンダルがおさまりかけているのに、平和な生活が脅かされてしまう。

でも、こう説明してもジュリアには理解できないだろう。キャサリンの〝スキャンダル〟当時、妹はほんの子どもだったのだから。

「パーシーは前に一度、友人を連れてきたことがあるのよ」キャサリンは説明した。「その友人はパーシーとの友情を利用して、悪名高い姉を見物しに来たの」

あの鼻持ちならない気取り屋は、珍獣見物にやってきたのだ。世間で噂の女を征服したと自慢できる機会を手に入れたと、舌なめずりしながら。〝一ペニー。結婚から見放された乙女が一ペニーで見られますよ、旦那。お持ち帰りなら半クラウン〟

「誰かが来たことなんて、あったかしら」ジュリアがいぶかった。

「ええと、何年前だったか……かなり前よ」三年? 四年? いや、キャサリンが社交界を離れてもう五年になる。彼女は顔にかかった髪を耳にかけた。

「キャサリン、ほっぺにインクがついているわよ」

「あら、そう?」手を開くと、指のあちこちに黒々としたしみがついていた。それが顔に移ったのだとわかって、頬が熱くなる。そういえば、最後のほうはインクが少し薄いように感じたのに、教本の書き写しを続けてしまったのだ。

おそらく、自分はちっとも変わっていないのだろう。強情で衝動的で愚かだった昔のまま――。

ジュリアが布を持って近づいてきた。キャサリンの手からマーカムの手紙を取り、インクのついた頬を拭く。

「お姉さまって、そんなに悪名高いの?」

ジュリアの声からは、これまで生きてきた一八年間という時間では、世間に広く知られる〝有名〟と、周りじゅうから非難を向けられる〝悪名高い〟の違いが実感できないのだとわかる。

「そうよ」キャサリンは返した。

ジュリアは納得しきれない顔のまま、くしゃくしゃになった手紙とインクを拭き取った布を机に戻した。「婚約したけれど結婚しなかった女性はほかにもいるでしょう? それでも何ごともなく立ち直っているわ」

「わたしの場合は二回だから」

正確に言えば、婚約を破棄された二度目と相手が死んだ一度目とでは事情が違う。一度目のときは、本当につらかった。

キャサリンは心の痛みを抑えて続けた。「それに、そんな単純な話ではないのよ。わたしだって立ち直っているわ」少なくともだいたいは。「でも、評判は回復していない」

「王太子のいやらしい友人に英国一結婚から見放された女と言われたというだけで、本当にロンドンに戻れないっていうの？」

「英国一ではないわ。イングランド一よ」キャサリンは訂正した。

ジュリアがにっこり笑うと、いつかなるであろう成熟した女性の姿が垣間見えた。キャサリンはインクがついていないほうの手でジュリアの茶色いおさげを持ちあげると、肩にのせて優しく撫(な)でた。

妹には、急いで大人にならなければならないはめに陥ってほしくない。

ジュリアは来年社交界にデビューするが、簡単に人を信用しすぎる。警戒心がなく、あまりにも開けっぴろげなのだ。今日よりも明日、明日よりもあさってはいい日になると、心から信じている。

要するに、昔のキャサリンとそっくりだ。

「運悪く婚約が結婚まで行き着かなかっただけなら、しばらく田舎で静かに生活したあと二、三年で社交界に復帰できたでしょうね。でもボウ・ブランメルの余計な軽口が、わたしの評判を救いようがないところまで貶(おとし)めてしまったのよ。お願いだから、わたしの過去を教訓にしてね」

「でも、やっぱり信じられない。たったひとことで破滅するなんて」ジュリアは頑固に言い張った。

「そのひとことが人の好奇心を掻き立てるものだった場合、残念ながら致命的な結果につながってしまうのよ。一度婚約破棄をされただけでもね」結婚まで行き着かない婚約が二度続いていれば、なおさらだ。

ジュリアが唇を噛んだ。

キャサリンはその表情をよく知っていた。どんなことを考えている表情かを。

ジュリアが目を見開いて問いかけた。「じゃあ、もし今回お兄さまが連れてくる人がすべてを変えてくれるとしたら？　お姉さまが昔聞かせてくれたおとぎ話に出てくる王子さまみたいに」

「この状況が変わるなどという望みはとっくに捨てたわ」キャサリンは眉をあげた。「おとぎ話に出てくる王子さまが現実に存在するなんて考えも」

「ねえキャサリン、もしマーカムの連れてくる人がすごくすてきな人だったらどうする？」

ジュリアはあきらめなかった。

「もう、ジュリアったら――」

「最後まで聞いて」ジュリアはキャサリンの口を指で押さえた。「もし彼とお姉さまが一瞬で恋に落ちて、結婚してほしいと言われたら？　お姉さまが結婚したら、王太子の友人が間違っていたという証明になる？」

キャサリンはジュリアの手をどけた。「ありえないわ」胸が締めつけられるのを感じながら否定する。彼女はかつて恋に落ちた。激しい恋に。でも愛した相手は亡くなった。そのあとのカートライト子爵とのいきさつは、彼女に二度目のチャンスなどないのだという証拠ではないだろうか。

それなのに、三度目のチャンスがあるなんて誰も信じない。

「どうしてありえないのよ。結婚しさえすれば、世間のみんなもお姉さまに対する見方を改めるしかなくなる。口さがない噂は消えるわ！　そうなったら、わたしがロンドンに行って女王さまの前に出るとき、お姉さまについてきてもらえるでしょう」

そう来たかと、キャサリンはちらりと笑みを浮かべた。ジュリアとは何を話していても、たいてい最後には妹自身の話に行き着く。「その話は前にもしたでしょう？　わたしは一緒に行けないって」

ジュリアは腕組みをした。「お姉さまがちゃんとした結婚をすれば、一緒に行けるわ」

キャサリンはうめいた。「もちろん、それはそうだけれど――」

「あっ、ごめんなさい。お姉さまはまだ、最初の婚約者の死から立ち直っていないのね？」

「なんですって？　違うわ。そんな……」キャサリンは言葉を切って言い直した。「とっくに立ち直っているわよ」大きく息を吸って続ける。「もし自分の評判を犠牲にしてまで、わたしの評判を救おうという高潔な男性がこの世に存在するとしても……」

そしてその男性が、キャサリンにとって自分が初めての男ではないかもしれないという疑いを持ちつつも結婚を推し進める強い意志を持ち、なおかつ彼女が抱えてきた秘密を許せるくらい広い心を持っていたとしたら？

　キャサリンは唇を引き結んだ。そんな男性はこの世に存在しない。

「存在するとしても？」ジュリアが無邪気なふりをして先をうながした。

　キャサリンは攻め方を変えた。「ジュリア、もしわたしが今度来る正体不明のお客さまに少しでも興味を示したら、何が起こると思う？」

　ジュリアが眉をあげる。「結婚？」

「いいえ。マーカムがしゃしゃり出てくるわ」キャサリンは両手を腰に当てた。

「しゃしゃり出る？」

　キャサリンはジュリアに鋭い視線を向けた。「あなたと同じようにマーカムも、わたしの問題は結婚すればすべて解決すると思っている。だからわたしがちらりとでも興味を示せば、マーカムは友人にどうするつもりなのか問いただすでしょうね」

「そして結婚ということになる」ジュリアは言った。

「いいえ、その友人は笑うわ」

　ジュリアは眉間にしわを寄せた。「どうして笑うの？」

「なぜなら、彼も前に来た人と同じように感じるはずだからよ。彼がわたしみたいな汚れた評判を持つ女と結婚すると思うなんて、ありえないって。とくに同じ貴族の男性がそんなことを考えるなんて、啞然とする以外にないって」

ジュリアの眉間のしわが深くなる。「それって大げさに言っているんでしょう？」

「そう思う？　じゃあ、昔マーカムの友人が言ったことを教えてあげるわね」キャサリンは声音を変えた。「〝スキャンダルは単なるゴシップ以上のものだ。そういうものにさらされた女性に対しては、判断力だけでなく女性としての価値そのものにも疑問を持たざるをえない〟」最後の部分で声が震えてしまった。思い出すと、今でも胸が痛む。マーカムの友人に気のあるそぶりなんて、彼女のほうからは一度も見せなかったというのに。

「マーカムに言ったら怒ってくれたはずよ！　きっと決闘を申し込んだわ！」ジュリアが憤慨して叫んだ。

「ばかなことを言わないの」キャサリンはたしなめた。「マーカムは分別があるから、そんなまねはしないわ。清らかな身じゃないかもしれないオールドミスのために、命を賭けて戦う人なんていやしない」乱れそうな呼吸を整える。「けれどもマーカムは腹を立てたでしょう。その友人とはきっぱり縁を切ったかもしれない。でもそんなことになれば、世間はもっといろいろ噂したはずよ。わたしの評判はさらに地に落ち、別の場所で身をひそめなければならなくなったでしょうね。あなたは親戚のところに送られたかもしれない」

「本当にそう思う？」ショックを受けたジュリアがささやいた。

「もちろんよ。あのとき、マーカムとわたしはそうすべきかどうか話しあったんですもの」

ジュリアがぞっとしたように目を見開いた。「そんなことになる前に、マーカムの友人を追い返さなくちゃ。でもどうすればいいの？」

「苦境に陥らせてやるのよ」

ジュリアが顔をしかめ、首をかしげた。「苦境って？」

「ふう。あなたの語彙を増やす方法を考えなくてはね」

ジュリアは手を振って、姉の言葉を退けた。「今はマーカムの友人の話でしょう？　それにイアンは、わたしのしゃべり方はすごく上品だって言ってるわ」

キャサリンの頭の中で警鐘が鳴った。「イアンですって？　ミスター・リントンのところの長男のこと？」

ジュリアがなんでもないというように手を振る。「お姉さまが小作人の子どもたちに読み方を教えているとき、少し話したの。毎週日曜に、授業が終わるのを待つあいだ。イアンは弟を連れて帰ることになっているから。トミーよ。知っているでしょう？　あの頭の回転の速い子」

「ええ。知っているわ」キャサリンは手を握って唇に押し当てた。

自分の身に迫った危険は頭から消え、ジュリアのことしか考えられなくなる。

読み方の授業をジュリアに手伝わせていたのは責任感を養うためで、貞操を危険にさらすためではない。どうしてジュリアが授業を抜け出していたことに気づかなかったのだろう。姉である自分が気を配り、日曜の礼拝のあとも残っている若者たちに目を光らせていなければならなかったのに。

やはりキャサリンは、妹によい影響を与えていないのかもしれない。

「どうしてそんなふうに顔をしかめているの？　わたしが村の若者たちに、スカートを持ちあげて足首を見せたみたいじゃない」ジュリアがスカートを撫でつけた。

「足首を見せることをそんなふうに軽々しく冗談にしているのをマーカムに聞かれたら、あっという間にさっき言ったように遠い親戚のところへやられてしまうわよ」

ジュリアはぶるりと身を震わせた。「絶対に行かない」

「それならイアン・リントンと話したことは、絶対に口外しないほうがいいわ。ねえジュリア、本当のことを言ってちょうだい。イアンはあなたと親しくなりたいようなそぶりを少しでも見せた？」

「まさか！」ジュリアが心からショックを受けた様子で、身を固くする。

「気をつけなくてはだめよ。若い男性は女性の言葉ではなく仕草から気持ちを読み取ろうとするんだから」キャサリンはほっとして、気がつかないうちに詰めていた息を吐いた。

「イアンとは何度か話をしただけ。別にこそこそと郵便馬車の馬小屋の裏で会っていたわけじゃないもの」ジュリアがくすんと鼻を鳴らした。

「なんですって？」キャサリンは思わず大きな声を出した。「郵便馬車の馬小屋の裏で男性と会うのがどういうことか、あなたは知っているの？」

「いいえ、全然。でもお姉さまは、わたしよりよく知っているみたい」ジュリアはにやりとして言うと、本をつかんでキャサリンの手の届かない場所へ逃れた。

キャサリンは天井を仰いだ。「お仕置きをしてやりたいところだけど、やめておくわ。とはいえ、あなたにはときどき本当に腹が立つ」

「あら。わたしはお姉さまを助けようとしているだけなのに。それで、苦境について話していたんじゃなかった?」

なんと姉思いな妹だろう。「もう階上に行きなさい。勉強の時間よ」

「ラテン語なんて、死んでいる言葉じゃないの!」ジュリアが吐き捨てる。「お姉さまの言う苦境のほうがずっと面白そう。ねえ、いい考えが浮かんだわ」手に持っている本を見おろす目に、新たに興奮の色が浮かんでいた。

キャサリンは首を横に振った。「お願いだからやめて」

「お姉さまも賛成するわよ。マーカムの友人が前の人みたいにいやなやつで、本当にイングランド一結婚から見放された女を見るためだけに来るのなら、予想どおりのものを見せてやればいいじゃない」

わきあがる興奮に、キャサリンの両腕に鳥肌が立った。「どういうこと?」

「その男性が即座に逃げ出したくなるような女を演じるのよ。口やかましいオールドミスのふりをするの」ジュリアが目を輝かせながら説明した。

大きな白いキャップをかぶって甲高い声で礼儀作法を説く自分の姿と、それを見てぞっとした表情を浮かべている伊達男の顔がキャサリンの脳裏に浮かんだ。

「ね、絶対にやらなくちゃ! そうすればお姉さまが彼を誘惑しようとしたなんて、誰も言いがかりはつけられないわ。それに想像してみて。すっごく面白いから!」ジュリアは手を叩いた。

たしかに面白そうだった。独創的で衝動的で大胆。でも、どう考えても間違っている。

「練習しましょうよ」ジュリアがうながした。

「練習ですって?」

「わたしをマーカムの友人だと思って」

「いやよ」

「わたしにはいつも練習しろって言うくせに」

「ピアノの話でしょう? それとこれとは違うわ」

「違うってどこが? 何かを上手になって自信をつけたいなら、練習が必要でしょう」自分の言葉に納得したようにジュリアがうなずく。「お姉さまがいつもわたしにわからせようとしているのは、そういうことよね?」

「ときどきは、わたしの言うことも聞いているのね」キャサリンは皮肉った。

「いつも聞いているわよ。さあ、やってみて」ジュリアがキャサリンの手を取り、お辞儀をした。「こんなに魅力的な姉上がいるなんて、マーカムは教えてくれなかったな」

「やめてよ、ジュリア!」

妹が明るく笑う。「わたしは素晴らしい女優になれるって、イアンが言うのよ」

「まったく、あなたには驚かされるわ」イアン・リントンとは一度きちんと話をしようと、キャサリンは決意した。「さあ、もう階上に行って勉強に取りかかりなさい」ジュリアの肩をつかんで体を回し、ドアの前まで押していく。

ジュリアの熱意には伝染力がある。だがその熱意に抵抗したほうがいいことは、過去の経験からわかっていた。

「わかった、行くわよ。おとなしくね。ラテン語では〝ケデーレ〟だったかしら。ただし、わたしの計画について考えてみると約束してちょうだい」ジュリアがくるりと振り向き、声をひそめて心底いやそうに言う。「ほとんど知りもしない親戚のところに行かされるなんて、絶対に無理だから」

急に涙が込みあげ、キャサリンは目をしばたたいた。「そんなことはさせないわ」

ジュリアに言ったことは、まったくの嘘というわけではない。自分のせいで妹の評判まで損なわれることを、ずっと恐れてきた。そしてスキャンダルを再燃させないよう静かに暮らしてきたおかげで、何ごともなく過ごせていたのだ。今までは。

「じゃあ、わたしの計画について考えてみてくれるのね？」

キャサリンは喉につかえているかたまりをのみくだした。「あなたを不幸にしないためなら、わたしはなんだって考えるわ」それは正直な気持ちだった。

ジュリアはうれしそうに笑うと、本を持って階段に向かった。「ケデーレ！」

元気のいい〝ケデーレ〟は〝おとなしく〟という言葉の意味と矛盾している。キャサリンは額をこすり、呆然としたまま図書室の中に戻った。窓枠に寄りかかって、ふたたび遠い丘の上のフォリーを見つめる。

母のフォリーを。

母親が生きてここにいてくれたら。今相談できる相手といえば、マーカムしかいない。

キャサリンは顔をしかめた。マーカムもジュリアと同じで、自分の行動にどれほどの危険が伴うかを理解していない。たとえ今回弟が連れてくる友人がまともな紳士だったとしても、キャサリンには絶対に結婚できないひそかな理由があるのだ。つまり、真実は世間の噂からそう遠くない。

マーカムの友人がキャサリンに興味を持ちすぎれば、過去に犯した過ちが明らかになる。そうしたらまたしてもひどい噂の的になり、親しくつきあってきた人々が彼女から顔をそむけるようになるだろう。かつてとまったく同じように。

なお悪いことに、今回そうなればジュリアのことも失ってしまう。

つまり、選択肢はひとつしかないわけだ。

妹の幸せを守り、わずかながら残されている自分の評判を維持するため、妹の提案を受け入れるという最悪の衝動に従うしかない。

その試みが失敗したら、愛するものをすべて失うはめになる。

2

マーカムの手紙には、三日後に戻ると書かれていた。弟のことはよくわかっていたので、キャサリンは二日後を想定してオールドミスの〝変装〟を整えた。流行遅れのドレスにぶかぶかの外套と履き古した靴。それからこれだけは外せない、大きくて醜い白のキャップ。

それでも毎日の仕事をおろそかにするわけにはいかないので、今も〝変装〟をしたまま小作人のミセス・リントンと一緒にリントン農場の台所を出て、豚の囲いへと向かっていた。キャップの縁飾りがはためくのを手袋をしていない手で押さえ、一歩一歩注意深く足を運ぶ。手や顔にうっかりインクをつけてしまったとはいえ、泥で汚れるのはまっぴらだ。

「ミセス・リントン、トミーはすごく頭がいいの」

ミセス・リントンは息を切らしながら豚の餌箱に残飯を流し込むと、すぐに台所へと引き返した。「何かの間違いじゃありませんか？　うちのトミーはひとつのことになかなか集中できないんですよ」

「……」

「たしかに集中力という点ではまだまだだけれど、人よりほんの少し多めに勉強すれば

「本はとても高いですしね」ミセス・リントンは肉体労働ですっかり息があがっている。

「そのことはわたしも考えたわ。それでトミーが家でも勉強できるように、読み方の教本を書き写したのよ」キャサリンは外套のポケットに手を入れると、丁寧に紐で綴じた紙の束を取り出した。

ミセス・リントンが一瞬、驚いたような表情を浮かべる。続いてその顔が不快そうに紅潮したのを見て、キャサリンの心は沈んだ。

ミセス・リントンが低い声で言う。「勉強する時間なんてどこにあるっていうんですか」

「たしかにトミーが勉強に時間を割けば、家族の負担は増えるかもしれないわね……」

ミセス・リントンの表情が険しくなる。彼女たちの生活をどれだけ理解できるのかと、挑むような目だ。しかしその目は、キャサリンのインクに汚れた手を見てやわらいだ。「よかれと思って言ってくださっているのはわかります。でも、うちでは毎日を日曜みたいに過ごす余裕はないんですよ」ミセス・リントンがため息をついたあと、体を後ろにそらして大声で叫んだ。「ベス!」

汚いエプロンをつけた若い娘が戸口から顔をのぞかせた。「なんでしょう?」

「お嬢さんからの贈り物を、息子たちの部屋に持っていってちょうだい」

「わかりました」ベスは急いで階段をおりると、キャサリンのドレスとキャップを面白そうにちらりと見てから、紙束を素早く受け取った。

「夕食が終わるまでは、トミーに触らせないようにするんだよ。そうじゃないとあの子は、今日一日仕事が手につかなくなるからね」ミセス・リントンは自分の言葉にうなずくと、キャサリンに向き直ってさっきよりもはるかに敬意がこもった口調で言った。「お時間を割いていただいて、ありがとうございます。こんなに長く授業を続けてくださるとは、思っていなかったんですよ。みんなとてもありがたいと思っています。でも……」唇を嚙んで、目をそらす。「もう仕事に戻らないと。では、ごきげんよう」

遠ざかっていく背中を、キャサリンは見つめた。みんなの予想よりも授業を長く続けているという言葉を、どう受け取ったらいいのかわからない。子どもたちに教えるのはチャンドラー牧師に頼まれて始めたことで、牧師からは大きな貢献だと言われている。

でも、子どもたちがキャサリンを必要とするより、彼女のほうが子どもたちを必要としているなどということがあるだろうか。自分とは関係のない世界に、無理やり関わってしまっているのだろうか。

キャサリンは額にしわを寄せた。豚が敵意に満ちた声を出す。

「わかったわ。もう行くから」キャサリンは豚のしわの寄った醜い鼻先に向かって言うと、重い足取りで村へと歩き出した。

少なくとも、トミーの役には立っているはずだ。あの子は本当に才能がある。頭がいい。兄のイアンに手伝ってもらえれば……。

キャサリンは固まった。

イアン！　どうして彼のことを忘れていたのだろう。あとにしたばかりの家を、あわてて振り返る。引き返してふたたび仕事の邪魔をすれば、今置いてきた教本をトミーが目にすることは絶対にないだろう。

イアンと妹はちょっと仲よくしているだけで、どうということはないはずだ。そうではない可能性も否定しきれないが。キャサリンがセプティマスに熱をあげはじめた年齢より、今のジュリアは年上だ。

セプティマス・チャンドラーという名前は、かつてのようにすらすらとは出てこない。思い出は風化するのだ。それでも、目をつぶると脳裏に彼の姿が浮かぶ。キャサリンは冬の風が吹き抜けるような喪失感に身をまかせた。

セプティマスの笑顔が見たくて、どれだけ牧師館に通い、彼のあとをついて回っただろう。自分の気持ちをはっきり意識する前から、セプティマス・チャンドラーに振り向いてもらいたいというたったひとつの願いに駆られて、あれこれ行動していた。

〝今日は、教会ですごく静かに座っていたのよ。気がついた？　服も言われたとおり、控えめできちんとしたものにしたし〟

いい人間になりたかったのは、セプティマスによく思われたかったからだ。でも本当にいい人間だったのはセプティマスで、この世界で生きつづけるには善良すぎるほどだった。

そんな彼は、キャサリンにはあまりにももったいない男性だったのだ。いつも彼女に優しいとは言えなかったとしても。

キャサリンは目を開けた。頭の中のセプティマスの顔が懐かしさを浮かべた表情から警告するような表情に変わる。もし妹が昔の彼女と同じような熱にとらわれ、強い焦燥感に駆られているとしたら、この先大きな嵐が巻き起こるだろう。

泥まみれの靴の下で砂利が音をたて、キャサリンはわれに返った。キャップの縁飾りを押しのけながら顔をあげると、屋根を開けた四輪馬車(ランドー)が土埃(つちぼこり)をあげながら空き地に入ってくるところだった。紋章を見る前から、誰の馬車かわかった。

予想していたとおり、マーカムは一日早く着いた。つまり彼女がいくら頑固で衝動的でも、いつも間違っているとはかぎらないということだ。

「キャサリン！」マーカムが大声で呼びかけると、御者頭は速度を落とした。「歩いているところに出会うなんて、運がよかった」

「ご苦労さま、サミュエル。お帰りなさい、マーカム」キャサリンは御者頭をねぎらったあと、弟にはやや冷たい声で返した。幸いまだ紹介されていないので、彼の友人は無視する。

「戻るのは明日だと思っていたわ」

「驚かせたかったんだよ」マーカムが眉根を寄せる。「でも姉さんが屋敷にいなかったから、ブロムトン侯爵にこのあたりを見せて回ろうと、サミュエルにランドー馬車を走らせてもらっていたのさ。ああ、しまった」忘れていたとばかりに首を横に振る。「紹介するよ、キャサリン。こちらはブロムトン侯爵。ブロムトン侯爵、姉のレディ・キャサリンだ」

「はじめまして」〝侯爵〟と聞いた彼女は眉をあげ、相手を見てそのまま固まった。

マーカムの友人は、予想していたようなめかし込んだ気障(きざ)な男ではなかった。

たしかに顔にかかっている豊かな黒髪は奔放に渦巻いているが、マーカムのほかの友人たちがこぞって取り入れているバイロン風とも言うべき流行に当てはまる要素は、それだけだった。ブロムトン卿の姿に浮ついたところはどこにもない。鋭い線を描く引き締まった頬に見える髭（ひげ）の剃（そ）り跡は、どれほど有能な近侍にもまったくなくすことはできないだろうが、これがふっくらとした力強ささえ感じる唇を引きたてている。額にはうっすらと線が見えるものの、目の周りにしわはない。どうやら彼の長所の中には、気軽なユーモアのセンスというものはなさそうだ。

一方、抑えきれない活力が伝わってきて、それが肉体に秘めておけないほど強大なのがうかがえる。キャサリンにとって都合の悪いことに、男性的な肉体のほうも精神に負けず劣らず力強い。

目の前の男性は、運命と戦って勝利をおさめられる資質を備えているように見える。いったい何者なのだろう。いや、それよりどうしてここへ来たのだろう。

ブロムトン卿と目を合わせたキャサリンは、たちまち後悔した。魅力的なその目は、何色と言えばいいのかわからない。青、それとも灰色だろうか。とにかく何色だとしても、彼女を探るように見つめているその目はどこまでも真剣だ。

キャサリンの胸に、自分は女なのだという意識が急にわきあがった。なぜなのだろう。そんな感情はとっくになくせたと思っていたのに。そうしなければ、ここで生きてはこられなかった。

キャサリンは口を閉じ、怒りを込めて弟をにらんだ。侯爵をちらりと目で示し、こんなことをする必要があったのかと無言で問いかける。

侯爵は厄介の種だ。ジュリアが嘘をつけばすぐにわかるように、厄介の種もすぐわかる。彼はきっと、最大級の混乱を引き起こす。昔何度も目にした、自分の意志がかなえられて当然と思っている尊大な男性だ。

「はじめまして」ブロムトン卿の深くて豊かな声が、大地に食い込む鋤のようにキャサリンの耳に響いた。自分の声がそういう効果を持っていることを、彼は心得ているに決まっている。

侯爵は自らの力に自信を持っている男性に特有の仕草で、手を差し出した。キャサリンはわけのわからない膝の震えを、なんとかして止めようとした。自分はこういう男性に舞いあがるような無邪気な乙女ではない。オールドミスと言われるようになって何年も経つのだ。

それなのに、どうして体が震えてしまうのだろう。

ブロムトン卿が彼女の指先を取って持ちあげ、指の関節に軽くキスをして微笑んだ。

キャサリンはごくりと唾をのんだ。侯爵はそんじょそこらの厄介の種ではない。まるで否応なくすべてを巻き込んでいくハリケーンだ。

彼女の愚かな心は、ブロムトン卿がまた微笑んでくれないかと待ちわびている。

キャサリンは背筋を伸ばし、ブランメルの軽蔑に満ちた冷たい視線を思い浮かべた。侯爵は悪名高き結婚から見放された女をじっくりと見て、その手を取りさえした。だが彼が手に入れるのは、それがすべてだ。ジュリアの計画のおかげで、明日の朝にはここを出ていくだろう。いや、朝まで持たないかもしれない。キャサリンがしっかり自制心を保てれば。

「お会いできて本当にうれしいですわ、ブロムトン卿。なんて光栄なんでしょう」声に神経質な響きを忍ばせる。「それにしても、マーカムは何を考えているのかしら。ロンドンからの長旅を終えたばかりのお客さまを、すぐにまた馬車で連れ出すなんて。弟の無茶につきあっていただいたせいでお疲れになってはいけません。屋敷に戻ってくださいませ」

こうやって口やかましく世話を焼き、侯爵をうんざりさせるのだ。こんなやり方を思いついたジュリアと……シェイクスピアには感謝しなければならない。

マーカムが途方に暮れたような表情になった。「ブロムトン卿にサウスフォードで一番の景色を見せると約束したんだ。母上のフォリーからの景色をね。次にいつ、こんなふうに晴れるかわからないから」

「丘の上はきっと風が強いわ。侯爵はそんな不快な状況には慣れていらっしゃらないでしょう」キャサリンはブロムトン卿のほうを向いて言った。

「マーカムが教えてくれたんですよ。フォリーはあなたのお気に入りの場所だとか」ブロムトン卿の声が、またしても鋤の刃のように彼女の耳に食い込んできた。

キャサリンは弟を横目でちらりと見た。「覚えていてくれたなんて優しいのね、パーシー」子どもの頃の愛称で呼ばれて、マーカムが引きつった笑みを浮かべた。それを見てキャサリンは眉をあげ、口もとをゆがめてみせる。

「きみが一緒に来てくれたら、吹きすさぶ風にも耐えられると思う」ブロムトン卿が重々しく真剣な口調で言った。

「でもわたしは――」キャサリンは口をつぐんだ。あのいかめしい青灰色の目の奥は笑っているのだろうか。

いや、違う。

侯爵の目がきらりと光ったのは、闘志の表れだ。彼が慎重に計画して必ず勝利をおさめるつもりでいる戦いに、キャサリンは何も考えずに突っ込んでいってしまったのだ。

姉の沈黙を利用して、マーカムが言う。「そういえば、ここはリントン農場のすぐそばだったな。実はミスター・リントンとは、排水の悪さについて手紙のやりとりをしていたんだ。ちょうどいい。ちょっと行って、様子を見てくるよ」勝ち誇ったように、にやりとする。「姉さんには、ぼくの代わりにブロムトン卿を丘まで連れていってもらわなくちゃならないが」

「リントン農場なら、今わたしも行ってきたのよ」キャサリンは苦々しい口調で返した。

「それならリントン一家は、わが一族から一日に二度も訪問を受けるという栄誉に浴するわけだ」マーカムがわざとらしいほど陽気に言った。

「マーカム」彼女はこれまで使ったことのない、取り澄ました声を出した。「ブロムトン卿とふたりだけで馬車に乗るわけにはいかないわ。不適切ですもの」

「ジュリアだったらそうだろうね。でも姉さんは、自分で自分を売れ残りのオールドミスだと宣言しているじゃないか」マーカムは姉の白いキャップの端をつまんで引っ張った。

キャサリンは赤くなり、弟が馬車から飛びおりるのをなすすべもなく見守った。

「サミュエル、キャサリンとお客さまを丘までお連れしてくれ。一時間後にはここへ戻ってきてほしい」マーカムが反論を許さない声で命じた。

「わかりました」

マーカムはスキップを思わせる楽しげな足取りで歩きはじめると、振り向いてだめ押しのひとことを投げかけた。「仲よくやってくれよ」

キャサリンは呆然と立ち尽くした。いくらなんでも、マーカムのやり方は卑怯だ。

彼女はマーカムのものをわざと壊したことはないが、子どもの頃に一度だけ、弟のおもちゃの戦艦を池に沈めたことがある。女であるキャサリンは、父親の言うことを聞くのと同様、弟の言うことも聞かなければならないと、マーカムから言われたときだ。当時の彼は戦艦を奪われたことにショックを受け、怒りを覚えつつも、姉にそんな口をきいてはならないという教訓を学んだ。

とにかくキャサリンはそう思っていたのだが、今のマーカムは明らかにその教訓を忘れている。もしかしたら、弟がアミアンの和約のあとに購入したコニャックの大樽を、昔と同じ池に沈めてやったほうがいいのかもしれない。

ブロムトン卿が咳払いをした。「どうやら、きみに案内してもらうしかなくなったようだ」

キャサリンは振り向いた。侯爵がいかにもぎこちない笑みを浮かべている。笑顔を見せることなどほとんどないのだろう。「ええ、そのようですね」

さすがに弟の客を避けるためにサミュエルをどかせて自分が御者台に座るというのはあまりにも感じが悪いので、キャサリンはしかたなく侯爵が伸ばした手を取り、踏み段をあがって馬車に乗った。

ブロムトン卿と触れあうのは二度目だが、今回も体に心地いい衝撃が広がり、キャサリンは頭がくらくらした。座席の一番奥の端に座って、出発するよう御者に声をかける。

馬車はぎしぎしと音をたてながら、腹立たしいほどゆっくりと丘をのぼりはじめた。キャサリンは目をつぶり、マーカムが長いあいだ待って手に入れたコニャックの大樽から中身が流れ出し、空になってぷかぷかと池に浮かんでいるさまを思い浮かべた。それを弟が見つける場面も想像する。

ただし、それほど大量のコニャックが流れ込んでも鯉が生きていられるかどうかわからなかった。池はたいして大きくない。マーカムのばかな行動のせいで、魚が被害を受けるのは理不尽だ。やはり何か別の方法を考えなくてはならない。もっといい方法を。弟が自分の過ちを必ず思い知るような素晴らしい方法を――。

「レディ・キャサリン、考えごとの邪魔をするつもりはないが、何か悩みごとがあるようだね」ブロムトン卿の言葉が、あたたかい湯がひたひたと広がるように彼女の体を包み込んでいく。

「まあ、そんなふうに見えます?」キャサリンは何食わぬ顔で訊き返した。

侯爵に手を見おろされたので、スカートを握りしめていた両手を急いでゆるめ、目をそらした。

「よく見ているんですね」

「興味を引かれたものや……人に対しては、そうかな」

ブロムトン卿の興味を引くためなら、ロンドンの女性たちはわれ先に手持ちの最後の六ペンスまで投げ出すに違いない。キャサリンだって、そんなばかなまねをすればどうなるか身をもって学んでいなければ——しかも一度ならず二度までも——そうしていただろう。

だが、彼女がこのたび侯爵に与えるのは親切だ。真綿のような親切で彼を窒息させる。

「わたしはただ、あなたの体が心配で心配で」

「ああ、そういうことか。ぼくみたいな人間は不快さを我慢することに慣れていないから」

ブロムトン卿が頭を傾けたので、奔放な巻き毛のひと房がまるで愛撫(あいぶ)するように頬の上を滑った。揺れる馬車の中で、侯爵が彼女を見つめた。「こんなふうに気にかけてもらえてほっとした。ぼくの訪問を、きみはいやがるかもしれないと心配だったんだ」

釣り針にかかった魚は、こんな気持ちになるのだろうか。キャサリンは顔をしかめた。いやいや、これから彼と親密な関係になるわけではないのだから。

「あなたのような方をいやがるわけがないじゃありませんか。マーカムが大切に思っている友人なら、いつだって歓迎します」

ブロムトン卿が眉をあげた。「寛大な人だ」

「ところで、この道はずいぶん危険に思えるかもしれませんが、心配する必要はありません。サミュエルはこの道を熟知しているので」

「心配なんて、とんでもない」侯爵が彼女に体を向ける。「それに、いいものは困難を乗り越えて手に入れる価値がある」

キャサリンの笑みが固まった。

「その先に待っているものを考えれば、曲がりくねった道もどうってことないということだよ、もちろん」

「もちろん、そうですわ。ブロムトン卿の体が座席の上を滑って近づいてきた。

「もちろん、そうですわ。丘の上からの景色は、それはもう素晴らしいんですよ」キャサリンはつんと取り澄まして返すと、体を扉に押しつけた。

道の傾斜がさらにきつくなり、馬車が遅々としか進まなくなった。キャサリンは座席をがっちりつかんで侯爵の存在を無視しようとしたが、彼のほうからは溶けた金属の入った大鍋くらいの熱が伝わってくる。

「羽根ペンからインクが漏れたのかな？」ブロムトン卿が同情したように訊いた。

ブロムトン卿が、キャサリンのインクのしみがついた指先を見つめている。「没食子インクを乾かす時間が足りなくて……」彼女は途中で口をつぐんだ。教え子のために書き方の教本を写していたなどという説明をしてもしかたがない。そもそも侯爵には何も話すべきではないのだ。

「自分でインクをつくっていると？」

キャサリンはうなずいた。

ブロムトン卿は一瞬当惑したような表情を浮かべたあと、すぐに彼女を賞賛した。「マーカムの姉上は働き者なんだな」

「ありがとうございます」キャサリンは口を滑らせたことを悔やんだ。侯爵に彼女のことを知ってほしいとも、よく思ってもらおうとも思っていない。絶対に。そもそも彼がインクを自分でつくるレディに感心するなどと予想もしていなかった。

〈侯爵を好きにならないための理由リスト〉に〝変わっている〟をつけ加える。

丘の頂上に着いたので、馬車の小さな木製の踏み段をキャサリンが先におりた。ところが距離を測り損ね、淡いピンクのシルクの靴下をかなり大胆にさらしてしまった。あわててちらりと振り返ったが、ブロムトン卿は気づいていないようだ。

「こちらです」なぜか失望を感じた自分を心の中で叱りながら、キャサリンは先に立って歩き出した。

丘の頂上に向かう急な石段を、踏み外さないように一歩一歩慎重にのぼっていく。シルクの靴下は彼女が今でも自分に許している数少ない贅沢（ぜいたく）だが、それを侯爵に見せたかったわけではないし、ぐずぐずしていて彼に手を差し出されたくもなかった。

絶対に。

ただし現代によみがえったオリュンポス神のような男性になら助けてもらってもいいかもしれないと、ほんの少し思ってしまう。

キャサリンはまだまだ続いている石段に目を向け、思わずため息をついた。

頂上に近づくにつれ、ドクニンジンの丈が高くなっていく気がする。ようやくフォリーが見えてきた。半円形に生えたドクニンジンの中心にある小さな建物は古代ギリシアのイオニア式の神殿を模していて、中にはドーリア式の薄い灰色の石柱が並んでいる。

「ここがきみの母上のフォリーなんだね」

「以前は。つまりここは今でもフォリーだけれど……」

広大な景色以上に心が慰められるものはないと、母親はいつも言っていた。今のキャサリンには、いつにも増して慰めが必要だ。景色に目を向け、気持ちを鎮める。サウスフォード邸を中央にした見渡すかぎりの光景は、まるで風景画のようだ。

「このフォリーには名前があるのかな？」ブロムトン卿が静かに訊いた。

「母は眺めのいい木立（ヴィスタ・グローヴ）と呼んでいたわ」

侯爵が額の前に手を掲げて日差しをさえぎりながら、あたりを見回した。「たしかに素晴らしい眺めだな」

「あなたのお屋敷にはかなわないでしょうけれど」

「城だ」

「なんですって？」

ブロムトン卿がたくましい肩を回して彼女のほうを向き、繰り返した。「屋敷じゃない。ジャコビアン様式の城なんだ。ノーサンバーランドにある」

キャサリンの脳裏に城の姿が浮かんだ。霧の中にそびえる城壁。それを取り囲む堀の揺らめく水面と跳ね橋。その中央に美しい馬にまたがってたたずむ、輝く鎧をまとった侯爵。

時代が時代なら、彼は輝かしい騎士になっていただろう。

キャサリンはひそかに身を震わせた。どう考えても、ブロムトン卿やその城についてはなるべく知らないでいるほうがいい。

「でもわたしは、この名前が昔から好きじゃなくて」

「きみだったら、どんな名前にしたのかな？」

死者がさまよう謎めいた木立というのが、子どもの頃のお気に入りの名前だった。だがブロムトン卿がアーサー王伝説から抜け出てきたように見えるからといって、夢見がちだった過去を明かすつもりはない。

「絵のような眺めとか」

侯爵が彼女をちらりと見る。「それがヴィスタ・グローヴよりいいというのかい？」

「じゃあ、あなたならどんな名前を？」

「そうだな。ぼくならこう呼ぶ。ベッラ、と」ブロムトン卿が急に、ぞくぞくさせるような低い声を出した。

「美しい、という意味のイタリア語ね。ヴィスタもイタリア語だから、いい選択かも……」

彼女は言葉を切った。

「いや、レディ・キャサリン。ぼくは丘が連なるこの景色のことを言ったんじゃない」

何年も男性に触れられていなかった体のあちこちが急に息を吹き返し、キャサリンは赤くなったり青くなったりした。ぞっとすることに、突然昔の記憶がよみがえる。

〝ねえ、セプティマス、わたし、きれい?〟

〝きみは厄介なおてんば娘だよ〟

傷つき真っ赤になって走り去ろうとするキャサリンの腰を、彼がつかまえた。

〝ほらほら、そんなふうに逃げないで、ケイティ。いつかきみは美人になる――きちんと振る舞えるようになったらね〟そう言ってセプティマスは、彼女の頭のてっぺんにキスをした。

心が震え、動揺が表に出てしまいそうになる。

結局キャサリンは、きちんと振る舞えるようにならなかった。そうでなければ、こんなふうに大げさなオールドミス風の格好をしたり、指先をインクだらけにしたり、放蕩者の侯爵を見てよだれを垂らしそうになったりしていないはずだ。

「わかってもらえなかったなんて、がっかりだな」ブロムトン卿が言った。

「そろそろ馬車に戻りましょう」

侯爵は動かなかった。

「お願いですから」

「そんなふうに歯を食いしばりながらお願いされても、あまり効果がないな」ブロムトン卿にそう言われて、キャサリンの顔に血がのぼった。首から徐々に赤くなり、やがて頬があためたワインのように真っ赤に染まる。侯爵の計算されたひとことひとことが、彼女の最悪の部分を呼び覚ます。もう彼女の中には、うわべだけの気遣いすら残っていなかった。

「誠実さのかけらもない下手な誘惑にわたしが引っかかるなんて、まさか思っていないでしょうね？」

「誠実さのかけらもない下手な誘惑？　なかなかうまくやっていると思っていたんだが」彼が面白がるように言った。なんていやな男なのだろう。

「マーカムの人のよさにつけ込んでイングランド一結婚から見放された女を見てみようとした男性は、あなたが初めてじゃないのよ」キャサリンは侯爵をにらみつけた。

するとと磁石のように彼女の視線を引きつけるブロムトン卿の目に、抑えた驚きが浮かんだ。本当に、どこまでも神経を逆撫でする男だ。しかもその目に同情まで浮かんだのが見え、キャサリンは身もだえしたくなるほどの恥ずかしさに襲われると同時に、侯爵に抱きしめられたいというわけのわからない思いに駆られた。

「イングランドだけ？」彼がようやく言葉を口にする。「スコットランドやウェールズは含まれていないのか？」

キャサリンは頬を少しでも冷やそうと、両手で顔をはさんだ。「イングランドだけよ」

「たしかマーカムは、英国一と言っていたんだがな」ブロムトン卿の声が小さくなり、笑みが弱々しくなった。それでも笑みは消えずに、かろうじてとどまっている。

「どちらにしても、アイルランドについては王国に加えるという決定を議会はまだくだしていないし。とにかく、ちょっとした誤解があったようね」キャサリンは遠くに見える屋敷に視線を戻した。

侯爵がうんちくを垂れる。「アイルランド人の女性は自立しているというもっぱらの噂だ。もしブランメルがアイルランドも含めてきみが一番だと認定していたら、そのうちの誰かから抗議が出ていたかもしれないよ」

驚いたことに、キャサリンの口から小さな笑い声が漏れた。

「その調子だ。アイルランド人女性たちのことを考えて笑ったらいい」

「わたしの気持ちが理解できるなんて言わないで」キャサリンは彼に不信の目を向けた。

「ぼくだって人からの決めつけに耐えているんだと言ったら、意外かい？」

ブロムトン卿の奇妙な声音を聞き、彼女の心に疑問が浮かんだ。

「侯爵の称号から決めつける場合は、あなたの資質を高く見積もるものでしょう？　低く見るものではないはずよ」

侯爵が鋭い視線をキャサリンに向けた。

「きみの婚約が二度も結婚まで行き着かなかったことをミスター・ブランメルがあざ笑ったのは、無神経で紳士らしくない行為だ」

胸の中で小鳥が激しく羽ばたいているように心がざわめく。風が吹いている肌寒い丘の上で、どうしてブロムトン卿をこんなにも親密に感じるのだろう。

「ぼくは王太子一派とはつるんでいないし、彼らの価値観を共有してもいない」

「では、あなたは何を大切に思っているの?」

侯爵の表情にさっと影が差した。「名誉だ」

「名誉」キャサリンはなぜか胸の痛みを感じながら繰り返した。「名誉は一度失うと取り戻すのは難しいものよ」

彼の顎の筋肉がぴくりと動く。「きみは取り戻した」

そうなのだろうか。この世界に確固とした居場所を築くことが名誉を意味するなら、そうなのかもしれない。ある程度は。

「どうやって成し遂げたんだい?」

「妹のジュリアのためだと思って」考える前に言葉が出てしまって、キャサリンは思わずあとずさった。「どうして正直に答えているのかしら」

ブロムトン卿が肩をすくめた。「きみはとっさに嘘がつけるほど、うわべだけを取り繕う社交界に染まっていないということだ」

「たいした観察眼だこと」彼女はなんとか口にした。

「言っただろう? ぼくは興味を引かれたものはじっくり観察するんだ」

興味を引かれたもの。キャサリンは苦々しさに口をゆがめた。まるで標本でも観察しているかのような口ぶりだ。あるいは〝結婚から見放された乙女〟と銘打った見世物小屋のテントの中で行われる出し物か……。

「それで、あなたが興味を引かれたのはわたし自身なの？　それとも悪しき評判かしら」

「評判なんかじゃない」侯爵の目が熱を帯びる。「だがきみには、どんどん興味を引かれていく」

　まただ。また胸の中で小鳥が羽ばたいている。「でもわたしは、あなたの興味を掻き立てるつもりなんかないわ」

　ブロムトン卿が彼女のばかげた服装に視線を走らせた。「だからそんな格好をしているんだな」

　そのあと侯爵がしばらく口をつぐんだので、キャサリンはドクニンジンの上を吹き渡るかすかな風を感じ、鳥たちのさえずりや羽ばたきの音やふもとの村の教会の鐘の音に耳を傾けた。予想していたような強い風は吹いていない。天気まで彼の言うことを聞いているようだ。

「最初の婚約は愛している相手とだったんだって？」

　セプティマスの姿がふたたび脳裏に浮かんだ。生々しく、鮮明に。けれどもキャサリンは、その姿を頭から押しのけた。セプティマスみたいな完璧な男性の話を、ブロムトン卿みたいな男とするつもりはない。

「マーカムはずいぶんおしゃべりだったようね」

「正直に答えてくれたんだよ。ぼくにはきみのような経験がないんだが、一度人を愛したら、二度目はもうないのかな？」

　侯爵は愛について知りたいのだろうか。キャサリンは彼をじっと見て推し量った。

いや、違う。

ブロムトン卿が愛なんてものを信じているとは思えない。その言葉を出せば、彼女が簡単に心を開くと思っただけだろう。

結局、侯爵もほかの人間たちと同じなのだ。ある意味、さらに悪い。彼だけはみんなと違っていてほしいと、期待してしまったのだから。

〝きみは信頼できない。本質的に弱い人間だからね〟

セプティマスからそう言われた。

込みあげた涙を目をしばたたいて押し戻し、周りの景色に視線を移す。

「わたしが愛したのは、教会に身を捧げる運命に生まれついた人よ。上流社会の男性は、彼とは根本的に違う生きものなの」

「どんなふうに？」

「彼らは女性が帽子を買うのと同じ理由で妻を持つわ」

「へえ」ブロムトン卿は笑いをこらえているようだ。

キャサリンは侯爵を横目で見ながら言った。「冗談を言っているわけではないのよ」

「それなら、教えてくれないか？」彼が眉をあげる。「女性たちが帽子を持つのはどんな理由からなのか、ぼくにはさっぱりわからない」

「わたしたちはすてきなものを持つと人間としての価値があがると信じているから、帽子を買うのよ」

ブロムトン卿の目に暗い光が浮かんだ。

「そんな幻想はいつだって崩れるけれど」彼女は鼓動が速まるのを感じながらつけ加えた。

「自分の意見にずいぶん自信があるようだね、レディ・キャサリン」

今の彼女は、自信があるとはとても言えなかった。これ以上侯爵と一緒にいたら、残っている自信もすべて失ってしまうだろう。

「わたしが言ったことは間違っているのかしら」声が震えてしまった。

「結婚すると人間として成長すると聞いている」

「わたしは帽子に見える？　それとも成長する必要がある人間に見える？」

「きみみたいに魅力的な帽子はなかなかないよ。それにぼくは自分に誰かを成長させられる力があるとは思っていない。だが――」ブロムトン卿が声をやわらげる。「きみはぼくを成長させてくれるんじゃないかと思いはじめている」

「わたしは誰かを成長させたいなんて、これっぽっちも思っていないわ」

侯爵が身を乗り出して、舌打ちをした。「手きびしいな」

キャサリンは身を固くした。「どうしてここに来たの？」

「マーカムが招待してくれたからだよ」

「目的は？」

ブロムトン卿が彼女の口もとをじっと見つめた。「それはもう言ったと思うが」

キャサリンは急に喉がからからになり、唇を舌で湿らせた。「わたしを誘惑するつもりだと認めるの？」

「レディ・キャサリン、きみはきわめて興味深い女性だ」侯爵が眉をあげる。「だがぼくの試みは、すでに見え透いた不誠実なものとして拒否されている。もう二度とそんな試みをしないだけの分別を、ぼくが持ちあわせているとは思わないのかな？」

彼女はブロムトン卿の表情をそのまままねて、無言で問い返した。

「きみがぼくの誘惑を喜んで受け入れる気になるまでは何もしないよ。だからぼくの目的は、きみを知ること……。とりあえず今のところは」

キャサリンはため息をついた。「ブロムトン卿、あなたのやり方は受け入れられないわ」

「受け入れようとなんて、しないでほしい。人の期待どおりのことをするのは、退屈でしかないからね」

「あなたにはまったくチャンスを与えるつもりがないと、わたしがすでに決めていたら？」

夕空を舞う蝙蝠のような影が、侯爵の目の奥をかすめる。「完全に望みがないものはないよ」

キャサリンは視線をそらした。「もしあなたがわたし目当てでここへ来たのなら、失望して帰ることになるわ」

「それはもう無理だとわかっている」

彼女はブロムトン卿を横目で見た。「じゃあ、だめだと納得したのね」

「かもしれない」

侯爵はキャサリンの肩をつかんで回すと、自分と向きあわせた。ドレスを通して彼の手のぬくもりが伝わってくる。こんなふうに男らしい魅力をまともに向けられると、だまされそうになってしまう。ブロムトン卿は彼女を求める気持ちを、汗を掻くように自然に振りまいているが、二度も結婚を逃しているオールドミスの彼女を求めるはずがない。

〝考えるのよ、キャサリン。侯爵の本当の目的は何？〟

ブロムトン卿をよくよく観察すると、何か求めているものがあるのはわかる。しかも切実に。求めてもなかなか得られないというのは、侯爵にとっては生まれて初めての経験なのかもしれない。彼がそういう状態だからこそ、キャサリンにとって事態は危険をはらんだものになってしまったのだ。

説明のつかない寒気に襲われて、キャサリンは肩に置かれたブロムトン卿の手を払いのけた。「あなたはマーカムのお客さまだから、快適に過ごしてもらえるよう心を配るつもりよ。でもあなたとわたしのあいだには何も存在しないし、この先もそれは変わらないわ」

侯爵は長いあいだ彼女の顔を見つめていた。それから敗北を受け入れるように頭をさげる。「きみの望みは理解した」そう言って腕を差し出す。「では丘をおりようか。マーカムが待っている」

キャサリンはためらったものの、結局はブロムトン卿の肘の内側に手をかけた。丘をくだるあいだ、侯爵は完璧に礼儀正しく振る舞った。キャサリンは自分の部屋に戻ってばかげたキャップを脱いだとき、ブロムトン卿は彼女の望みを理解したとしか言っていないと初めて気づいた。

望みを聞き入れるとは言っていない。

キャサリンはすぐにベルを鳴らし、メイドを呼んだ。計画の第二段階を実行しなければならない。侯爵のように身分の高い方にはとても出せるようなものではないとして、肉を撤去させるのだ。ジュリアとキャサリンは夕食を辞退すると、執事に伝えさせる。ジュリアは外出中、キャサリンはふさわしいドレスを持っていないという理由で。ブロムトン卿は今夜、ことのほかきめ細かいもてなしを受けることになるだろう。

キャサリンは鏡の中の自分を見つめた。罪悪感はごくわずかしかない。

マーカムもブロムトン卿もひもじい思いをするわけではないのだ。食糧庫にはさまざまな食材がたっぷりある。根菜やバター、パンを五〇斤も焼けるほどの小麦が。ないのは肉だけ。男性にとって肉なしの食事は食事と言えないとわかるくらい、キャサリンは彼らのことを知っている。

マーカムと高貴な身分の友人にとって肉のない食事が耐えがたいものでありますように。耐えがたいあまり、出ていってくれればいい。

遠く離れた場所へと。

3

翌日の日が落ちて廊下に並ぶ窓が濃紺に染まっていく頃、キャサリンはビリヤード室の外の暗がりで足を止めた。部屋から声が漏れてくるが、アーチ形の入り口の奥の様子はわからない。

ブロムトンたちに食べさせないよう撤去した肉と卵は、教区内の貧しい人々に配ってしまった。姉妹の代表としてキャサリンにも一緒に食事をしてほしいというマーカムの要望は、弟の目的を阻むべく拒否している。毎正時には従僕の一群をブロムトンのもとへ行かせ、快適に過ごせているかどうか尋ねさせているものの、夜中も欠かさずそうさせているにもかかわらず、彼女のこれほどの努力が実を結ぶ気配は今のところなかった。

侯爵は不快なことなど何もないとばかりにマーカムと狩りに出かけ、首尾よく獲物をしとめて戻ってきた。たっぷり眠ったとしか思えない機敏な身のこなしで馬を操って。そしてキャサリンをあざ笑うかのように、今もふたりは楽しくビリヤードに興じている。

まったく、ビリヤードとは！

マーカムが見えた。ビリヤード台の上に身をかがめて球を突き、象牙色の球を散らばらせる。

「完璧だ。さあ、きみの番だぞ。お手並み拝見といこう」マーカムは誇らしげだ。

「今日はどうも、あまりうまくいかない気がする」

「なぜだ？」マーカムが訊く。「体は充分ほぐしたし、最高の状態じゃないのか？」

「とにかく、きみの機嫌はよくなったようだな」ブロムトンが返した。

「どうしてぼくの機嫌がよくなったかわかるか？　英国一結婚から見放された女に対するきみの求愛の首尾を、レインとファリングがどう思うか想像してみたからさ」

ブロムトンが動いたので、キャサリンの視界に入った。「イングランド一だと彼女は言っていたぞ」

「そんなことを言っていたのか？　興味深い展開だな」マーカムが手のひらにキューを打ちつける。「もしかしたら、姉は見かけほどきみとの結婚を避けたいわけじゃないのかもしれない」

キャサリンはたじろいだ。マーカムが侯爵と彼女をくっつけようとしていることは想定内だが、こうして実際に聞くといやな気分だった。でも、それならそれでいい。彼女は頭ごなしにものごとを決められて黙っているような女ではないと、男どもに思い知らせてやる。そうすれば、睡眠不足のブロムトンは即座に恐れをなして退散するだろう。キャサリンは堂々とビリヤード室に入っていった。

「楽しんでいる最中にお邪魔してごめんなさいね」

マーカムのキューが音をたててテーブルの上に落ち、球が散らばった。

彼女は甘い笑みを浮かべた。「入ってくる前に、お知らせするべきだったかしら」

マーカムが咳払いをする。「ここに入ってきちゃだめじゃないか。ビリヤード室は男性だけの憩いの場所なんだから」

「男性だけの憩いの場所ですって？　なぜ男性だけなの？　ビリヤード台の下に娼婦（ライトスカート）でも隠しているとか？」

マーカムがものすごい目で姉をにらんだ。

「ああ、なんて面倒なの」キャサリンは女優顔負けの演技力で、ため息をついてみせた。「わたしは〝ライトスカート〟なんて言葉を知っているべきじゃないのかしら。でも知っているのよ。カートライト子爵が婚約を破棄するとき、スキャンダルの内容をこと細かに説明してわたしの好奇心を満足させてくれたから。彼はなんて言ってたかしら……そうそう、世の中には〝金持ちの囲われ者（デミモンド）〟っていうおしゃれで機知に富んだ女性たちがいて、〝午後の夜会〟を楽しみ、夜は劇場に出かけ、わたしたち淑女には禁じられているあらゆることを謳歌（おうか）しているそうね」ふたたびため息をつく。「正直言って、彼女たちには興味をそそられるわ。うらやましいと言ってもいいくらい」彼女は生き生きと目を見開いた。

マーカムが耳の先を赤く染めてささやく。「いったい、なんてことを言い出すんだ」

キャサリンは白いキャップのレースの縁を撫でつけた。「どう考えても、わたしはもう売れ残りのオールドミスでしょう？　だから今まで禁じられていた領域に足を踏み入れてもいいんじゃないかと決心したのよ。明日は〈塩の柱亭〉に行って、リジーのジンを試してみるつもり。違法かもしれないけれど、評判ですもの。でもその前にまず、今夜はビリヤードよ！」

「ケイト！」マーカムが声をあげる。

「何よ」彼女は目をしばたたいた。「わたしがビリヤードをすることに、そんなに反対なの？　ロンドンの女性たちはボウリングをするんだから。版画で見たもの。当然ビリヤードもしているでしょうね。とはいえ、版画に描かれていたのはどんなたぐいの女性たちなのかしら」

指先で顎を叩く。「正直言って、どんなたぐいでもかまわないけれど」

マーカムが首を横に振る。「いったいどうしちゃったんだ」

キャサリンは弟の言葉を無視した。「愛人たちが責任に縛られずに謳歌している自由を、ほかの女性たちも楽しんだっていいじゃない」咳払いをして続ける。「オールドミスなんて誰からも目を向けられない存在なんだから、好きなことをしていいはずよ。そう思いません、ブロムトン卿？」

キャサリンは期待を込めて侯爵を見た。明るく輝いている彼の目は、獲物を狙う狐のように彼女を見つめている。キャサリンは興奮に鳥肌が立つのを感じた。

「女性だって好きなことをしてもいいんじゃないかな。自分の家では」ブロムトンが心の奥に情熱を秘めた低い声で言った。

キャサリンの予想とは違う答えだ。

「そうさ！」マーカムがほっとしたように大きな声を出す。「自分の家では好きにすればいい。ところで、サウスフォードがぼくの家だってことはわかっているよね？」

キャサリンは天井を仰いだ。「パーシー、そんな理屈でやり込めようとするのはやめて。わたしには通用しないから」弟に言ってから、ブロムトンのほうを向く。「ブロムトン卿、あなたがそんなに急進的な考えを持っているなんて思わなかったわ。ところで、あなたは王太子の取り巻きたちについて、なんて言っていたかしら？」

「自宅という自由な空間で女性がビリヤード室に入るのは、急進的でもなんでもない」侯爵が咳払いをした。「それからぼくは王太子の取り巻きたちには感心しないが、きみと同じく、伝統やものごとの序列には敬意を払っている」

キャサリンは顎をあげた。「わたしと同じく？」

「そのとおり」ブロムトンがビリヤードのキューにもたれた。「きみがぼくの身分に対して示してくれた特別な配慮には、おおいに感動したよ」

「感動だなんて……うれしいわ」キャサリンは侯爵に笑みを向けた。

ビリヤード台の上に雷が落ちたかのように、一瞬、部屋の中がびりびりと張りつめる。けれどもすぐに雰囲気が変わった。ブロムトンは笑みを返しはしなかったものの表情をやわらげ、秘密の冗談を共有しているかのような空気がふたりのあいだに流れた。キャサリンは当惑すると同時に胸がどきどきして、視線をそらすことができなかった。

侯爵の瞳は何色と言えばいいのかわからない。青色とも灰色ともつかない目は、いったいどういう力で彼女をこんな気持ちにさせるのだろう。凍えているときに赤々と燃える火を求めてしまうように、彼に寄り添って見つめていたくなるなんて。

「キャサリン」マーカムが脅すような声を出す。「今すぐ出ていってくれ。そうでなければ、ぼくたちが出ていくよ」

ふたりをとらえていた魔法が解けた。キャサリンは振り向くと、壁にかけてあるキューを取った。

マーカムが部屋の外へ出ようとする。「ブロムトン、さあ行こう」

彼女は息を止めて侯爵の返事を待った。

「まだレディ・キャサリンとの話が終わっていない」ブロムトンの答えを聞いて、彼女は息を吐いた。

「ぼくはもう話すことはない」マーカムの足音がゆっくりと遠ざかっていった。

キャサリンはいつの間にか身についた奇妙な感覚で、背後にいるブロムトンをまざまざと意識した。こんなさえない服装でなければよかったのにという思いが、戸惑うくらい強く込みあげる。胸に結んだスカーフを丁寧に直して振り向いた。

残念ながら、侯爵を衝撃におののかせることはできなかった。おののいて逃げ出すどころか、彼の決意は危険なほど固い。今ブロムトンの視線を見れば、これから彼女に全力で関心を向けるつもりでいることが、はっきりとわかる。

誰かにこれほどまでに関心を向けられるのは初めてだ。ましてや、ほかの何よりも優先される存在になるのは。

「マーカムとはキャロムをしていたんだ。きみはハザードかウィニングゲームのほうがいいかい？」

「ええと、よくわからないんだけれど」

ブロムトンが眉をあげた。「ビリヤードをしたいんじゃなかったのか？」

「もちろんそうよ」キャサリンの顔に血がのぼる。

「じゃあ、説明するよ」侯爵が台に注意を向けた。「ゲームの種類によって、ルールややり方が違うんだ。ぼくたちはシンプルなものから始めることにしよう。赤い球は三点、白い球は二点だ」片腕を差し伸べる。「正しい姿勢を教えようか？」

キャサリンは彼と距離を取ったまま台に近づいた。「自分であれこれやってみるほうが好きだから」

「きみは主導権を握りたい性質なんだな」

ブロムトンが距離を縮めた。

「あなたもそうでしょう？　どうしたいかは個人の自由だわ」キャサリンは懸命に息を整えた。

侯爵が舌打ちをする。「ぼくを急進的だと非難したが、男女平等を訴えるきみのほうがよほど急進的じゃないか」

「特定のことについて、どうするかは個人の自由だと言っただけよ」彼女は軽い口調を保った。「もっと広い観点から言えば、女性はあらゆる面で男性より優れているわ。そうでなければなぜあなたたち男性は、躍起になってわたしたちの力を制限しようとするのかしら」

「教えてくれ」彼がキャサリンの耳もとで言う。「きみは毎週日曜日、サウスフォードの子どもたちに革命思想を植えつけようとしているのか？」

「あら。わたしのことを調べたのね」ブロムトンの息が耳にかかった瞬間、キャサリンの体に電流が走った。その感覚に気をそらされまいとしながら返事をする。

「そうだ」侯爵が謝ろうともせずに認めた。

彼女は大きく息を吸った。「じゃあ、わたしの授業に急進的なところなんかまるでないとわかっているはずよ。教育レベルの高い小作人は、領主にとって財産ですからね」

スカートの後ろに彼の膝が触れる。「それは素晴らしい考え方だ」

「では、ゲームを始めましょうか」キャサリンはちらりとブロムトンを振り返った。「ちょっと場所を空けてもらえる？」

侯爵がお辞儀をして脇によけると、彼女は決然としたしなやかな動きで台の上に身を乗り出し、そのあとかすかに踵に体重を移動させて腰を揺らした。

ブロムトンが咳払いをする。「この部屋はちょっと暑すぎるみたいだ。きみは平気かい？」

キャサリンは顔をしかめて侯爵を見た。「わたしの気を散らそうとしているのね」

「ぼ、ぼくがきみの気を？」

「もちろんそうよ。今集中しなくちゃならないのは、わたしですもの」キャサリンはいったん体を起こすと、胸もとのスカーフを外した。「たしかにちょっと暑いみたい。持っててもらっていい？」スカーフを彼の腕にふわりとかける。

ブロムトンの喉仏が上下した。「ああ、いいよ」

キャサリンは侯爵と台とのあいだに体を入れたが、その作戦は失敗だった。思っていたほど彼がさがらなかったので、力強く熱い腿に体がこすれるはめになってしまった。

いつの間にかビリヤードが危険なゲームになっている。

「失礼」彼女は体を回転させてブロムトンのほうを向き、甘く微笑んだ。

「失礼だなんて、とんでもない」

どうしてこんなことになってしまったのだろう。侯爵を刺激して優位に立つはずだったのに、あらわになった首筋はすうすうして気になるし、胸は妙に敏感になっている。ビリヤード室の扉に鍵をかけられたらよかったのになどという、とんでもない考えまで頭に浮かぶ始末だ。こんなふうに彼の耳から顎の線を目でたどるなんて、今すぐやめるべきなのに――。

「まあ、ひどい傷」キャサリンは眉をひそめた。

「きみがつけてくれた夜番の従僕は、びっくりするくらい気がきくんだよ。夜も寝ないで髭剃りをしてくれるなんて、信じられるかい？」

なんてことだろう。ブロムトンは彼女のせいで怪我をしたのだ。首から血がのぼり、頬からこめかみへと広がっていく。

「ごめんなさい」キャサリンはささやいた。

侯爵が顔をしかめた。「いや、きみは悪いなんて思っていないはずだ」

悪いと思っていた気持ちが、あっという間に消える。彼女はビリヤード台に向き直ると、ふたたび台の上に上半身を伏せた。片目をつぶって球を突き、ふたつの球に当てる。完璧なショットだ。

彼が喉の奥でうなった。「前にもやったことがあるんだな」

キャサリンはブロムトンの腕に触れないように注意しながら、預けてあったスカーフを取った。素早く侯爵から離れ、スカーフをつけ直す。

「この部屋が男性たちの憩いの場所だとしても、せっかくのビリヤード台をわたしも使っちゃいけないことにはならないでしょう？」

「この台はいろいろと楽しい使い方ができそうだ」

キャサリンはぴたりと動きを止めた。ブロムトンはまさか、彼女が今一瞬思い浮かべたことをほのめかしたわけではないだろう。そう思いながらも体が熱くなって、息ができなくなる。

「そんなふうにきわどいことを言うのは、やめてくれないかしら」

「本当に？　始めたのはきみじゃないか、ケイティ」侯爵がかろうじて聞き取れるくらいに、声をひそめた。

「ケイティと呼んでいいなんて言っていないわ」これまで彼女をそう呼んだのは、セプティマスだけだ。セプティマスは今の彼女を見たらどんなに恥ずかしく思うだろう。「マーカムはだまされたのかもしれないけれど、わたしはだまされないわ。さっさと出ていったらどうかしら?」

ブロムトンはなかなか答えず、沈黙が窒息しそうなほど熱を帯びた。侯爵は興味と欲望を掻き立てられたかのようにただキャサリンを見つめ、無言で彼女を探っている。

「ビリヤードはしょっちゅうやっているのか?」ブロムトンがようやく口を開いた。

キャサリンは目をしばたたいた。「わたしが言ったことを聞いていた?」

「聞いていたし、ちゃんと理解している。ビリヤードはしょっちゅうやっているのか?」

「あなたはちゃんと理解しているのに、おとなしく出ていく気はないのね。いいわ。あなたがそういうつもりなら、わたしが出ていくから」キャサリンはキューを放した。

ところがブロムトンは、大きな体で彼女の前に立ちふさがった。侯爵からすれば、キャサリンはもう手の中に落ちたも同然なのだろう。彼女は急に喉がからからになった。彼が一歩踏み出したので、キャサリンは一歩さがった。ブロムトンがさらに近づいてきたので、彼女もさらにさがった。肉食獣と獲物が踊るようなダンスは、彼女の腿の後ろが台にぶつかったところで終わった。

「野蛮なまねはやめて」

「その言い方は公平じゃないな。ほとんど触れていないのに」侯爵の息がキャサリンの唇にかかる。

「いいえ、どう考えても公平よ。あなたは自分の体の大きさを利用しているんですもの」彼女は台の端を両手でつかんだ。

「そしてきみは、自分の性的魅力を利用した」ブロムトンの服のボタンがキャサリンの腕に食い込む――袖と手袋のあいだの露出している部分に。「ぼくは紳士だから、そういう魅力を利用するような人間にふさわしい呼び名を知ってはいても、口に出したりしない。きみの許しがあろうとなかろうと」

「そうね。わたしの行為ははねっかえりと言われてもしかたがないものだったかもしれない。でもそれは、あなたが野蛮人のように振る舞う言い訳にはならないわ」

「ほう。〝はねっかえり〟ね」侯爵があざ笑った。「いいだろう。はねっかえりのきみは、ぼくから睡眠を奪った。ちゃんとした食事も。そしてぼくをからかった」目をぎらりと光らせて体を寄せてきた。

キャサリンはのけぞりながら返した。「自分がなんでもわかっていると思わないほうがいいんじゃないかしら」

侯爵が片手で彼女の顎をつかんだ。「ぼくがよからぬ意図を秘めたろくでもない男だと思わないほうがいいんじゃないかな」

「ブロムトン卿、あなたは何を求めているの？　何かを求めていることはわかっているのよ。それがわたしではないことも」思ったよりきつい口調になる。

〝本当にそう思っているのか？〟と侯爵の目が無言で問いかけている。キャサリンの頬の上を彼の親指がたどった部分が、燃えるように熱かった。

「それからこんなふうにいきなり黙って、わたしを混乱させるのは——」言葉を切って言い直す。「腹立たしい思いをさせるのはやめて」

ブロムトンが空いているほうの手で、髪がひと房こぼれ出るまでキャップを後ろに押しさげた。「とりあえず今は、ぼくの質問に答えてくれるだけでいい」侯爵の頬が彼女の額をかすめる。

キャサリンが怒りに駆られて目をしばたたくと、まつげが容赦なく迫ってくる彼の熱い肌に触れた。

「何か質問されたかしら」

「こういうことをしょっちゅうやっているのかと訊いた」

ブロムトンはビリヤードについて訊いているのだろうか。「いいえ」

「誰に教わった？」

「それが重要なの？」

「重要ではないかもしれない。これからは、ぼくとしかプレーしないでくれるなら」侯爵が震える息を吐く。

キャサリンは目を閉じた。ブロムトンとのあいだに芽生えつつあるものが何かはわからない。でもくらくらさせる香りを発するハンサムで魅力的な体をした侯爵に自分以外とはビリヤードをしないでほしいと言われたからといって、彼女に従う義理はない。

「ぼくの爵位に圧倒されて、口がきけなくなったのかな？」

「ビリヤードは自分で覚えたのよ」彼女が顎をあげたので、ブロムトンの手も持ちあがった。

「でも、キャロムはたいして面白くないわね」

「それは変だな。ぼくのほうは、今日初めてキャロムがこんなに面白いと発見したというのに」密着している侯爵の下腹部から振動が伝わってくる。

キャサリンは顔が熱くなって、視線をそらした。

「赤い球が右のポケットに入ったから、ぼくに三点だ」ブロムトンが彼女のこぼれた髪を持ちあげて、キャップの下に戻した。

それからキャサリンと頰をそっとこすりあわせた。その官能的な感触に、彼女は初めて経験する背徳の喜びを感じた。腹部に当たる硬いものは、堕落という言葉でしか言い表せない。愛を知らないという男性からの、もっとも原始的な誘惑。侯爵は今後も誰かを愛することはないだろう。

「ブロムトン卿、わたしの人生はゲームではないのよ」

侯爵がかすかに体を引いた。「すべての人生はゲームさ。きみは参加するのを避けつづけているが」

「わたしはルールにのっとって参加しているだけ」キャサリンは胸を駆け抜けた熱い興奮を無視した。

彼が眉をあげる。

「――たいていの場合は」

「キャサリン、きみには単なる興味よりもずっと多くのものをそそられる。きみは本当に、こそこそと逃げつづけたいのか？」

「そんなことはしていないわ」

「いや、しているね。ばかげた服装の陰に隠れようとしているし、今だって自分の気持ちを直視せずにごまかしている」

侯爵はいまいましいほどよく見ている。でも、それなら彼女だって歯に衣を着せず、はっきり言ってやろう。「ブロムトン、あなたがこの屋敷で過ごす一分一秒が、わたしにとっては脅威なのよ」

「そうかもしれない。だが危険を冒せば、見返りがある。それにきみだって、ぼくの挑戦を受けて立ちたいと思っているんじゃないのか？」

たしかにそう思っている。キャサリンは息を吸った。「あなたがここにいるせいで、レディ・ジュリアも危険にさらされる。それが許せないの」

ブロムトンが探るような視線を向けた。

「わたしたちには、スキャンダルはもう二度と許されない。ジュリアが社交界にデビューできるように、マーカムにはふさわしい結婚をしてもらわなくてはならないし」

「マーカムは結婚するし、レディ・ジュリアは社交界にデビューするだろう。そうしたらはねつかえりのきみの身には何が起こると思う？」

侯爵が〝はねつかえり〟と言うのを聞き、キャサリンの腿のつけ根のあいだの疼きが強くなった。

「何も起こらないわ。このままの生活が続いていくのよ」

「このままできみは満足なのか？」

満足？　満足なんかしていない。どうして満足できるだろう。彼女が懸命に抑え込んできたものを、ブロムトンは呼び覚ました。このろくでなし男のせいで、簡素な生活にふたたび喜びを見いだせるようになるまで、長い時間がかかるだろう。

侯爵がキャサリンの心の中を代弁する。「変化のない生活に満足できるはずがない。きみみたいに生き生きした女性が」

パニックが込みあげ、彼女の喉の奥が震えた。「わたしは生き生きしてなんかいないわ。ごくふつうの女ですもの」

「きみはふつうとはほど遠い」

ビリヤード台を握っていたはずのキャサリンの手は、気がつくとブロムトンに握られていた。彼女は行儀の悪い子どもを見るように、しかめっ面で自分の手を見おろした。彼の少しざらついた熱い親指が、子山羊革（キッド）の手袋越しに指の関節を探る。

キャサリンは眉間にしわを寄せたまま顔をあげた。「あなたといると、落ち着かない気分になるわ」

「ぼくほどじゃない。ぼくのほうがずっと落ち着かない気分だ……きみといると」ブロムトンが頭を傾けた。

侯爵の低い声はまるでキスのようで、キャサリンの中に喜びが広がった。興奮が泡のように唇にあふれ、首筋から膝にかけて小さく波立つような震えが走る。気がつくと、伸びあがって体を寄せていた。ブロムトンがそれを受け止め、彼女の首をしっかりとつかんで舌で唇を割る。いつそうなったのかわからないうちに、キャサリンの全身のあちこちではじけていた小さな欲望の火花は、赤々と燃えあがる大きな炎となっていた。

これが本物のキスというものならば、過去の経験を誤解していた。こんなふうにキスされたことは一度もない。

このキスが終わってほしくなかった。

ブロムトンが彼女の下唇をついばんだ。柔らかいけれどしっかりした彼の唇は、まるで太陽にあたためられたぶどうのようだ。「はねっかえりのキャサリン。きみをぼくのものにしたい」侯爵のしゃがれ声はくぐもっていて、彼女は体がかっと熱くなるのを感じた。

「こんなことをしてはいけないわ」キャサリンは両手を丸め、力いっぱい彼の胸を押した。

それなのに、侯爵はびくともしない。

「お願いよ、ブロムトン。お願いだからやめて。あなたは名誉を重んじる紳士でしょう?」

彼女は弱気になって懇願した。

すると突然、体が自由になった。とはいえ、侯爵の激しい視線に釘づけにされて動くことができない。

「わたしたちのあいだには何も起こりえないと言ったでしょう? どうして納得してくれな

い の？」

「ぼくたちのあいだには、すでに何かが存在している。どうしてそれに抵抗する？　どんな未来が手に入るか考えてみるんだ」

「あなたの愛人としての未来？」キャサリンは吐き捨てるように言った。

「違う！」彼が驚くほどの激しさで否定する。「ぼくの妻としての未来だ」

キャサリンの心臓は檻から必死で逃げようとしているかのように、激しく打っていた。妻。ブロムトンは今、妻と言った。死んだと思っていた希望が息を吹き返し、残酷にも彼女をあざ笑う。

「マーカムはすでに同意してくれている。だからあとは、きみが同意してくれればいい」

侯爵の妻としての未来。今ここで彼の言葉を受け入れさえすれば、ふたたび婚約した身となるのだ。キャサリンは床がぐらりと傾いたような錯覚にとらわれた。

ブロムトンは活力にあふれている。力強い。そんな男性が自分のものになるのだ。彼を抱きしめ、存分に言葉を戦わせ、キスを交わせるようになる。つらいときや苦しいときに頼りにでき、愛情を注げる人ができるのだ。

なんて魅力的な未来だろう。そんな未来をつかみ取りたくてたまらない。

ブロムトンは高潔な心を持っているのかもしれないが、真実を確かめるすべはない。侯爵が自信に満ちているのはたしかだけれど、優しいかどうかについては証拠を目にしていない。

知りあってこんなにすぐ結婚しようと言い出すなんて、どういう男性なのだろう。そんな男性が愛を信じているとは思えない。そして愛を信じていない男性には、キャサリンが二度と取り戻せないものを愛ゆえに別の男性に与えてしまったことを理解してはもらえないだろう。たとえ理解してくれたとしても、侯爵である彼は処女の妻を求めるはずだし、それは彼女には決してなれないものだ。

「あなたはわたしを知らないわ」声が震えてしまう。

「ぼくはマーカムを信頼している。その彼が、ぼくたちは合うだろうと言っていた。そしてきみと実際に会ってみて、ぼくもそう思っている」

ああ、どうすればいいのだろう。「あなたをサウスフォードから追い出すことはできない——やってみたけれど、だめだったわ」震える指で下唇をなぞる。「もう一度キスすれば、わたしはきっと誘惑に屈してしまう。でも……」そうして深い関係になれば、侯爵は真実を知る。「そうしたら、わたしはきっとあなたを憎む。あなたもわたしを憎むようになるわ」

キャサリンはジュリアも感心するに違いない素早さで、ブロムトンの腕をかいくぐって逃げた。ペチコートが足にからまっても、ひたすら進みつづける。涙をこらえる目に風が当たって、ちくちくした。

キャサリンに置き去りにされて、ブロムトンは呆然と立ち尽くした。彼女が行ってしまったことは、髭剃りで傷を負わされたときに勝るとも劣らない衝撃だった。キャサリンと結婚すれば自分の抱えている問題が解決されるだけでなく、彼女こそ運命の相手だと感じていたというのに。一気に燃えあがった欲望に抵抗できなかったせいで、すべてを台なしにしてしまった。

己の自制心は、どこに消えてしまったのだろう。

欲望にわれを忘れることなどこれまで一度もなかったのに、キャサリンを求める気持ちが恐ろしい勢いでふくれあがって、有無を言わさずビリヤード台に追いつめてしまった。動けなくなったキャサリンを見おろして麝香のような香りをかいだ瞬間、相手も同じ気持ちなのだと確信して、危うく硬い台の上に押し倒し、熱く潤っている彼女の中に身を沈めてしまうところだった。

そうしていたら、目もくらむほどの絶頂を迎えられていただろう。本能的な誘惑に応える、究極の解放だったはずだ。ブロムトンの分身はいまだに硬く張りつめ、いつでも再開できる態勢だった。

あまりにも確信に満ちているキャサリンを、キスで動揺させようとしただけだったのに。

キャサリンは一瞬、ブロムトンを受け入れた。あたたかくしなやかな体が押しつけられ、柔らかい乳房が無防備に彼の胸板に当たった。腕の中にいた彼女は完全に従順だった。抱きしめているあいだ、キャサリンは自分のものだと感じ、愛の甘い味わいを堪能した。

だが勝利の感覚に酔って理性を失い、すべてを求めてしまった。彼女が尻込みしたのも当然だ。

だから引き止めなかった。体が追いかけられる状態ではなかったのに加え、キャサリンを無理やり自分のものにしてしまうのを避けたかったから。それは紳士として越えてはならない境界線だ。

ブロムトンは鼻を鳴らした。

まだ自分を紳士だと思っているのだ。本当の父親はブロムトン城の下っ端の従僕だったかもしれないのに。彼はぎりぎりと歯を噛みしめた。自分は紳士ではないし、評判の自制心も崩壊寸前だ。鉄壁の自制心を持っているなどというのは出自同様に偽りだ。

私生児なのだと知った夜から、自制心が少しずつ抜け落ちている。キャサリンの肖像画をポケットに滑り込ませたときには、ほとんど残っていなかった。

ブロムトンは細密画の入っているロケットを握りしめた。それを今すぐポケットから出して、唇の線を指でたどりたい。そう思ってしまう自分を恥じた。

キャサリンが欲しい。サクランボのように熟れた唇や、インクで汚れた指や、挑むような生意気な目だけに心を奪われたわけではない。ほかの女性がそれらを持っていても、まったく惹かれないだろう。ブロムトンに火をつけたのは、彼女が初々しい情熱で返したキスだった。あの情熱に欲望を呼び覚まされ、跡継ぎをつくるという目的とは関係なく彼女をベッドに連れ込んでしまうところだったのだ。

ブロムトンは硬いビリヤード台に、あおむけに寝そべった。肩に食い込んだ球をどけ、シャンデリアに設置されている蠟燭を見あげる。いくつもの小さな炎を見つめながら何もかも焼き尽くすその力に思いを馳せていると、やがて熱いしずくがぽたりと頬に落ちた。甘い香りのする蠟に、肌が焼ける。

しずくが目に落ちれば、失明するかもしれない。そうなっても当然の報いだ。

〝妻〟という言葉を聞いて、キャサリンの目に予想していなかった表情が浮かんだ。あれはなんだったのだろう。あのどこまでも女らしい表情は。せつないあこがれだろうか。とにかくあれがなんだったとしても、見た瞬間、彼は息が止まった。

脳裏には、男性に守られたいと無言で訴えていた彼女の姿が焼きついている。

だが唯一の家族である母親にすら軽蔑されている私生児の自分には、ああいう優しい存在を守ることはできない。ブロムトン侯爵の称号を継ぐ者が代々課せられている唯一にして最大の務めは、権力の継承。〝妻〟や〝家族〟といった言葉は、彼らのあずかり知らぬ世界に属しているのだ。

ブロムトン侯爵の称号を継ぐ資格のある血を引いていない彼に与えられるものは、偽りに基づいた名前だけだ。自分は紳士ではないと知りながらキャサリンを手に入れようとすれば、本物のろくでなしになってしまう。キャサリンが非難したような野蛮人に。

おそらく彼は、サウスフォードを出ていくべきなのだろう。

だが、それはできない。どうしても。

父と呼んだ男性の墓にかけて誓ったのだから。どれほどの犠牲を払うことになっても、ラングレーの血を引く跡継ぎをブロムトン城にもたらすと。

キャサリンの運命は、今夜のあのキスで決まった。

ブロムトンはキャサリンが一瞬だけ無防備にさらした弱点を、躊躇なく利用する。妻になりたいと心から望んでいるあの気持ちを。

もう一度キャサリンを腕の中にとらえ、防御の壁を崩すのだ。そして彼女が大切にしているものを奪う——この地で誇りをもって築きあげてきた生活から、家族から引き離す。ラングレーの血を引く正当な跡継ぎを得るために、ブロムトンがわが家と呼ぶ醜い権力の要塞に彼女を縛りつけるのだ。卑しい出自を隠す詐欺師の夫とともに。

キャサリンの言ったとおりだ。心をえぐる彼女の非難が、生々しい痛みとともによみがえった。彼女はやがて、ブロムトンを憎むようになる。

彼は結局のところ私生児で、紳士ではないのだ。

4

ブロムトンは怒りとともに決意を固め、唇を引き結んだ。頬で固まった蠟をはがし、立ちあがって廊下に出る。一歩踏み出すごとに、体が冷えていった。自分は使命を果たすためにサウスフォードに来たのだ。その使命を早く果たせば果たすほど、負の面を最小限にとどめ、修復することができる。

階段をあがったところで、家族の部屋があるほうを見つめて躊躇した。

だめだ。キャサリンを勝ち取るつもりなら、今晩さらに攻めるのは賢明とは言えない。彼は自分の部屋に戻ろうと向きを変えた。

「動かないで」流行のハイウエストのドレスを着た若い女性が、ブロムトンの行く手をさえぎった。初めて会うが、この表情には見覚えがある。彼女の姉や兄の顔にも、同じ挑戦的な表情がたびたび浮かぶ。「きみが誰か当ててみせようか。これまでなかなか顔を合わせる機会がなかったレディ・ジュリアだね」

「勝手に名前を呼ばないでちょうだい」彼女が返した。

「どうしてぼくを呼び止めたんだい？」

「さっき姉が、何かつぶやきながら二階にあがってきたの。何度もはなをすすりながら」ジュリアの表情が険しくなる。「キャサリンは風邪を引かないのよ。ひとりごとも言わない。そしてすすり泣きなんか絶対にしないわ」彼女がブロムトンを壁際に追いつめた。

「何か予想外の災難に見舞われたとか」

「その災難と、わたしは今話しているのよ」

暗がりに包まれた家族の居住区画のほうから、足音が響いてくる。そちらに気を取られたブロムトンは、かちりという音とともに、気がつくと後ろ向きに暗闇に押し込まれていた。すぐにジュリアも隠し部屋に入ってきて、壁板を閉める。

彼は目をつぶってから開いてみたが、何も変わらなかった。完全な暗闇だ。手を伸ばすことはできない。下手に若い女性に触れれば、彼女の名誉を汚したことになるからだ。

「レディ・ジュリア、こんなことは――」ブロムトンは警告を込めて戒めようとした。

「黙って。この壁は紙みたいに薄いんだから」ジュリアが彼をさえぎった。

足音がどんどん大きくなっていく。廊下を歩いているのが誰であれ、どこかへまっしぐらに向かっているようだ。すぐにドアが開く音がしてばたんと閉まり、ジュリアが息を吐いた。

「さあ、もう開けてくれ」ブロムトンはささやいた。

「あなたがどういうつもりなのか聞くまでは開けないわ」

「どういうつもりとは？」

「キャサリンにキスをしたじゃない！」

彼はうめいた。これは未来の妻を傷つけた報いだろうか。

「サウスフォードでは、誰も彼もビリヤード室に殺到するらしい」しゃべりながら壁にそっと指を滑らせ、掛け金のようなものがないか探した。

「ちょっと！　じっとしていて」ジュリアがささやく。「わたしの横をすり抜けて逃げようとしても無駄よ。わたしがいいと言うまで、あなたはここから出られないわ」

「きみたちきょうだいは誰ひとり、侯爵であるぼくに敬意を払おうとしない」彼女の腕にぶつかって、ブロムトンはびくりと身を引いた。

「敬意を払わなければならない理由を、ひとつでいいから言ってみて」

自分の身分についての真実をここで説明するわけにはいかない。「きみの懸念については、ここではなく別の場所で話しあおう。きみが怒る気持ちはわかるし、お姉さんの名誉を心配するのは当然だ。だがよく考えたほうがいい。きみは狭くて暗い場所に、独身男性をいきなり引き込んだ。この行為がどんな危険をはらんでいるか考えると、ぞっとする。誰かに見つかって致命的な事態に陥る前に、さっさと扉を開けてほしい」

「なんですって？　いやだ、ありえないわ！」彼の耳に、鋭く息を吸う音が響いた。

「ぼくもまったく同じ気持ちだ。ということで、外に出してもらえるかな？」ブロムトンはクラヴァットの下に親指を入れてゆるめた。

「質問に答えてくれたらね」

「ぼくがどういうつもりでいるかは、きみには関係ない――」言いかけて言葉を切った。

怒りに燃えた兄レインを涙ながらに止めていたクラリッサの姿が、脳裏によみがえったのだ。彼女は求婚を断ったのは自分だと主張し、決闘の申し込みを撤回してくれと兄に懇願した。クラリッサがそうしてくれなかったら、ブロムトンは決闘を受けざるをえなかっただろう。しかも彼女は兄への愛ゆえに、その後ブロムトンとレインのあいだを取り持ち、仲直りさせた。レインも妹を愛しているがゆえに、少なくとも人前では何ごともなかったかのごとく振る舞うようになった。

きょうだいというのは、こんなふうに助けあうものなのだ。

だからもしマーカムがジュリアと同じくビリヤード室での光景を目にしていたら、レインと同様に決闘を申し込んでいただろう。

「ぼくは高潔な目的からレディ・キャサリンにキスをした」ブロムトンは口調をやわらげた。ふたたび息を吸う音が響く。「マーカムには話したの？」

「ああ」

「結婚したいって？」

ジュリアのうれしそうな声を耳にして、彼の罪悪感が燃えあがった。

「姉上を説得できればの話だが」

「あなたの領地はどこにあるの？」

どうしてそんなことを訊くのだろう。「ノーサンバーランドだ」

ジュリアがこほんと咳払いをした。「ほとんどスコットランドじゃない。それなら助けてあげないわ」

「助ける？」

「ノーサンバーランドはロンドンから遠すぎるもの。意味ないわ」ジュリアが憤慨したようにため息をついた。

なんということだ。キャサリンも相当なはねっかえりだが、ジュリアはその上を行く。彼女を無事に社交界へデビューさせようと思ったら、ふたり、いや二〇人のお目付役が必要だろう。とりわけきびしく目を配るシャペロン軍団が。しかもそれでも、マーカムとキャサリンはあらゆる有効な伝手を使って、妹の火消しに走り回らなければならない可能性が大きい。

ブロムトンの唇にゆっくりと笑みが広がった。

その伝手として、王族を名づけ親に持つ侯爵は非常に心強い存在となるだろう。キャサリンを手に入れると決めてから初めて、彼女が価値を見いだしそうな資質に思い当たった。ジュリアの社交界での成功を保証できれば、キャサリンから憎まれるようになる運命は避けられないとしても、その憎しみをいくらかはやわらげられるかもしれない。そういう関係なら予想の範囲内だ。代々のブロムトン侯爵夫妻はよそよそしい間柄である場合がほとんどで、城じゅうの漆喰壁に彼らが放出した嫌悪感がしみ込んでいるのではないかと思うほどなのだから。

「きみが見落としていることがあるよ」ブロムトンは言った。

「あら、そうかしら」ジュリアがからかうように返す。

「侯爵夫人になれば、レディ・キャサリンはきみの社交界デビューを直接支えられる」

暗闇に沈黙が落ちた。

「きみはそうしてもらうことを望んでいるはずだ。違うかな？」彼は問いかけた。

「もちろん、望んでいるわ」ジュリアが熱心にささやく。「ただ、あなたを信用していいのかわからないだけ。結婚しても昔の噂は消えないって、キャサリンは言ってたもの」

「レディ・キャサリンが〈オールマックス〉への出入りを認められることはないだろうね。後援者(パトロネス)たちは気まぐれだから、それも定かではないが」最近、そのうちのひとりに大きな便宜を図ってやったところだ。「まあ〈オールマックス〉のことは置いておくとして、ぼくのロンドンの屋敷がグローヴナー・スクエアで二番目に大きいってことはもう話したかな？」

「ふうん」彼女が短く応じた。

「信じないなら、マーカムに訊いてみればいい。よく来ているから」

「マーカムもロンドンに屋敷を持っているわ」ジュリアが兄への誇りを込めて言った。

「たしかに。だがブロムトンに屋敷を持っている。ブロムトン邸では社交界の人々がこぞって参加したがる素晴らしいパーティが開かれるんだ」少なくとも、ブロムトンの母親が女主人の役目を放棄するまではそうだった。「これで、きみの協力を取りつけられたかな？」

「そんなものにつられると思われるなんて侮辱だわ」

「だがもしぼくの領地がロンドンにもっと近かったら、何も言わずに協力してくれるつもりだったんだろう？」

ジュリアがぴしゃりと言った。「協力することを考えてあげたというだけよ。あなたについては何も知らないんですもの」

「姉上に近づいたのは高潔な目的からだと、もう説明した。ノーサンバーランドに領地があることも、ロンドンに屋敷を持っていることも」彼はため息をついた。「それに、きみのために舞踏会を開いてあげられることも。これ以上何を知りたい？」

「一番大切なことよ」ジュリアが迷いなく答える。「あなたは姉にとっていい夫になるかどうか」

ブロムトンは暗闇で目をしばたたいた。

今までは自尊心や責任感や決断力など、領主として必要な資質を叩き込まれてきた。そういう資質がジュリアの言う〝いい夫〟につながるものとは思えないし、はっきり言って〝いい夫〟がどういうものかまるでわからない。とはいえ、何も言わないわけにはいかないだろう。

「姉上には富と財産を与えよう」

「富や財産なんてどうでもいいの。お姉さまに優しくしてくれる？」

優しくする？　彼は眉間にしわを寄せた。貴族の男で、人に優しくあらねばなどと考える者はいないだろう。

スタンレー家の人間は変わり者ぞろいだ。礼を失していると言われてもしかたのない振る舞いを堂々としてくる。だがそんな振る舞いも、彼らが高潔であるがゆえのものと言えるかかもしれない。

誰かが彼らに目を配ってやる必要がある。明らかに助けが必要だ。

「レディ・キャサリンをつねに気遣うと誓おう」

「その気遣いには、彼女が愛してやまない妹を長期間、屋敷に迎え入れることも含まれている？」

それを聞いて、ブロムトンは体の力を抜いた。損得の話なら対処できる。「こんなに愛しあっている姉妹を引き離す男がどこにいる？　なんなら、ぼくたちと一緒に住んでくれてもかまわない。もちろん、新婚旅行から戻ってからだが」

興奮したようにあえぐ声が聞こえる。「約束してくれる？」

「名誉にかけて」

「そういう条件なら、あなたに協力するわ」

「ではもう、ここから出してもらえるかな」

「ここは神父さまが身を隠すための場所なのよ」彼は皮肉を込めてうながした。

「でも、もちろんいいわ」ジュリアが留め金を外すと、壁板はすぐに開いた。

薄暗い廊下に戻ったブロムトンはベストを引っ張って整え、手足を振ってしびれを取った。

「レディ・ジュリア」彼はきびしい声を出した。「紳士を暗い場所に引き入れるなんて、世間的には許されない行為だ。しかも自分の身を危険にさらす」

ジュリアが天井を仰いだ。「こういう思いきった手段は、今後慎重に考えてから取るようにするわ」

「慎重に考えてから?」ブロムトンは眉をあげて彼女を威嚇した。「慎重も何も、こんなことはもうしてはだめだ」

ジュリアがうれしそうに笑う。「その言い方、マーカムにそっくり。兄よりもうちょっと怖いけど」彼女は胸を張った。「心配することないわ。必要に迫られれば、ちゃんと振る舞えるんだから。それに、わたしにはいろいろと計画があるの」

「計画?」

「ええ。でも――」彼をちらりと見る。「とりあえず、あなたには関係ないわ。兄でもなんでもないんですもの。今はまだ」ジュリアが笑みを大きくした。

ブロムトンが言い返す間もなく、彼女は去っていった。

彼の心臓はおかしな具合に打っていた。もちろん、自分にはなるべく多くの助けが必要だ。だがあの妹の助けは……。これからいったいどういうことになるのだろう。

ひとしきり泣くとキャサリンの動揺はおさまり、代わりに怒りがわいてきた。こんなふうに自分を欲求不満な状態に追い込んだ男に、腹が立ってしかたがない。彼女は弟の部屋まで行くと、ノックもせず勢いよく扉を開けた。

「パーシヴァル・ウィリアム・ヘンリー・スタン――。いやだ、マーカム!」キャサリンは手で顔を覆った。だがすでに、弟のむき出しの臀部(でんぶ)は目に焼きついている。

「勝手に入るからだ。男にはプライバシーが必要なんだよ」マーカムがくすくす笑った。

信じられない。あのパーシヴァルが一人前の男になっていたなんて。ほんの少し前まで、半ズボン姿でそこらじゅうを駆け回っていたのに。マーカムは大切な弟だが、これまで男性としては認識していなかった。

けれどもキャサリンが好むと好まざるとにかかわらず、弟は一人前の男性に成長したのだ。彼女の未来をその手に握る男性に。なんて不公平なのだろう。

「もうちゃんと服を着た?」キャサリンは訊いた。

「ローブを着たよ。こんなふうに何も考えずに飛び込んでくるような姉さんに、気を遣う必要はないんだけどね」

キャサリンは手をおろした。マーカムがいたずらっぽい笑みを浮かべ、腕組みをして壁にもたれている。そのにやにや笑いは、たった今思い知らされた上下関係の逆転を彼女に忘れさせた。

「何よ、偉そうに」目をぐるりと回す。「女性らしい慎みから叫んだんじゃないわ。目に毒なものを見てしまったからよ」

マーカムが喉の奥で低く笑い、そのいかにも大人の男らしい笑い声とともに組んでいた腕をほどいた。キャサリンは弟のローブを見つめた。上質な生地の抑えた色あいが、彼の肌と赤褐色の髪を引きたてている。信じられないが、マーカムは明らかに大人の男性になったのだ。しかもなかなかおしゃれな男性に。気がつかないうちに浮ついたところがなくなり、本物の魅力が身についている。

ブロムトンの影響だろうか。

「しかめっ面はやめてくれ。怒らせようとしても無駄だよ」

彼女は眉をあげた。「昼間はうまくいったのに」

マーカムがにやにや笑いを大きくする。「ビリヤード室でのことを言っているんなら、あれはわざと怒ったふりをしたんだ」

「パーシー!」

彼が肩をすくめた。「感謝してもらえると思っていたんだが。姉さんとブロムはふたりだけの時間が欲しいようだったから」

「侯爵をブロムなんて呼んだりして」キャサリンはあきれて両手をあげた。「わたしを怒らせようという試みは、うまくいったわ。だいたい、なぜブロムトン卿を招待したの? 侯爵をサウスフォードに連れてくるなんて、分別のない無謀な行為だわ。それに……意地悪よ」

唇をぐっと引き結ぶ。

「意地悪?」マーカムの眉が驚きに跳ねあがった。「ブロムトンには少し横柄なところがあるが、そんなふうに責められるほど――」

「忘れているなら言っておくけれど、ジュリアはまだ社交会にデビューする前なのよ。それなのに結婚していない男性を連れてくるなんて――」

「やめてくれよ。がみがみ言わずに、少しはこっちの言うことを黙って聞いてくれ。姉さんはもう何年も、シャペロン役を完璧にこなしてきた。それにブロムトン卿は名誉を何よりも大切にしている。ぼくは姉さんやジュリアを危険にさらすようなまねはしないよ」

「本気で言っているの？」彼女は弟をにらんだ。「前にあなたが友人を連れてきたときに何が起こったのか、忘れてしまったのね」

マーカムの笑みが消える。「いや、忘れてなんかいない。姉さんこそ、あれからもう四年も経っていることを忘れているんじゃないのか？」

「やっぱりあなたは、大人になりきれていないみたいね」キャサリンは顎をつんとあげた。

「ぼくの判断力は進歩したよ。友人の好みも」マーカムが身をかがめて姉と目を合わせた。

「とくに友人の好みは。そう思わないかい？」

「思わないわ」キャサリンは弟をにらみ返した。

マーカムは小さく舌打ちをした。「姉さんは侯爵を見て、よだれを垂らさんばかりだったじゃないか」

「そんなことないわ！」いまいましいことに、惹かれたくないのに惹かれてしまうのだ。

「いや、そうだ」彼は身をかがめたまま繰り返した。「姉さんはブロムトン卿に夢中なんだよ。手を変え品を変え彼にかまうのは、そのせいだろう？　肉や卵を取りあげてみたり、眠らせないようにしたり、それにそうそう、〝デミモンド〟の話を始めたり」

「わたしはただ、あなたが持ち込んだとんでもない問題を取り除こうとしていただけよ」キャサリンはようやく反論した。

「とんでもない？　思わずよだれが垂れそうなおいしい問題じゃないのか？」

「いいえ。とんでもなく危険な問題よ」彼女は弟に指を突きつけた。

「なるほど」マーカムが顎をこすりながら言う。「とんでもなく危険で男らしい問題か――うっ」

　キャサリンは手のひらで弟の胸を突いた。「あなたって本当に頭が空っぽで――」どん！「間抜けで――」どん！　「しょうもないばかよ！」どん！　「だからサウスフォードの誰かが、代わりに義務を果たさなくちゃならないんじゃない！」

「姉さんはいやになるほど口やかましいがみがみ女だ」マーカムが姉の肩をつかんで、自分から引き離した。「聞こえたかい、ケイト？」

「そういうときもあるわ。だけどあなたは、いつだって間抜け（アス）よ」弟に負けまいと、精いっぱい伸びあがった。

　キャサリンは鼻をくっつけんばかりにしてマーカムを見おろしたものの、弟の濃いはしばみ色の目は怒りをたたえ、一歩も引かなかった。ところが次の瞬間、彼が微笑んだ。

「そうさ。ぼくの尻（アス）はなかなかのものだろう？　姉さんはその目で確かめたよね」

　思わず、キャサリンの肺から空気が抜ける。

「本当にもう。あなたなんか大嫌いよ」彼女は愛情を込めて言った。

　キャサリンが踵をおろすと、マーカムが腕を回して軽く抱きしめた。弟に体を預けると、驚いたことに顎ではなく胸に額がつく。なんて大きくなったのだろう。そのことに気づいてもいなかった。

　きっと、よだれを垂らしそうになりながらブロムトンに見とれていたからだろう。危険で男らしいブロムトンに。

「どうして侯爵みたいな人とつきあうようになったの？」

「侯爵みたいな人はどんな相手も受け入れてくれるんだ」マーカムはキャサリンを放すと、姉の顎をつかんだ。「誰かが義務を果たさなくちゃならないからね」ゆがんだ笑みを浮かべ、彼女の言葉をそのまま返す。

「世の中をうまく渡っていくために、侯爵と友人になったというの？　そんなこと、一瞬だって信じないわ」キャサリンは腕組みをした。

「侯爵とつきあうのがどうしていけないんだい？」マーカムはベッドの前まで行って、背中からどさりと横たわった。それから肘をついて、上半身を起こす。「何か気に入らない理由でも？」

「ちゃんと隠してよ」キャサリンはあらわになった脚を覆うよう身ぶりで示した。

「膝が見えることを気にしてるのか？　なんて繊細なんだ！　あのぞっとするキャップのせいで、そんなふうになってしまったんだな、きっと」弟がベッドカバーで脚を覆った。「これでいいかい？」

「感謝感激よ」キャサリンは皮肉を込めて言うと、ベッドの端に腰をおろした。「さあ、ブロムトン卿について、本当のところを話してちょうだい。断っておくけれど、もう言い逃れは許しませんからね」

「侯爵とは共通の先祖がいるみたいなんだ」

「いるみたい？」

マーカムが顔をしかめた。「詳しい関係を知りたいなら、『イングランド、スコットランド及びアイルランドの完全版貴族年鑑』を見てくれよ」

キャサリンはぐるりと目を回した。「貴族同士なら、いろいろな一族と共通の先祖がいると思うけれど。それに、彼の血統なんてどうでもいいわ」弟から目をそらす。

マーカムが舌打ちをした。「急進的な意見だな」

「マーカム！　まじめに聞いてちょうだい。わたしはブロムトン卿のことを何も知らないのに、彼はあなたに結婚の許しを求めたと言っていたわ」

「もうそんな話をしたのか？」マーカムは苦悩に満ちた長いため息をつき、額をこすった。

「わかったよ。そうだな……何を話せばいい？　ぼくが知っている人間は、みんなブロムトンを知っている。直接じゃなくても」

「わたしはまったく知らなかったわ」キャサリンは弟をじっと見つめた。「あら、失礼。みんなっていうのは、男性だけを指すのね」

彼は姉のいやみを無視した。「イートンでは、ブロムトンは若い貴族の鑑のような男だと見なされていた。ぼくより何年も先輩だ」

「その貴族の鑑のような男性が、庇護する対象にたまたまあなたを選んでくれたってわけなのね」

「それはひどい言い方だな。ぼくたちは友人なんだ」マーカムの口もとにちらりと笑みが浮かんだ。まるで、何か特別面白いことでも思い出したかのように。「とはいえ、彼らはぼくを〝ぼうや〟と呼ぶこともある」

「彼ら？」

「ブロムトンと彼の友人――ファリング卿とレイン卿だよ」

「なんか、見くだしているみたい」

マーカムは肩をすくめた。「別にかまわないさ。それ以外に、彼らがぼくを若造扱いするわけじゃないし」

「ブロムトンが〝ぼうや〟と呼ぶのは許しているのに、わたしがパーシーと呼ぶのはだめなの？」

マーカムの目に挑戦的な表情が浮かんだ。「言い方の問題だよ、ケイト」

キャサリンは考え込んだ。自分は弟の自尊心を、意図しているより深く傷つけていたのだろうか。もしかしたらマーカムは、世間的には取るに足りない存在の姉から認められたいと思っているのかもしれない。それについては必ずあとでゆっくり考えてみよう。

「ブロムトン卿やその友人たちとは、どこで出会ったの？」

「賭博場」

「あら、すてき」キャサリンは渋い顔をした。

マーカムも顔をしかめる。「批判するように見るのはやめてくれよ。節度を持って遊んでいるんだから」

「娼館にも通っているんじゃないの？　こまめに」

「ぼくたちはそんな場所へは行かないよ」マーカムは彼女の肩を押しやった。「ブロムに本当にいらだっているんだね。姉さんが今日みたいに振る舞うのは珍しい。ビリヤード室で言っていたことをほかの女性が聞いたら、卒倒するだろうね」

キャサリンはむっとして口をとがらせた。怒りがわきあがり、いらだちが募る。それでも、ここ何年もなかったほど全身に活力があふれていた。

その理由を突きつめて考えたくはないけれど。

「賭博場で会ったときの話を続けて」彼女は取り澄ました口調でうながした。

「ひとり足りないからって、誘われたんだ」

「誰に？」

「覚えていない。レインだと思う。それ以来、ぼくたちは連れだって賭博場に出かけるようになった。それであだ名もついたんだ。ブロムはスペード、レインはダイヤ、ファリングはクラブ」

「あなたはハート？」

「そう呼ばれる理由についてヒントを出そう。ぼくは娼館に行く必要がない」マーカムが眉を上下させる。

キャサリンは思わず息を詰まらせた。

「知りたくないなら、訊かないことだね」マーカムがいやみを言った。

彼女は弟を横目で見た。「つまり、ハートは愛を表しているのね」〝愛〟と言うときに思わず身震いする。「クラブは幸運、ダイヤはお金、鋤(スペード)は……土を掘るものだけれど」額にしわを寄せて考え込む。

「スペードは戦いを表している。ブロムは挑戦を拒否することが決してできないんだ。気づかなかったかい?」

キャサリンは顔をしかめた。「それを聞いて、わたしは気分がよくなるべきなのかしら」

「彼が女好きのだらしない男だったら、ここへは連れてこなかった」

「いいえ、女好きに違いないわ。そうでなければ、とっくに結婚しているはずだもの」

マーカムはしばらく迷っていたが、結局は口を開いた。「ブロムトンはレインの妹と婚約したも同然だったらしい。子どもの頃から決められていたことだったようだが、ぼくが彼と出会った頃には解消されていた」

今、彼女の胸を駆け抜けた感情はなんなのだろう。

「わかったぞ。姉さんは焼きもちを焼いているんだ」キャサリンが眉間に寄せたしわを、マーカムが親指で撫でた。

彼女はますますしわを深くした。

「焼きもちを焼く必要はないよ。レインの妹は別の男性を選んだんだ」

キャサリンは本格的にしかめっ面になった。「ブロムトン卿は信用できないわ」

マーカムがため息をつく。「侯爵との相性はぴったりなのに、どうして否定しようとするのかな」

「ぴったり？」

「姉さんは頭の回転が速い。ブロムトンもそうだ。姉さんは人と議論をするのが好きだし、彼もそう」

「なるほど、わたしにぴったりみたいね」弟をあざけった。

「姉さんはもう長いあいだサウスフォードを出ていないから、侯爵が門の前に柳の枝で小屋をつくっても、求婚者だと気づかないだろう（シェイクスピア作『十二夜』からの引用）」

キャサリンは胸が締めつけられた。「じゃあ、あなたはわたしたちが結婚することになればいいと思って、彼を招待したのね！」

マーカムが肩をすくめた。「ブロムトンはここに来てから、今まで見たことがないほど生き生きしている。姉さんも同じだ。だからぼくがそういうつもりで彼を連れてきたんだとしたら、素晴らしい選択をしたと言っていいだろうね。そう思うだろう？」

「侯爵は名誉を重んじる男性だというけれど——」キャサリンは言いかけた。

「姉さんは一度もぼくを信用してくれたことがない」マーカムが続きを引き取った。

彼女は眉をあげた。「あなたに異議を唱えることはあっても、基本的には信頼しているわ……」

「そうだったのか。驚いたな」マーカムがうれしそうに胸を張った。

「……重要な問題に対して適切な判断がくだせると」キャサリンは弟にかまわず最後まで言った。

「姉さんに夫を見つけることは、重要な問題だとは思わないのかい？」

キャサリンの頬が熱くなる。「わたしに夫を見つけることは、あなたの責任じゃないわ」

「ずいぶんな言い草だな」マーカムが髪を掻きあげた。「ぼくは姉さんには幸せでいてもらいたいんだ。ぼくが結婚してサウスフォードに新しい女主人が来ても、姉さんは幸せでいられるかい？」

「まあ」彼女は目を閉じて、鼻のつけ根をつまんだ。めまいがして、腰の下でベッドがうねっているように感じる。雪解けで水量が増えた川を、ものすごい勢いで流れていく丸太に乗っているかのごとく。「それってつまり――」

マーカムは姉の肩に腕を回した。「いや、まだ特定の女性はいない」

揺れ動いていたベッドが止まったので、キャサリンはうなずいた。

「ブロムトンを結婚相手として考えてみる余地もないのかな。高潔な男だとぼくが保証しても？」

「男性から〝高潔〟だと保証されたところで、侯爵がどんな夫になるかはちっとも伝わってこないわ。彼は人の気持ちを理解できる人かしら」

マーカムがばかにしたように言う。「姉さんはやっぱり女だな」

「突然のことで驚いているのよ。ブロムトン卿の求婚について真剣に検討してほしいなら、その手がかりになるような情報を教えてちょうだい。侯爵が姉や妹、それから母親にどんな態度で接しているかとか」

「もしそれが男性の価値を測る基準なら、困った事態に——」

キャサリンは弟の腕を払いのけた。「いいから、質問に答えて」

マーカムがため息をついた。「ブロムトンには姉も妹もいない。ひとりっ子だ」

キャサリンは急に寂しさに襲われて唇を噛んだ。もしジュリアや——マーカムがいなかったら?

「母上に紹介されたことはない。何カ月か前に再婚したらしい。たしか画家と。それとも音楽家だったかな?」彼は腕を引っ込めて指先を見つめた。「どっちだったとしても、ちょっとしたスキャンダルになった」

「そうなの?」興味を引かれる話だ。「上流階級には、そういう組みあわせを祝福しない人たちもいるものね」

「そのとおり」マーカムは顔をあげると、まっすぐに彼女を見つめた。「ブロムトンがそういうスキャンダルになる結婚を認めたということは、姉さんの過去についても気にしないという証拠になると思わないか?」

キャサリンはどう答えていいかわからなかった。ただ……なぜかもやもやする。何かが間違っている。この落ち着かない感じは、侯爵に原因があるのだろうか。あるいはもしかしたら、欲求不満のせいでこんなふうに感じるのかもしれない。姉さんにぴったりの相手だと思わなければ、マーカムがため息をつく。「もう一度言うが、ブロムトンを連れてこなかった」

「あなたを信じるわ……今は」

マーカムは姉の顔を見ようと頭を傾けた。「侯爵は城を持っている」

彼女は唇を引き結んだ。

「それほど広大な領地をひとりで切り盛りするのは、大変な負担だろう」軽い口調がいかにもわざとらしい。

キャサリンは低くうなった。

「侯爵夫人としての生活を、きっとすごく気に入るよ。自分でもわかってるはずだ」

「ブロムトン卿にわたしが必要だという理由で、ここへ連れてきたわけじゃないでしょうね？」

「まさにそうだとしたら？」マーカムが真剣な顔で問い返した。

「もう言い逃れは許さないと言ったはずよ」だが、マーカムにごまかそうとしている様子はまったくない。

「まじめに言っているんだ。ブロムは最高の男だ——ほかの男たちとは違う。そして姉さんも……」マーカムが首の後ろを掻いた。

「何よ？」彼女は喉が締めつけられた。

「姉さんも最高の女性だ」彼はベッドカバーの表面をいじくった。「ブロムはひとりぼっちだ。口やかましい姉や妹がいない。それはぼくから見ればうらやましいことであると同時に……やっぱり……」

「ひとりぼっち」キャサリンはつぶやいた。いつの間にか目に浮かんでいた涙を、まばたきをして押し戻す。

マーカムがうなずいた。「うまく説明できないけど、ブロムトンと一緒にいるようになって、彼と姉さんはぴったりだと思うようになったんだ。侯爵のこと、考えてみてくれないか?」

最初から自分が判断を誤っていたのだとしたら? ブロムトンがここに来た理由も、侯爵がマーカムとつきあっている理由も、彼がキャサリンに近づいた理由も、考えていたようなものではなかったのかもしれない。だとしたら、ブロムトンの人間性すら見誤っていたのだろうか。

「侯爵の申し出を真剣に検討すべきか、考えてみてもいいかもしれないわね」

マーカムが天井を仰ぐ。「検討することを考えてみるなんて、そんなことをするのは姉さんくらいだよ」

キャサリンはつんと顎をあげた。「今はこれしか約束できないわ」

「ジュリアのことも考えてくれ。姉さんが結婚すれば、ジュリアの社交会デビューをロンドンで支えられる」

「そういうことを言うのは反則よ、パーシー」

彼がにやりとする。「わかってる」

キャサリンは顎をあげて息を吸い、弟にやり返した。「これからも、圧力をかけつづけるつもりね」

「そのとおり。圧力をかけると言えば、使用人を使った攻撃はやめてほしい。今晩も眠れなかったら、頭がおかしくなりそうだ」

頭がおかしくなりそうどころか、キャサリンはすっかりおかしくなっている。ブロムトンを追い出そうとして繰り出したさまざまな策略により、彼もまた正気ではなくなった。つまり、侯爵も彼女も、正常な状態にあったとは言えない。

「わかったわ」キャサリンはため息をついた。「頑固なあなたたちは出ていきそうにないし……」

「ぼくたちが出ていっていたら、姉さんはがっかりしたと思うよ」

いまいましいが、そのとおりだ。キャサリンは弟の肩に肩をぶつけた。

「愛しているわ。わかっているでしょう?」

「姉さんもやっぱり女だね」マーカムはため息をつくと、彼女に腕を回した。

キャサリンは弟の肩に頭をのせた――こんなことをするのは初めてな気がする。どうしてだろう。マーカムからの助力を、慰めを、ずっと拒否していたのだろうか。

「わたしのことを考えてくれてありがとう」

「おやすみ、ケイト」

彼女は立ちあがって出口に向かった。「おやすみなさい、パーシー」これまでとは違って、愛情を込めて弟の愛称を口にする。

廊下に出ると、扉がかちりと音をたてて閉まった。細長く広がる薄暗い空間にいると心がやすらぐ。両腕を腰に回して、扉に寄りかかった。

最高の女性。弟が言ってくれたその言葉を思い返して、キャサリンは考え込んだ。自分は本当に最高の女性と言えるのだろうか。そんなふうに考えてもいいのだろうか。名誉を失って以来消えることのなかった恥辱の念を、改めて掻き立ててみる。けれどもそれは小さくすぶるだけで、燃えあがりはしなかった。最高の女性。

いや、とてもそんなふうには思えない。でも、マーカムがブロムトンについて言ったことが正しいとしたら？　弟が言ったとおり、侯爵はキャサリンを自分にぴったりな女性だと感じて求婚したいと思ったのだとしたら？　とうとう彼女は過去の過ちを許してくれる男性に出会ったのだろうか。

とっくにあきらめたはずの未来に思いを馳せる。社交界での居場所。ジュリアのデビューを手伝える日々。家庭。夫。

目がゆっくりと暗がりに慣れていく。するとまるで呪文で呼び出したかのように、階段の上の踊り場で物思いにふけるブロムトンの姿が浮かんだ。幅が広くがっちりとした肩から、力強さが伝わってくる。

仮定の話にすぎないが、もし侯爵を見て最初に抱いた印象が正しかったとしたら、どうだろう。運命と戦って勝利をおさめられる資質を備えているとしたら？

そうだとしても、ブロムトンはキャサリンの運命と戦えるほど強いのだろうか。

彼女は咳払いをした。「あなたの部屋はこっちじゃないわ」

ブロムトンはわかったとばかりに軽くうなずきながら振り向いた瞬間、はっとしたように体を伸ばした。キャサリンに負けないくらい動揺している。不意を突かれて、いつもかぶっている仮面をつける暇がなかったのだ。侯爵にも無防備な部分があるのだと、彼女は初めて気づいた。

名誉を失った自分は、もはやちゃんとしたレディとは言えない。それでも何か、ブロムトンに与えられるものがあるのだろうか。侯爵を見て危険だと感じたものは、彼が孤独な心を守るために張りめぐらせている壁にすぎなかったのだろうか。

ブロムトンが咳払いをした。「レディ・キャサリン、ビリヤード室では申し訳なかった」

顎にぐっと力が入る。

キャサリンは廊下を横切った。「謝ってもらう必要はないわ」あのときの自分の言動は褒められたものではないけれど、キスをなかったことにはしたくない。「わたしたちふたりとも、睡眠が足りていなかったせいよ」唇を湿らせて続ける。「だから今夜は……ゆっくり眠ってくださいな」彼女は息を吸って言いきった。

侯爵が眉をあげた。希望に満ちた彼の表情を見て、髪に指を差し入れて頭を胸に抱き寄せたくなる。こんなふうに思うなんてふしだらなことだが……くすぐったいようなうれしい気持ちでもあった。

「休戦かな？」ブロムトンが訊いた。

キャサリンはうなずいた。「休戦にしましょう」

侯爵がほっとしたように音をたてて息を吐いた。決闘で拳銃を発射したあと、立ち込める煙の向こうに相手の傷ひとつないぴんぴんした姿を発見したかのような、心の底からほっとしている表情だ。

「それで、これからのぼくたちの関係は？」

「今はまだ決められないわ」キャサリンは慎重に返した。

彼女に侯爵を試す権利があるかのような口ぶりだ。「というより、まずはお互いをもっとよく知るべきじゃないかしら」

ブロムトンが目を見開く。「ぼくを試すつもりなのかな？」

明るい見通しを示され、侯爵の顔が輝いた。キャサリンの右手を両手で包むと、指の関節にゆっくりと唇を滑らせる。彼女が許せば、ほかの部分にまで唇を這わされただろう。

わきあがった欲望に体が熱くなると同時に、胸にはブロムトンへの優しい気持ちが広がった。キャサリンは包まれていた手を引き抜いて、侯爵の頬に当てた。

「おやすみなさい、ブロムトン卿」

侯爵の唇にかすかな笑みが浮かんだ。「おやすみ、ぼくのはねっかえり娘」小さく会釈すると、暗闇に消えていった。
今はまだブロムトンのはねっかえり娘ではない。
でもこの先そうなれたらと、キャサリンは心から願った。

5

最初はとうていうまくいくとは思えなかったので、ブロムトンはすべてが苦もなく丸くおさまったのが信じられなかった。けれどもみんなと乗っている日曜の礼拝に向かう馬車の中で、彼は揺れに身をまかせながら良心の呵責(かしゃく)を懸命に振り払っていた。

どう考えても、喜ぶべきなのに。キャサリンは互いを知る時間をもうけようと言ってくれたのだから。昨夜の彼女の申し出は、あさましい思いでいっぱいのブロムトンの心に差し込んだひと筋の黄金の光にも思えた。

それなのになぜ、ずるをして勝ってしまったような気分なのだろう。

ブロムトンはキャサリンに目を向けた。あのはねっかえり娘は、どれほど警戒していても罠(わな)に近づいたら終わりなのだということを理解していないのだろうか。とはいえ彼女と結婚できるというなら、文句を言うつもりはないが。彼は止まった馬車の中で膝に指先を打ちつけながら、トロイ人がたどった運命について考えまいとした。

幸い、村人のほとんどは小さなチャペルの中ですでに席に着いている。まだ外にいるのは、牧師と年配の女性ひとりだけだ。

「ああ、マーカム。これはうれしい驚きだね」牧師が声をかけてきた。

マーカムはびっくりするほど明るい挨拶を返してブロムトンを紹介したあと、年配の独身女性——ミス・ワトソン——に体の具合を尋ねた。すると彼女はうれしそうに顔を輝かせ、つらい症状を次々に訴えはじめた。本当にそれらすべてに苦しんでいるのなら、家から出られないどころか、一日じゅうベッドに寝ていなければならないだろう。

しかしマーカムも彼の姉と妹も、たとえミス・ワトソンの話を退屈だと感じたとしても、いっさい顔には出さなかった。それどころかマーカムは彼女の体を案じる言葉をかけ、キャサリンとジュリアは健康を取り戻すためのさまざまな提案を口にした。

亡き先代侯爵は、身分の高い一族が自分よりも明らかに卑しい者に対してこれほど親しげに振る舞っているのを見たら、いやな顔をしただろう。スタンレー家の人々がオールドミスと心を通わせているのは、ジェントリのしるしだと吐き捨てたに違いない。貴族よりも一段下の階級に属することの証であると。

キャサリンが自分のショールを外して、ミス・ワトソンの肩に巻いてやった。あわてて辞退しようとする女性をマーカムが優しく笑って止め、牧師はそんな様子を見るからに誇らしげに見守っている。

驚いた。

ブロムトンは目をしばたたいた。マーカムと彼の姉と妹は、村人たちに心から慕われているのだ。単に敬われているとかあがめられているというのではない。好かれているのだ。

ブロムトンは敬われ、おそらくあがめられてもいる。だがはっきり言ってちょっと辟易するくらい愛想のいいファリングを除き、自分の知るかぎり誰ひとりとして、開けっぴろげな好意を示す人間はいない。ブロムトンを産んだ女性でさえそうなのだ。同じ教区に住む女性が、ミス・ワトソンがマーカムたちに向けているようなうれしそうな顔をブロムトンに向けるなんて絶対にありえない。そう思って眉をひそめた。マーカムの顔には、親しみやすい紳士だという人々の評価をまさに象徴するえくぼが浮かんでいる。だがあのえくぼが曲者なのだ。今彼の周りにいる人々は、あの罪のない外見の若者がつい最近侯爵と渡りあい、自分の意志を押し通したとは思いも寄らないだろう。

もしかしたら、マーカムがあれほど完璧に自分のものにしている表情を、ブロムトンも試してみてもいいかもしれない。会う人会う人を魅了するあの表情を。

しかし試してみても、人々はきっと驚き、心の中でばかにするだろう。ブロムトンのしかめっ面は晴れなかった。自分はこういう人間なのだ。横柄で感情を素直に表に出せない。

「わたしたちの小さな町にはほかにはない見所がたくさんあるんですよ。そして、わたしたちのレディ・キャサリンほど素晴らしい案内人はいませんん」牧師が声をかけてきた。

わたしたちのレディ・キャサリン？　新たな興味を掻き立てられて、ブロムトンは振り返った。「あなたはこの教区に来て長いんですか？」

「いいえ、長くはないですよ」牧師が目を輝かせる。「先代伯爵の結婚式と子どもたち三人の洗礼式を執り行っただけですから。レディ・キャサリンのことは実の娘以上に大切に思っています」

ブロムトンの脳裏に気になる記憶がよみがえった。キャサリンが最初に婚約した相手は牧師の息子で伯爵の甥だと、マーカムは言っていなかっただろうか。ブロムトンは上着の襟の下に手を差し入れ、あばらのあたりをつかんだ。

運命に邪魔されていなければ、今頃目の前の男はキャサリンの義理の父親で、彼女は幸せな既婚女性だった――ブロムトンには永遠に手の届かない女性となっていたのだ。考えれば考えるほど、恐ろしい不幸から危ういところで逃れたのだという思いに衝撃が大きくなる。

「……わたしたちのレディ・キャサリンは、本当に素晴らしい方です」ミス・ワトソンが会話に加わる。「とても優しくて、いつも手を差し伸べてくださるんですよ」

「そのとおり。わたしたちにとって大切な女性だ」チャンドラー牧師も口をそろえた。

キャサリン以外の全員が、期待に満ちたまなざしをブロムトンに向けた。

彼は咳払いをした。「ぼくもレディ・キャサリンと知りあえて、とても――」一瞬ためらってから言葉を継ぐ。「幸運だと思っている」

キャサリンにさっと目を向けられると、ブロムトンは胸が締めつけられ、心臓が激しく打ち出した。なぜなのだろう。彼女が感じている当惑を、自分のことのように感じる。気がつくと、彼女に集まった注目をそらそうと行動していた。

ブロムトンはオールドミスのミス・ワトソンに腕を差し出した。「ミス・ワトソン、エスコートさせてもらってもいいかな？」

マーカムがジュリアの腕を取り、キャサリンが牧師の腕を取る。だがその前に、キャサリンは素早くブロムトンに感謝のこもった視線を投げかけた。

ミス・ワトソンがさほど小さくない声でささやく。「おふたりのことを、期待してもいいんでしょうか？」

ブロムトンはミス・ワトソンを横目でちらりと見た。「いい結果になるよう、ぼくは願っているんだ、ミス・ワトソン」〝願っている〟は心に渦巻く不安や期待や興奮をすべてひっくるめて表現する唯一の言葉だ。

彼らが入っていくと、ざわめきが広がった。ひとつのささやきが新たなささやきを生み、そこに鋭く息を吸う音やため息などが加わる。ブロムトンの存在はさまざまな憶測を呼ぶだろうとキャサリンから警告されていたが、決して大げさではなかったのだ。

一行が座ると、礼拝が始まった。茶色っぽい石でつくられた壁に木造屋根のチャペルには、威圧感がまったくない。それなのに長々と続く讃美歌を聞いているうちに、ブロムトンは四方の壁が迫り、天井がおりてくるような圧迫感にとらわれた。

もしかしたら、体が発火して炎に包まれる前触れなのかもしれない。

たしかに、この教区に属する女性に偽りの理由を述べて求婚しようとしている。だがキャサリンは、犠牲を払う代わりに充分な見返りを手にするのだ。夫、称号、ブロムトン侯爵夫人という確固たる女主人の地位。さらに彼女が一番価値を見いだすであろう、ジュリアの社交界へのデビューを円滑に成功させるためのさまざまな伝手といったものを。

だがそれでは足りない。

その考えを即座に振り払ったものの、ここへ来てからキャサリンに投げつけられてきた非難の数々がよみがえった。

ブロムトンが愛を信じていないと非難した。乱暴だと責めた。彼には何か目的があるんじゃないかと疑っていた。

そのすべてについて有罪だ。

だが、愛とはなんだろう。詩人や小説家が競うように綴る刹那的な感情を、実際に目にしたことはない。三〇年近く生きてきてロマンティックな愛もそうでない愛も見たことがないのだから、どうしてそんなものを信じられるだろう。

結婚はただの取引だ。その取引の損得の天秤がほんの少し自分のほうに傾いていたとしても、責められるいわれはない。といっても、キャサリンをこのあたたかい場所から引き離して、女主人の座が得られるというだけの冷たい場所に連れていけるのは、感情のない冷酷な野蛮人だけだろう。

ブロムトンはたしかに野蛮だが、残念ながらもはや感情がないとは言えない。キャサリンに関しては。

姿勢を変えて脚を組み、礼拝に集中しようとした。ところが、妙な動きが目に留まった。ジュリアの唇が無言のまま動いているのだ。伸びあがって彼女の視線を追うと、誰もが牧師を見つめている中でひとりだけ後ろを向いている若者がいて、やはり無言のままジュリアに向かって〝郵便馬車の馬小屋の裏で〟と唇を動かしている。

ブロムトンは前を向き、クラヴァットを直した。

郵便馬車の馬小屋の裏で行われる密会が、いい結果につながるはずがない。人に見られたら、ジュリアの評判は致命的に損なわれるだろう。女性の評判は簡単に落ちるものなのだ。

人への批判は過剰になりがちだし、とくに女性に対して世間の目は不公平なほどきびしい。ブロムトンはキャサリンを見つめながら思った。とはいえ、社交界を渡っていくうえで信用は絶対に必要な通貨であり、こつこつ集めて大切に保管しなければならない。男たちは名誉を重んじる行動を求められるし、若い女性はシャペロンの帯同を期待される。そしてシャペロンが必要なのには、充分な理由があると言わざるをえない。

たとえば、ブロムトンのような男がいるからだ。女性の弟の厚意につけ込んで、目的を果たそうともくろむような男が。

今度はマーカムに目をやった。上品に軽く微笑み、牧師を勇気づけるべく興味をたたえて説教に聞き入っている若者を。マーカムには善良な貴族男性となる資質がすべて備わっているが、成熟して貫禄（かんろく）が身につくのはもう少し先だ。今はまだ、若くて親の庇護のないスタンレーきょうだいは自分たちが思っているよりも無防備な状態にいる。この隔絶された平和な村においてさえ。

そして彼らは、その無防備な状態のまま何年も生きてきたのだ。

昨夜、頭に浮かんだ考えがふたたびよみがえる。誰かが彼らに目を配ってやる必要がある。キャサリンに視線を向けると、胸がずきりと痛んだ。

彼女は全力で弟と妹を守り、なんとかここまでやってきた。スキャンダルに見舞われたにもかかわらず――それともスキャンダルに見舞われたからこそだろうか――彼女はマーカムのために領地の運営を手伝い、ジュリアの母親役を務めてきた。だがいくらしっかりした強い女性でも、重荷を軽くする助けがあればだいぶ楽になるはずだ。

誰かがスタンレーきょうだいに目を配り、支えなければならない。その誰かというのは、ブロムトンだ。

ブロムトンと結婚したら、キャサリンはより多くの犠牲を払うことになるだろう。だから彼がスタンレーきょうだいのために尽くすのは当然だ。それだけの借りがあるのだから。役に立ちたいと思うのは、彼女のことを考えると胸にあふれる力強くて優しい感情のためではない。

キャサリンが集中できないのは、石板にチョークがこすれる音のせいではなかった。理解していると思っていたすべてが急にあやふやになり、慣れ親しんだ場所にいて心身ともにこれまでと変わっていないはずなのに、まるで見知らぬ世界にいるような気分にとらわれているせいだ。こうしてトミーの課題を見てあげていても、すぐに心がさまよってしまう。こんなことは、村の子どもたちに読み方を教えるようになって初めてだ。

トミーの字は前と比べて力強くなっているし、綴りの間違いも減っている。教本の写しを渡したのは無駄ではなかった。あれからまだ二日なのに、トミーは進歩している。

「よくできているわ、トミー。あと一行だけよ」

トミーがうれしそうに顔を輝かせた。「家で練習したんだよ!」

「そうなの? とってもうれしいわ」キャサリンの心は誇らしさでいっぱいになった。

トミーは唇を噛みながら、キャサリンがあげたチョークのかけらでジュリアのおさがりの石板に字を書いている。自分の目に狂いはなかったと、キャサリンは満足してうなずいた。彼女の努力が、すべて大失敗に終わるというわけではないのだ。

子どもたちが字を書いている音を聞いて心が落ち着くのを感じながら、キャサリンは東の窓の前まで歩いていった。外ではブロムトンの周りに既婚女性が群がっていて、その様子はまるで詮索好きのアヒルたちがにぎやかに鳴き交わしているようだ。熱心に応対して彼女たちの好奇心に油を注いでいるブロムトンを見て、キャサリンは眉をあげた。ブロムトンの表情が、こういうときにマーカムがいつも浮かべている表情とそっくりなのだ。

でもそんなふうに思うのは、侯爵に対して公平ではない。ブロムトンのような男性に、人の話にはこのように耳を傾けるべきという手本が必要なはずはないのだから。少なくともパーシー・スタンレーという手本は。

やっぱり考えすぎだろう。ブロムトンはただ、とても魅力的な貴族男性を演じているだけだ。

今ブロムトンを見ても、最初に思ったようないやな男のイメージはまったくわいてこない。おそらく本当に魅力的な貴族男性なのだろう。だとしても、そういう魅力は本能的に信用できない。封建的な身分制度に疑問を抱くようになっていたからだ。

ブロムトンにとがめられたように、彼女は急進的なのだろうか。

いや、そんなことはない。

生まれではなく人格に基づいて人を判断することも、目の前にいる子どもたちに教育を授ける価値があると信じることも、世間的には名誉を失ったとしても、こうやって少しでも人の役に立てていると信じることも、急進的ではなく正常な思考だ。

今はまだ多くの人々と共有してもらえる常識とは言えないけれど、いつかはそうなるに違いない。

ブロムトンを取り囲んでいる女性たちの騒ぎは最高潮に達している。彼女たちは本当にアヒルにそっくりだ。ところが突然、雨が降りはじめた。最初はまばらだった屋根を叩く雨音は次第に激しさを増し、女性たちは次々に馬車へ向かって騒ぎは静まった。

やはり彼は、天気を自由に操れるとしか思えない。

見ていると、ブロムトンはマーカムのもとに向かわずにジュリアに近づいた。足を止めた妹と不可解な短いやりとりをしたあと、明らかに気乗りしない様子の彼女を連れてマーカムの馬車へ向かう。

キャサリンはため息をついた。もしブロムトンがジュリアを味方につけたのなら、自分にはもう勝ち目はない。

あんなにハンサムな男性がいるなんて反則だ。世の中はなんて不公平なのだろう。

正時を一五分過ぎたことを知らせる教会の鐘が鳴る。

キャサリンは子どもたちに向き直って、授業の最後の部分に取りかかった。子どもたちに順番に、教本の一節を声に出して読ませるのだ。全員が読むのに時間がかかり、ようやく終わったときには教会の鐘がふたたび鳴り、雨は小雨から霧雨に変わっていた。

生徒がひとり残らずチャペルから出ていくと、キャサリンは誰もいなくなった信者席を調べ、みんなが使った教本を集めた。

「レディ・キャサリン」牧師の声が静かなチャペル内に響き渡った。

牧師は入り口に立ったまま背中で手を組んだ。「雨が小降りになってきたようだね」

「チャンドラー牧師、お疲れさまでした」

「はい」彼女は教本をすべてバスケットにしまうと、牧師のもとに向かった。

「侯爵はなかなかいい人物のようだ」牧師が慎重に口にした。

キャサリンは眉をあげた。「まだ何も決まっていません」

「だが、彼はサウスフォードを褒めていた――とくにきみを」

「そうなんですか?」彼女は軽い調子で返した。「ちょっと信じられません。わたしはブロムトン卿を追い返そうと手を尽くしたので」

牧師は低く笑った。「それなら彼は気骨のある女性が好きなんだな、きっと」

キャサリンは〝気骨のある女性〟なのだろうか。簡単にはへこたれずにがんばるほうだとは思うが、気骨のある女性と言われると……。「もしかしたら、わたしのひどい態度に対するいやみだったのかもしれません」

「いやいや」牧師は手を振って、彼女の言葉を退けた。「知りあったばかりの人間を信用できないのは珍しくないし、あらゆる面から見て当然のことだよ」いつになく真剣で鋭いまなざしになって続ける。「きみみたいに素晴らしい女性が侯爵夫人になるのを見届けられたら、わたしにとってこれ以上ない喜びだ」

「あなたはわたしを生まれたときからご存じです」

「だから、きみが侯爵夫人にはふさわしくないとわかっているはずだとでも言いたげだね」チャンドラー牧師は彼女の顔を探るように見つめ、ため息をついた。「わたしの息子が――」

キャサリンは鋭く息を吸った。

「わたしはただ、若者は往々にして高すぎる理想を追い求めがちだと言いたかっただけだ」牧師が声をやわらげて言い、咳払いをした。「人生という荒波にもまれていない頃の理想は非現実的だ。わたしは今のきみを誇りに思っているし、きみの善良さと誠実さを疑ったことは一度もない」

牧師が何を言わんとしているのかを理解して、キャサリンの手足はしびれたように重くなった。父親と違って、セプティマスはキャサリンの善良さと誠実さを疑っていたのだ。そのことはもちろん知っていたが、彼女に対する低い評価が父親にも伝わっていたとは思わなかった。キャサリンは立っていられなくなり、木の座席に座った。

チャンドラー牧師が隣に腰をおろして続ける。「ほらほら、わたしはきみを元気づけようと思って言ったんだよ」優しい目からは、すべてを理解しているのがわかる。「セプティマスは自分で選択をし、仕事のせいで病にかかった。彼の死に対しては、わたしにもきみにもまったく責任はない」

キャサリンは唇を噛みしめた。

牧師がかすかに肩を落とした。「きみが結婚するところを見られれば、わたしはようやく安心できる」

牧師の唇が結婚という言葉を形づくった瞬間、それは避けられない運命なのだという気がした。

「ブロムトン卿とは会ったばかりです」それは本当だ。「まだなんの約束もしていません」これは真実とは言えない。キャサリンの喉にパニックが込みあげた。「サウスフォードを出ていくなんて考えられないんです。ずっとここで生きてきたから」

「生きてきた？　過去形なのかな？」牧師が静かに指摘した。「さあさあ、きみはまだそんな年寄りじゃない」

キャサリンは窓のすぐ向こうに伸びている長い墓石の列に視線を向けた。「ずいぶん長く生きていた気がします」

牧師が彼女の手を優しく握る。「だがわたしから見れば、きみは若者だけが持つ無限の可能性でいっぱいだ」彼は祈禱書の上に手を置いた。「しかも、たくさんの才能に恵まれているんなら、そうる。それをわたしたちの小さな町の外に住む人々にも分け与えられる機会があるなら、そうするのが義務ではないかね?」

そんなふうに考えたことはなかった。

〝たとえ荒野に住むことになろうとも、わたしは欲求を抑え自立して生きていく〟——それはただ狭くて安全な世界にいたいというだけで、自らの使命に目を向けないようにしていたのだろうか。

「謙虚なのは素晴らしいことだ。だが勇気を持てないのは……」

彼女は込みあげた涙をまばたきで押し戻した。「わたしがいなくなったら、誰が子どもたちを教えるんですか?」

「ああ、そのことをきみと話したかったんだ。実は主教に推薦を頼んでいたんだよ」

キャサリンは体をこわばらせた。十分の一税を使って副牧師を雇う教区牧師が多い中、チャンドラー牧師はつねに優しい笑みを絶やさず、すべての職務を自分でこなしてきた。別の人間が説教壇にあがったり、入り口の横に立ったりするかと思うと……。

「この教区を離れるんですか?」

牧師は首を横に振った。「いや、そういうわけじゃない。だがきみにもわかると思うが、先のことを考えたら神から賜った務めをそろそろ誰かと分かちあわなければならない。そうすべきときが来たんだ。最近年を感じるんだよ。日々、神のみもとへ向かう瞬間が近づいている」静かな声で笑った。

キャサリンは手を口に当てた。「まさか、ご病気なのでは……」

「そういうことじゃない。しかし、わたしたち人間は不死身ではないからね。ずっと大切に慈しんできたものも、手放さなければならないときが来る」

頭を傾けてこちらを見つめる牧師に、彼女はなんとか笑みを浮かべてみせた。

「候補の方を紹介してもらえますか？」

「もちろん」牧師がそこでためらった。「ひとり、いいかなと思っている候補者がいる」ふたたびためらう。「前にいた教区で、子どもたちのために学校を開いていたらしい」

「まあ」キャサリンはそれしか声が出なかった。「まあ」今度はもう少ししっかりした声が出た。

牧師が彼女を探るように見た。「きみがやっている授業は、終わりにしてもらわなければならない。受け入れてもらえるかな？」

「受け入れる……」鼻のつけ根がつんと熱くなり、キャサリンは懸命に息を吸った。「子どもたちにとっても教区のみんなにとっても、ちゃんとした先生のほうがいいに決まっています」

牧師が彼女の肩を叩いた。「きみならわかってくれると思っていた」

「ええ。わたしのことは気にせず、いいと思うようになさってください」キャサリンはバスケットを持ちあげた。早くここから出なければ。

「それは置いていってはどうかね。わたしがちゃんと預かるよ。そうすれば濡(ぬ)れないだろう」牧師が笑顔で申し出た。

バスケットを渡すと、キャサリンは最後のよりどころを失った気がした。

「レディ・キャサリン。自分でどう思っていようと、きみには幸せになる価値がある。侯爵が現れたのは、天の配剤なのかもしれない」

キャサリンは声を出すことができず、黙ってうなずいた。チャンドラー牧師とともに立ちあがって外に出て、階段の上で足を止める。牧師は最後にもう一度だけ彼女の肩を握ると、牧師館へと向かった。

キャサリンは彼が煉瓦(れんが)づくりの建物に入っていくのを見守りながら、これまで経験したことのない虚(うつ)ろな孤独感に襲われていた。慰めを求め、墓地の門を開けて中に入る。すると春の香りを色濃く含んだ霧が肺に満ちた。苔(こけ)むした石塀の内側で、少しずつ心が鎮まっていく。サウスフォードでは何も変わらないという安心感の中で生きてきたが、たったひと晩ですべてが変わってしまった。

この前同じように運命が急変したときは、立ち直れないかと思った。

キャサリンはゆっくりと墓石に近づいた。彫られた文字はまだ風化しても苔むしてもおらず、くっきりと明瞭だ。ざらざらした冷たい砂岩に手を伸ばして文字をなぞる。

セプティマス・チャンドラー。

息を吸い込んだものの、喉の奥にかたまりがつかえているかのようで、うまくいかなかった。

セプティマスが永遠の眠りについている場所のすぐそばで毎日の暮らしを営んでいることに、キャサリンは慰めを見いだしてきた。どうしてなのか突きつめて考えることもなく。でも、今日その理由がわかった。ブランメルとの一件のあとサウスフォードに戻ってきて以来、セプティマスとともに送るはずだった生活をしてきたのだ。子どもたちに教え、領地の運営を手伝い、人々を慰める。要するに、セプティマスが求めていた妻になろうと、キャサリンがいつかなれると彼が信じていたレディになろうと、努力しつづけてきたのだ。

ただし、セプティマスがその望みと期待をかけてくれていたのは、キャサリンが彼を大きく失望させる前までだ。

〝そのうちきみは素晴らしい女性になる――きちんと振る舞うことを覚えたらね〟

こらえていたすすり泣きが、しゃっくりのように飛び出した。

もうひとりのキャサリン――衝動的で奔放なキャサリン――は消えたのではなく、ただ身をひそめていただけだった。ブロムトンへの振る舞いは、レディからはかけ離れている。彼の抱擁を受け入れたときは、上品さも威厳もなかった。

目を閉じれば、まぶたの裏にブロムトンが現れるに違いない。いつも彼が引き起こす興奮とともに。あまりにも強い誘惑に、キャサリンは抵抗できなかった。まぶたの裏の暗闇に現れた侯爵はうっすらと微笑み、探るように彼女を見つめている。

顔に落ちた髪が想像上のブロムトンの指となり、羽根で撫でられたような軽やかな興奮が頬に走った。それから、体にしみついた記憶が勝手に彼のキスを再生した。鉄のように硬くてたくましい腕と胸が、心地のいい熱に包まれて漂っていきそうな彼女をつなぎ止める。まるで天国にいるようだ。

「ごめんなさい、セプティマス」キャサリンはささやいた。

ブロムトンについて、何を知っているというのだろう。侯爵だって、彼女の何を知っているのだろう。

キャサリンは最後にもう一度セプティマスの名前に触れると、向きを変えた。すると本物のブロムトンが目に入った。門にもたれた彼の髪は雨に濡れ、引き締まった頬に張りついている。

過去と未来にはさまれて、キャサリンは息ができなかった。胸もとのよれたスカーフの下に雨のしずくが入り込む。この先いくらあらがおうと、最後には認めるしかなくなるだろう。よかれあしかれ、ブロムトンこそが自分の運命そのものなのだと。

彼が神から与えられた罰なのか、贈り物なのかはわからない。もしかしたら、その両方なのかもしれない。

ブロムトンはくらくらするほどハンサムだ。その優雅な服装はこれ見よがしに洗練されすぎたものではなく、芯の通った性格を如実に表すのと同時に、持って生まれた容貌を引きたてている。中でも黒いクラヴァットが力強い顎の線を強調し、謎めいた明るい色あいの目を際立たせていた。

やはり彼の目は灰色だ。絶対に。

そして今その目は、所有欲をあらわにしてキャサリンを見つめていた。心の奥底まで見通すような激しさで。

6

ブロムトンは自分の忠誠心と心遣いをキャサリンに印象づけられるひと幕を慎重に計画し、協力者たちを墓地の門のすぐ外で待機させた。彼女の愛する妹を若気のいたりである軽率な振る舞いから救うという、いかにも男が考えつきそうな場面だ。だが墓地に足を踏み入れたとたん、すべてが変わった。

そこにはキャサリンしかいなかった。不気味に静まり返った石の庭で、生きて呼吸をしているのは彼女しかいない。その瞳は涙に濡れていた。あふれんばかりの感情をあらわにして困惑し、途方に暮れた彼女の目を見た瞬間、ブロムトンは膝の後ろを殴られたような衝撃を覚えた。立っていられなくなって近くの木の幹に手をかける。

わざわざ確かめなくても、キャサリンが誰の墓の前にいるのかわかった。両親を亡くした悲しみも大きいだろうが、それは誰もが経験する自然の摂理だ。だが今彼女に肩を落とさせている骨をも砕く悲しみは、それとは別次元の深く激しいものだ。

手を伸ばせば触れられそうな悲しみを目の当たりにして、ブロムトンは真実と向きあわざるをえなくなった。愛は存在する。

詩人が詠う神秘的な力である愛だけが、彼のはねっかえり娘をこんなふうに弱々しく小さくさせるのだ。

ブロムトンの心に、一度も会ったことのない若い男の姿が浮かんだ。自分とは似ても似つかない天使のように完璧な男。一方の自分は、いつまで経ってもキャサリンが軽蔑する野蛮人のままなのだ。

ブロムトンとは対照的に、セプティマス・チャンドラーは信心深かった。だからこそ伯爵は、長女を彼に与えることに同意したのだろう。セプティマスのような男は、愛の存在を疑ったりしなかったに違いない。家族を支える揺るぎない岩であり、父親の期待を一身に受ける存在だったはずだ。

ブロムトンはセプティマスが憎かった。父親の血を間違いなく引いている善良な紳士。自分にはないものをすべて備えたキャサリンの愛情を受けるにふさわしい男が、憎くてたまらなかった。

ブロムトンは彼女にふさわしくないし、深い愛情を誰かに向けられたこともない。屈辱的な思いとともに、脳裏につらい記憶がよみがえった。そのときの心の痛みは、時間が経った今もまったく薄れていない。

〝ジャイルズ！〟母親に抱きしめられると、陽光に満ちた外気とラベンダーの香りがした。

〝その子を放すのだ、レディ・ブロムトン〟侯爵が声をとどろかせて命令する。〝もう何もわからない幼児ではないのだから、甘やかしてはならない〟

父親が杖（つえ）を壁に叩きつけたので、ジャイルズは母親のスカートの後ろで縮こまった。前にその杖で叩かれたとき、死ぬほど痛かったのだ。

〝聞こえなかったのか？　その子を放せ〟

ジャイルズが全力でしがみついたにもかかわらず、母親は彼の指を一本ずつ引きはがした。そのときの母親の目は、息子ではなく夫である侯爵に向いていた。侯爵が扉を指すと、母親は信じられない行動に出た。

黙ったまま、振り返りもせずに出ていったのだ。ジャイルズを残して。

侯爵は息子の肩にずしりと重い手を置いた。〝これからは、誰にも――侯爵夫人にも――称号以外の名前で呼ばせてはならない。おまえの儀礼称号はストレイス伯爵。わたしのあとを継ぐその日まで、おまえはストレイスだ〟


母親は息子を血のつながっていない侯爵のもとに置いていったのだとのちに知ると、ブロムトンの屈辱感はさらに強まったが、そんな胸の痛みを表には決して出さなかった。今も動揺の表情はまったく見せず、濡れた髪を傷痕のように頬に張りつかせてただ立っている。

ちゃんとした紳士なら、悲しみに沈むキャサリンをそっとしておいてやるだろう。

だが自分は紳士ではなく、ブロムトンと名乗りつづける図々しさを持った私生児なのだ。だから亡霊を相手にしても、一歩も譲るつもりはない。

んだ。これまでは、自分に手に入れる権利がないものを求めたことはない。だが、キャサリンは欲しかった。熱情が波のように広がって、足もとの地面を揺るがす。

彼女が振り向いて、ブロムトンを見つけた。

その目にまずはショック、次に当惑が浮かんだ。それからなぜか、懇願するような表情が。キャサリンが彼を、ブロムトンが彼女を求める気持ちが絡みあい、どうやってもほどけない結び目が次々にできていく。

運命に身をまかせるしかない。自分はキャサリンが求めるような男ではないが、与えられるものはすべて与えると誓う。

彼女が何か言おうとするように口を開き、そのまま閉じた。懸命に自分を保とうとしながら頬をぬぐう仕草に、ブロムトンの胸は張り裂けそうになった。

「家まで送らせてくれないか?」それは質問ではなかった。

キャサリンが視線をそらして、遠くを見つめる。「断るべきなんでしょうけれど……」

「きみは断らない」彼は声をやわらげた。

彼女が心を閉ざしていると表情からわかる。慎重に感情を隠しているので、何を考えているのかわからない。女性とは奇妙な生きものだ。世慣れているように見せているのに、女性という自分たちとはまるで違う人種をまったく理解していなかった。だがうまくやっていくのに、理解する必要はない。自分が相手にとって価値があるところを見せ、いやがられそうな部分をちょこちょこ改めればいいのだ。人間としては問題があっても、いい夫になることはできる。いい夫がどんなものかはわからないが。そうであると信じたかった。

「一緒に帰ってくれる人がいれば、うれしいわ」キャサリンが静かに言った。

一緒に帰ってくれる人。別にブロムトンでなくても誰でもいいわけだ。キャサリンが腕に手をかけてきたので、ブロムトンは腕を脇に引き寄せ彼女の手をしっかりはさんだ。不安を感じながら、墓地の門を開ける。外で何が待っているのかはわかっていた。彼女のためにわざわざ用意したひと幕が逆効果になるのではないかと、怖くてたまらなかった。

「あっ！　こんにちは、レディ・キャサリン」ブロムトンが連れてきた少年が、心からの賛美を顔に浮かべてキャサリンを見あげた。

ブロムトンには、少年の気持ちが手に取るようにわかった。

「あら、また会ったわね、トミー」

「ここで会えるといいなと思ってたんだ。教本の写しをもらったお礼を言ってなかったから」トミーがまつげを伏せて、両手をもみ絞った。

「そんなこと、気にしなくていいのよ」キャサリンが少年の顔に手を当てた。風を受けてがさがさになった頬と白いキッド革の手袋が、はっとするほどの対照を成している。「トミー、賢くて物覚えのいいあなたのために教本を写すのは、わたしにとっても楽しいことだったんだから」

少年が顔を輝かせる。

合図を受けて教会の扉が開き、ショールを持ったイアン・リントンが出てきた。彼がブロムトン、キャサリン、トミーへと視線を移していく。

すべてはブロムトンが計画したとおりだ。

「あら、ミスター・リントン」キャサリンの声が一気に冷え込んだ。

「レディ・キャサリン」イアンがお辞儀をした。「侯爵」ふたたびお辞儀をする。「ええと——その——」振り返って道のほうを見た。

「何かしら、ミスター・リントン？」キャサリンがうながした。

「お兄ちゃんとぼくは……」トミーが早口で言いかけて途中で口をつぐみ、ゆっくりと言い直す。「お兄ちゃんとぼくは、母さんのショールを取りに戻ってきたんだ」

「レディ・キャサリン」イアンがいかにも後ろめたそうに顔を紅潮させて、ブロムトンをちらりと見た。「旦那さまにお詫びを伝えてもらえますか？」

「マーカム卿に？　なぜ彼に謝る必要があるの？」キャサリンは眉をあげた。

イアンがブロムトンとキャサリンを交互に見た。「あなたや旦那さまのいないところでレディ・ジュリアとふたりきりで話をしたのは、考えの足りない行動でした」

キャサリンは驚いて口が開きそうになったのをなんとかこらえた。「たしかにそれはそうね」声をやわらげて相槌を打つ。

「どうか……どうかマーカム卿に、そういうことは二度としないと伝えてください」イアンは物問いたげに、ブロムトンに視線を向けた。

この少年はいい役者にはなれない。ブロムトンは彼女に気づかれないように、小さくうなずいた。

「ありがとう、ミスター・リントン。あなたの言葉は伝えるわ」キャサリンが両手を握りあわせた。

「さあ行こう、トミー」イアンはまだ帰りたくなさそうな弟を連れて歩き出した。

「さようなら、レディ・キャサリン」トミーが振り返る。

「家で練習してね」キャサリンは叫び返した。

キャサリンが黙って兄弟の後ろ姿を見送っているので、とくに怪しまれなかったとブロムトンはほっとしかけた。しかし兄弟が見えなくなると、彼女は驚きと疑いのまじった表情を向けてきた。

「あなたはイアンと知りあいだったの、ブロムトン卿？」

「いや、そういうわけじゃない」彼はのろのろと答えた。

キャサリンが唇をきつく引き結んで目をそらした。その横顔は美しい。しっかりとした形のいい顎と、それとは対照的な柔らかい頬の線。

「イアンは自分だけの意志で常識をわきまえたわけではなさそうね」

「ああ。ちょっとした助けが必要だった」ブロムトンは認めた。

「この意外な謝罪劇を仕組んだのは、あなたかしら」

ここで〝そうだ〟と答えるはずだった。そして、これからは自分がキャサリンとジュリアを守っていくと誓う。

だがそれは、彼のはねっかえり娘が墓石に向かって手を差し伸べ、涙を流しているのを見る前に立てた計画だ。

キャサリンは予想どおりの反応をしたのに、まったく満足感がわいてこない。あのいまいましいカードゲーム以来、こんなことばかりだ。ひとりよがりな名誉を取り戻そうと計画したり試みたりするたびに、自分がやっていることは間違っているという思いが募っていく。

「イアンの謝罪をうながしたのがぼくだったとしても、脅しをかけて無理やりやらせたわけではないと誓うよ」ブロムトンはさらりと返した。

キャサリンが胸の上で手を重ね、さらに質問する。「そもそも謝罪が必要だということを、どうやって知ったの？」

「勘かな？」

それでも彼女の視線は雑貨屋で売られている刈り込み鋏よりも鋭い。「あちこちで噂話を聞き込んだ末の、勘なんでしょうね」

ブロムトンはキャサリンの肩越しに、村を眺めた。自分がしたことはすべて間違っていた。できることなら最初からやり直したい。「逢引の計画を、ぼくが邪魔したんだ」

彼女が息を吸った。「わたしやマーカムに相談せずに、イアンと話したのね」

ブロムトンは両手を見おろした、「今考えると、関係のないぼくが出しゃばるべきじゃなかった」

「出しゃばりというより、おせっかいかしら」キャサリンが声をやわらげる。「でも、感謝していないわけじゃないのよ」

彼は顔をあげた。自分がすべてを仕組んだという後ろめたさがなければ、キャサリンの表情を見て一気に気分が晴れていただろう。

「わたしは誰かに責任を肩代わりしてもらうことに慣れていないの」

くそっ、ぼくは愚か者だ。だがその愚か者は、夕焼け色にほんのり染まっているキャサリンの頬から目を離せないでいる。その愚か者の心には、キャサリンの形をした穴が開いてしまった。

「気をつけてね。こういう心遣いに簡単に慣れてしまうかもしれないから」彼女が静かに言った。

ブロムトンの心臓は、どくんと打つたびに私生児、私生児、私生児と音をたてているようだ。

「だめだ。そんなふうにぼくに対する評価を簡単に変えてしまっては」

キャサリンが考え込みながら彼を見る。「ほかにもわたしのために何かしてくれて、黙っていることがあるのかしら」

「もうない」ブロムトンの頬が思わず熱くなった。「ぼくはきみが思っているとおりの、心の冷たい横柄な男だ」

やわらげた表情を変えないキャサリンを見て、彼は唾をのんだ。彼女には分別があるはずだ。それを働かせて、さっさと逃げるべきなのに。

キャサリンがブロムトンの腕に手をかけた。「行きましょうか」

彼はうなずいた。キャサリンの指先のほんの少しの重みが、信頼されているというう っとりするような感覚を与えてくれる。新たに芽生えた好意を宿した目から、視線をそらせなかった。

だが自分はそんな好意に値する男ではないせいで、居心地が悪くてならなかった。

「キャサリン――」

「待って」彼女が唇を噛む。「しばらく何もしゃべらないで歩かない？　お願いよ」

ブロムトンはごくりと唾をのんだ。キャサリンが望むなら、ひと晩じゅうでも待つ。一年でも、一生でも。

雨がやみ、ふたりは濡れた地面の上を軽やかな音をたてながら進んだ。キャサリンは急ぐ様子もなくゆったりとした足取りで、彼のすぐ横を歩いている。彼女と一緒に村を抜けてサウスフォードへと向かいながら、どうしてこれまでこういう興奮を経験したことがなかったのだろうとブロムトンは考えていた。女性と並んで歩いていると、こんなに素晴らしい気分になれると知っていたら、あちこちの道を毎日だって歩いていただろう。

ただし今彼の腕に手をかけて並んで歩いているのは、どこにでもいる女性ではない。キャサリンは輝くように美しい精神と、限りない優しさを持った女性だ。こうやってちょっと触れられているだけで、彼女の内側からあふれるぬくもりが伝わってきて、ブロムトンの体じゅうに広がっていく。

やがて木の下でキャサリンが足を止め、ようやく沈黙を破った。「質問をしたら、嘘をつかずに答えてくれる？」

「ああ」彼女に話せない秘密などないかのように即答した。「何を知りたいのかな？」

キャサリンがまばたきをして、そのまま黙っている。永遠にも思える時間が過ぎたあと、ふたたびまばたきをした。「あなたのような身分の男性なら、相手はより取り見取りだと思うわ。それなのに、どうしてわたしを選んだの？」彼女が唇を湿らせる。

ブロムトンの胸の内側を圧迫する石の重みが増した。〝なぜなら、正当な血を引く跡継ぎが必要だからだ。ラングレーの血を伝えていく者だという誇りがなければ、ぼくは無に等しい〟

しかし自分の中でずっとあたためてきたその考えは、もはや真実とは言えない。キャサリンの目をのぞくと、帆を広げたフリゲート艦の前に広がっているような可能性に満ちた輝かしい未来が見える。

〝きみが必要なんだ〟

最初の答えを告げれば、今持っているすべてを失う危険を冒すことになる。だがふたつ目の答えは、恐怖に手足がしびれて口にできない。

キャサリンが眉をあげた。「わたしは放蕩者の帽子を飾る羽根になるのかしら」

ブロムトンの口が勝手に返事を紡ぐ。「きみはいろいろなものにたとえられるが、その中に羽根はない。ぼくもいろいろなものにたとえられるが、その中に放蕩者はない。女性にもてると思ってもらえるのはうれしいけれど」

彼女が小さく笑みを浮かべる。「男性を放蕩者と呼ぶのは、褒め言葉ではないわ」

ブロムトンは驚いてみせた。「だが、それだけ魅力的ということだろう?」

キャサリンは小さくうめくと、すぐに笑い出した。「自分が魅力的だと、わかっているくせに」

「そうだとしても、ぼくの魅力を一番理解してほしい人には理解してもらえていないようだからね」そう言って、ブロムトンは、彼女を見た。

キャサリンがブロムトンの口もとに視線を落とす。すると実際に触れられたような衝撃が走って、彼の胃は引きつった。「いいえ、そんなことはないわ」彼女が静かに返した。

ブロムトンはキャサリンの手を取って胸に当てた。ベストの一番上のボタンの、すぐ上に。彼女は目を合わせたが、その手は震えている。

「あなたは妻をどういうふうに扱うつもり? それを見きわめられる材料はないのかしら」キャサリンの声も震えていた。

そんなものはない。ブロムトンは彼女の手を握る手に力を込め、うまい答えを模索した。

「きみにはいつだって、レディが受けてしかるべき敬意を払うつもりだ」

キャサリンは一瞬ブロムトンを見つめ、すぐに笑い出した。はねっかえり娘は、こともあろうに笑い声をあげたのだ。ブロムトンが握っていた手を放すと、キャサリンは彼の上着の襟をつかんで引き止めた。彼女が自ら触れてきたので、ブロムトンの心に小さな火花のような喜びが次々にはじけた。

「あなたにいやな思いをさせるつもりじゃなかったのよ」キャサリンの目が笑っている。「わたしはただ、あなたの〝レディが受けてしかるべき敬意〟とわたしの〝侯爵が受けてしかるべき敬意〟は似たようなものかしらと思って」

ブロムトンは表情をやわらげた。「それは、きみにちゃんとした食事をとらせるようにしなくてはならないという意味かな」

「そうよ」彼女がふたたび笑う。「あとはもちろん、充分に睡眠をとらせてくれなくては」

キャサリンが楽しそうにくすくす笑うのを聞いて、彼の中で欲望が頭をもたげた。「きみのしたことはマーカムとレディ・ジュリアをさらなるスキャンダルから救うという崇高な大義のためだったんだから、腹なんか立てられないよ」

「崇高ね。たしかに。あなたは怖かったわ」

怖かった。過去形だ。「ぼくが？　子羊みたいにおとなしいのに？」

「あなたは野蛮人だもの」キャサリンがにやりとする。

ブロムトンは彼女の顔から髪を払いのけると、顎をすくいあげた。「では、野蛮人のぼくを手なずけてほしい」

「心をそそられる提案ね」キャサリンは口をつぐみ、しばらく黙っていた。「でもまじめな話、あなたがわたしを選んだ理由がどうしても思いつかないの。わたしは結婚から見放された女であるだけでなく、不適切きわまりないユーモアのセンスを持っている。それにときどきがみがみ女になるって、マーカムは言っているわ」

彼が黙って聞いているので、キャサリンは鋭く息を吸った。

「ブロムトン卿、わたしは過去にスキャンダルに巻き込まれたことがあるけれど、あなたには……そういう経験がないでしょう？」

彼は目をしばたたいた。「ぼくの評判を心配してくれているのか？」

「ええ」キャサリンが間髪を入れずに答えた。

彼女には驚かされてばかりだ。これまで、ブロムトンのことを心配してくれる人間は誰もいなかった。初めての感覚は衝撃的で、謙虚な気持ちになった。胸の中を圧迫していた大きな石が砕け、心が軽くなる。

キャサリンが眉をあげた。「マーカムにだまされて無理やりオールドミスの姉を押しつけられたって噂されたらどうするの？　わたしが清らかな身であなたの花嫁になったかどうか、扇の後ろであれこれ憶測されたらいやな気持ちにならない？」

人々がそんな噂をすると考えただけで、彼の胸に熱い炎が燃えあがった。「噂話なんて、くそくらえだ」

「あなたは名誉を重んじる人よ。そんな恥辱には、とうてい耐えられないと思うの」

ブロムトンに耐えられないものなどない。彼女のためならば。「恥辱だなんて、誰が決める？」

「社交界の人たち。少なくとも、決闘を支持するような人たち」

喉から笑いが漏れ、われながら驚いた。

「どうして？」キャサリンがふたたび質問する。「どうしてあなたはロンドンにごまんといる評判に傷ひとつない女性ではなく、わたしに求婚しようとしているの？　やむを得ない理由があるはずだわ」

ブロムトンが答えずにいると、キャサリンがさっと身を引いた。その拍子に靴の踵が折れ、彼女がバランスを崩す。ブロムトンが両手で抱きとめると、キャサリンは彼の胸に支えられて体勢を立て直した。

ブロムトンは呼吸が荒くなり、心臓が激しく打ちはじめた。正しい血筋や約束や名誉なんて、どうでもいい。キャサリンはもう自分のもの——生まれて初めて、心からそう言えるものだ。あまりにも大切すぎて、抱きしめることもできない。

「理由を知りたいのか？　じゃあ言おう。ロンドンにいる女性の誰ひとりとして、ぼくをこんなふうに感じさせてくれなかったからさ」彼女の髪にささやいた。

心を縛っていた恐怖は弱まったものの、キャサリンはまたしても考えずにはいられなかった。自分とブロムトンは同じ言語を話しているのだろうか。

〝こんなふう〟というのは、ブロムトンの鼓動が彼女と同じくらい速まっていることを指しているのだろう。でもはっきりとはわからない。侯爵に関しては、はっきり確信できることは何もないのだ。彼はあらゆる予想を裏切り、すべての計画を妨害し、こちらの確信を覆す。そして、答えが見つからず困惑するしかない疑問をもたらすのだ。

それなのにこうしてブロムトンの胸にもたれているのは心地よく、最高の気分だった。侯爵とは慎み深い距離を保つという決心も、彼を恥辱に満ちたスキャンダルから守らなければならないという思いも、体が触れあったとたんにどこかへ消えてしまった。

今のふたりの状態は抱きあっているとは言えないまでも、かなり親密であることは間違いない。しかしどちらもこれ以上距離を縮めようとも広げようともせず、ただじっと固まっている。それはまるで時のはざまに落ち込んだかのような、あるいは別々の人生と、ともに歩む人生の分岐点に立っているかのごとく不思議な瞬間だった。

どうすればいいのだろう。ブロムトンはなぜ動かないのかしら。

静かに息をしている侯爵に合わせて呼吸する。まるで、息遣いでダンスをしているようだ。彼の香りが肺に満ち、ベストが頬にこすれる。背中に回された手がキャサリンをブロムトンに、地上に、つなぎ止めていた。

こうして侯爵の腕の中にいるのは、今まで感じたことがないほど素晴らしい気分だ。彼の力強さに包まれていれば必要なものはすべて満たされると、いやな過去はすべて帳消しになると、信じてしまいそうになる。正気の女性なら、ブロムトンから離れようと思うはずがない。誰かに見られる危険があっても、雨が降っていても、ひんやりと冷たい空気に取り巻かれていても。

侯爵と体を寄せあっているとこんなにいい気持ちなのに、どうして離れなければならないのだろう。想像の世界から抜け出てきたように思えても、血肉を備えた本物の男性だ。広い胸とたくましい肩を持つ彼なら、社交界の人々の悪意に満ちた噂を受け止め、さえぎってくれると信じたくなる。

キャサリンの運命とも、戦って勝利をおさめてくれると。

「足は大丈夫だったかい?」ブロムトンが尋ねた。

「ええ」でもこれから、心に傷を負うかもしれない。

侯爵から逃げる機会を失ってしまった。ブロムトンとこの先一緒にいるための代償は、あまりにも大きいのに。代償はキャサリンの秘密だ。彼に打ち明けなければならない。真実を告げるのだ。

処女ではないと。

そうしたらブロムトンの無言の賞賛も、未来に対する希望も、笑いも、あたたかさも、すべて消えるだろう。それでも、これまで何度も過ちを犯したときと同様、自分を責めるしかない。

最初に真実を伝えて侯爵を追い払わなかったのは、どうしようもないプライドのためだった。大げさなオールドミスの芝居も白いキャップも、本当は必要なかった。恥ずかしい過去を明かせば、彼は一目散に逃げ出したはずだ。

目をそむけていた事実を認めるのは、耐えがたい苦しみだった。ブロムトンを求めていたから、真実を伝えられなかったのだ。キャサリンも〝こんなふう〟に感じたいと思っていた。〝こんなふう〟というのがどういうものであろうと。だがもう終わりにしなければ。

「ごめんなさい。つまずいてしまって」

けれども侯爵はキャサリンを放そうとはせず、逆に腕に力を込めた。彼女が吐いた息で、ブロムトンのシャツが小さくへこむ。

どうして男性は、こんなにたくさんの服を無駄に身につけているのだろう。上着もベストもなければ、彼の胸に直接耳をつけられる。そうしたら、ぬくもりに包まれながら筋肉を感じられたのに。

ブロムトンが欲しい。欲しくて欲しくてたまらない。

侯爵に引き寄せられ、顎を持ちあげられる。顔が濡れているのを感じたが、雨のせいなのか涙のせいなのかわからない。

喉の奥から、かすかなうめきが漏れた。

彼の目はなんてきれいなのだろう。その色について詩が書けそうなくらいで、視線をそらして雨が降っているのかやんでいるのか確かめることもできない。

今ならブロムトンも、ふたりの周りで嵐が荒れ狂おうと気にしないだろう。

「ブロムトン？」キャサリンは侯爵の称号に伴う名前をゆっくりと舌の上で転がした。訊きたいことがあるわけではなく、ただ彼の名前を口にしたかった。

侯爵が喉の奥から、うめくような声を出す。

「ブロムトンじゃなく、ジャイルズと呼んでくれ」しゃがれた声だ。

せっぱ詰まった声を聞いて、キャサリンは膝から力が抜けた。侯爵の腕に支えられていなかったら、床に倒れていただろう。なぜかはわからないが、彼は称号に伴う名前ではなくジャイルズと呼ばれたいと願っているようだ。

キャサリンは目を閉じた。「ジャイルズ」

彼が鋭く息を吸う。「ぼくを見て、もう一度呼んでほしい」

さまざまな感情が込みあげて絡みあい、キャサリンの喉でつかえる。侯爵が指の背で彼女の頬を撫でおろす仕草は、荒々しい声とは対照的にうやうやしい。

でもなぜかキャサリンは、彼の言葉に従うのが怖かった。

「お願いだ」侯爵が懇願する。

苦痛にさいなまれているような切実な声を耳にして、彼女はゆっくりと目を開けた。侯爵のまなざしは地獄の業火のように熱く、伝わってくる苦しみの深さに思わず癒(いや)してあげたくなる。

「ジャイルズ」キャサリンはささやいた。

雨がぱらぱらと音をたてて降りはじめた。彼女への所有欲を示すように、ジャイルズの頬の筋肉に力が入る。同じリズムを刻むふたりの心臓は、キャサリンには解読できない言葉で話しあっているかのようだ。

ふだんは誰もが寝静まった夜中にだけ解き放つ心を、生々しい感情を、キャサリンは抑えきれなくなった。同じ感情がジャイルズの顔にも見える。そして、もうひとつ別の思いが彼女の心にわきあがった。ふたりは互いのものだという思い。それは行く手を照らす蠟燭の火のように心の中で輝いている。彼女は涙が込みあげるのを感じた。

「泣かないで。ぼくは決して――」ジャイルズが口をつぐんで唾をのみ、喉仏が動く。「できるかぎり、きみを傷つけないようにする」

キャサリンは懸命に自分を励まして笑みを浮かべようとしたが、唇が震えてしまった。ジャイルズの視線が彼女の口もとに落ちる。

「熟れたサクランボみたいだ」

そう言ってかすめるようなキスをされると、キャサリンは何も考えられなくなった。そのキスは何かを要求するものでも、懇願するものでもなく、彼女を慈しみ大切にするという真摯な約束だった。誘惑というにはあまりにも気持ちがこもっていて、キャサリンは胸が痛くなるほどうれしかった。

侯爵がほんの少し体を引いてキャサリンの顎に触れる。

「ジャイルズ」彼女はささやいた。

「キャサリン。ぼくはスキャンダルなんてどうでもいいんだ」侯爵が彼女の唇に向かって言った。

ああ、でも、ふたりの行く手に立ちはだかる真実をジャイルズは知らないのだ。「あなたはわたしを知らないわ」

「充分に知っている」彼がふたたびキスをする。

「もう少しだけ時間をちょうだい」キャサリンははっきり答えるのを避け、懸命に言葉を継いだ。「せめて二週間は欲しいわ」そう、二週間もあれば、ジャイルズに打ち明ける勇気を奮い起こせるだろう。「それだけ経ってもあなたの気持ちが変わらなかったら、結婚します」

彼が浮かべた笑みに、キャサリンは体の芯が溶けていくような気持ちになった。

これで、決着は先送りできた。二週間後まで。とりあえず苦しみが遠ざかって、彼女はほっとした。強くなった雨の中で、とりあえず今はジャイルズの微笑みから心置きなくぬくもりを受け取ることができる。

「では、同意のキスをしようか」彼が提案した。

キャサリンにもちろん異議はなく、喜んでうなずいた。

首に手をかけられて引き寄せられ、ボンネットが落ちて転がる。でも、そんなものはどうでもよかった。

ジャイルズの手のひらは熱く、触れられているだけで寒気が消えた。彼がしっかりと正確に唇を重ねたそのキスには、約束と未来への可能性が込められている。合意のキス。ようやく相手を自分のものにしたという宣言のキスだ。

「後悔させないよ」ジャイルズが彼女の髪にささやく。

「後悔なんかしないわ」どうして後悔なんかできるだろう。でも同時に、後悔しないではいられないのもわかっている。キャサリンは足もとで大地が傾いたような気がした。「そろそろ戻ったほうがいいわ」

「あと少しだけ。もうしばらくこのまま抱きしめていたい」ジャイルズが彼女のこめかみに唇をつけた。

雨がボンネットの外れたキャサリンの髪を濡らし、細い筋になって胸まで流れ落ちている。これ以上引き止められたら、お気に入りのドレスと踵が折れた靴はだめになってしまうだろう。

「いいわ。もう少し抱きしめていて」彼女は心配なことなど何もないかのように言った。ドレスはすでに取り返しがつかないほどひどいありさまだ。靴も、帽子も、純潔も、正気も。

でも、今だけは何も考えたくなかった。秘密のことも、スキャンダルのことも。靴や帽子やドレスのことも、あとで感じるであろう心の痛みのことも。

少しのあいだだけ、ジャイルズは自分のものだと思っていたかった。そして時の流れの中のこの瞬間だけを切り取れば、たしかにそうなのだ。疑いの余地なく完全に。そうでないという証拠はない。

ジャイルズの目からは、見ているだけでくらくらするような畏怖の念と切迫感が伝わってくる。セプティマスでさえ、キャサリンをこんな目で見つめなかった。心の中でずっとあたためてきた願いをかなえられる手段、貴重な宝石、値段のつけようのないルビー。そういうものを見るまなざしだ。

「あなたが来てくれてうれしいわ。あなたを——」彼女は唇を舐めた。「あなたをもっと知りたい」

「そうなるよ」ジャイルズが微笑んだ。

すべての制約から解き放たれるのは、経験したことのない感覚だった。何年も続けてきた慎重に自分を律する生活は、退屈ではあるが安全な居場所を与えてくれた。だがそれは、あっという間に崩れてしまった。今キャサリンは陸から遠く離れた海の上にいる。それもこれも、ジャイルズの右頰にあるえくぼと愛情をたたえた目のせいだ。

ただし彼が安全な港に連れていってくれるのかどうかは不明だ。座礁し、舵がきかないまま孤独にさまようことになるかもしれない。

侯爵が身をかがめてふたたび唇を重ねる。雨が降っているのに、その唇は太陽の味がした。

7

キャサリンが取りつけた二週間の猶予は、間もなく終わろうとしていた。彼女は池のほとりに慎重に脚を横にたたんで座り、その日までになんとかジャイルズに真実を打ち明ける勇気を奮い起こせるかどうか考えていた。太陽をさえぎりながら池に目をやると、マーカムとジュリアの乗ったボートが遠くに見えた。マーカムのバリトンの声とジュリアの楽しそうな笑い声が、かすかに聞こえる。

ブランケットの反対側に座っているジャイルズが低く笑った。おそらくマーカムが置いていった男性用の雑誌に面白い記事があったのだろう。侯爵がみんなで出かけようと提案したのだが、彼がいつもくれる贈り物より、キャサリンが家族との時間に魅力を感じることがどうしてわかったのかは謎だ。

ジャイルズが本当に彼女と同じ価値観を持っているのか、あるいはそう装うのが驚くほどうまいのか、どちらなのだろう。

キャサリンはこっそり侯爵に視線を向けた。彼は脚を足首のところで交差させていて、履いているブーツには一緒に遠乗りに出かけたときにはねた泥がついたままになっている。朝

の乗馬は昔からの習慣だという彼に同行するのは楽しかった。ジャイルズと過ごせるという
だけでなく、バックスキンに包まれていても筋肉質だとわかる肉体を思う存分目で堪能でき
るからだ。
キャサリンは侯爵に恋をしていた。どうしようもなく。そう考えると、体を震えが駆け抜
ける。

「寒いのかい？　毛布を取ってこようか」彼が雑誌から目をあげずに訊いた。
それまでは、彼女のほうをちらりとも見ていなかった。ジャイルズは人の目を欺くのが驚
くほどうまい。

「この季節は戸外で過ごすには寒いはずなのに、あなたが計画を立てるといつも天気が味方
をしてくれるみたい」
頬にえくぼを浮かべて優しい笑みを見せながら、侯爵がからかうように言った。「世の中
のすべてが、ぼくに協力してくれるんだよ。きみ以外はね」

「あら、そうなの？　でも、あなたは挑戦が好きだと聞いているけれど」一瞬ためらってか
ら続ける。「ねえ、スペード？」

彼は雑誌を脇に置き、頬杖をついてキャサリンを見た。「きみがぼくのことを調べてくれ
たと知って、うれしいよ。ぼくもきみについて調べたからね」笑みを大きくする。「ほかに
も知りたいことがあったら、直接訊いてくれればいい」

〝処女ではない花嫁をどう思う？——でもこの質問は、真っ昼間に気軽に口にできるような

ものではない。いや、昼間じゃなくても無理だ。とはいえ、ジャイルズがこれからも目が合うたびに瞳に欲望を映すのなら、遠からずその質問をしなければならなくなるだろう。侯爵の欲望は彼女にも簡単に伝染し、そうなると体から力が抜けて抵抗できなくなってしまう。

ジュリアの悲鳴がキャサリンの物思いを破った。池に目をやると、マーカムがボートを揺らして、盛大に水しぶきをあげていた。妹が抗議する声に、弟の笑い声が重なる。

「マーカム、今すぐやめなさい！」キャサリンは叫んだ。

弟はうれしそうに姉に手を振ると、すぐにいたずらを再開した。

「きみの言葉は聞こえていないのだろう」ジャイルズが言った。

彼女は小さくうなった。「マーカムったら、ほんとに子どもみたいなんだから。あんなことをして水の中に落ちたら――」

「きみが望むなら、あいつを膝の上にうつぶせにしてお尻を叩いてやってもいい」

キャサリンは髪の根もとまで真っ赤になり、彼をとがめるように見やった。

「寒くなくなったかい？」ジャイルズが喉の奥で笑った。

「あなたの言葉にショックを受けたせいじゃありませんからね」

「気をつけたほうがいい」彼が舌を鳴らして警告した。「覚えていないのかい？　ぼくは挑戦を愛している」

キャサリンは咳払いをした。「どうしてわたしにショックを与えることが挑戦なの？　見返りは何もないのに」

「いや、あるさ。きみが愛らしく頬を染めるところを見られる」ジャイルズが顔を寄せて言った。

キャサリンはわざとらしい笑みをつくった。「侯爵、いつもながらあなたのユーモアのセンスには驚かされますわ」

「親愛なるはねっかえりのキャサリン、きみはいつも、ぼくが自分でも気づいていなかったユーモアのセンスを引き出してくれる」

「まあ、ブロムトン卿、それってこれまであなたが言ってくれた中で一番の褒め言葉じゃないかしら」

「褒め言葉？」彼が眉をあげる。

「本音と言ったほうがいいかしら」キャサリンは訂正した。

「ぼくはいつも本音で生きているからこそ、きみに思いを伝えようとしてきたつもりなんだが」

キャサリンは池に目を戻した。それ以外のものを見るのはあまりにも危険だ。咳払いをして話題を変える。「わたしはときどき、マーカムを子どもみたいに扱ってしまうの」

「ときどきね」ジャイルズが同意した。

「幸いマーカムは、人を脅して言うことを聞かせるような性格じゃないから」

「それはどうかな」

「弟に脅された経験があるなんて言い出したら、あなたを嘘つきだと見なすわよ」

「でも彼は実際、それにかなり近いことをしたんだ」ジャイルズがにやりとする。「でもまあ、当然だろうな。その道の達人から学んだんだから」

「あなたのこと？」キャサリンはいやみを込めて訊いた。

「野蛮人でございます。なんなりとお申しつけを」彼はお辞儀をした。

まったく、ふざけている。「マーカムは、あなたに〝ぼうや〟と呼ばれることがあると言っていたわ」

ジャイルズが池に目をやった。「レインが最初にそう呼んだんだが、経験がないのをばかにしているというより競争心の表れなのさ」

「競争心？」

彼がうなずく。「レインは競争に慣れていないんだ」

「レイン卿があなたの友人なら、競争に慣れていないなんてちょっと信じられないわ」

「お褒めの言葉をありがとう」ジャイルズの両頬に同時にえくぼができるのは珍しい。「でも彼に会えば、きみも納得するだろう」

「わたしが必ず彼と会うことになると、わかっているような口ぶりね」

「そのとおりだ」ジャイルズがキャサリンの視線をとらえる。「レインの領地はぼくの領地の隣だからね。彼とは生まれたときからの知りあいだ」

彼女は池を見つめ、しかめっ面になるまいと懸命にこらえた。そういえばマーカムが、侯爵はレインの妹と婚約していたと言っていた気がする。でも、そんな話は本人の口から聞きたくない。

「あなたはスペードで、弟はハートと呼ばれているって、マーカムが教えてくれたの。弟に女性が群がるところなんて想像もつかないけれど」

ジャイルズの息が彼女のこめかみの髪をからかうように揺らした。「マーカムはドン・ファンというよりドン・キホーテのほうがぴったりだ」

キャサリンは笑った。「弟が遍歴の騎士ですって? 伝説的な女たらしというのも信じられないけれど、騎士っていうのもちょっとね」

侯爵が彼女をちらりと見る。「それはそうかもしれないが……」

「マーカムには意中の女性がいるの?」

ジャイルズが遠くを見つめた。

「答えないつもりなの? 知りたいことがあればなんでも訊けと言ったくせに」

侯爵が片目をつぶった。「きみにはぼくのことを訊いてほしいんだ」

「もちろん、あなたのことはこれから訊くわよ」キャサリンはやや明るすぎる口調で返した。「でも、まずは弟について心配する必要があるかどうか確かめておきたいの」

彼は首を横に振った。「マーカムは自分の面倒は自分で見られる。ある女性に惹かれているようだが、そのレディは……」ふたたび池に視線を向ける。「彼には向かない」

キャサリンは頬を赤く染めた。「あなたにも向かないわよね?」

「まだそんなことを訊くのか」ジャイルズががっかりした声を出した。それを聞いて、彼女の肌の上を興奮が駆け抜ける。

「それで、どうなの?」キャサリンは顎をあげた。

「もうわかっていると思っていたよ」彼のきらきら輝く瞳は、午後の光の中で見ると灰色というより青だ。「ぼくに向く女性はいない。きみ以外は」深い声が響く。

いつも突然胸の中で羽ばたきを始める小鳥が、またしてもこの瞬間を狙っていたかのように激しく飛び回りはじめた。危ういところで危険をよけたと安心していたら、導火線に火がついた火薬樽に一直線に向かっていたのだ。

「ブロムトン――」

「ジャイルズだ。ふたりだけでいるときは」彼が訂正する。

「ジャイルズ」

甘いクリームを口に入れたように、彼が目を閉じてうめいた。「もう一度言ってくれ」

キャサリンは眉をあげた。「それはやめておいたほうがいいと思うけれど」

ジャイルズも眉をあげる。「同じことを何度も言わせせないでくれないか」

彼女の脳裏に衝撃的な映像が広がった。笑いながらもがいているキャサリンの腕を侯爵が押さえつけ、彼女の腿のあいだに身を沈めている光景が。思わず漏れたため息は、岸辺に寄せる水の音に紛れた。

「ジャイルズ」キャサリンはささやいた。

彼が口の端を片方持ちあげ、オオカミのような笑顔をつくる。

ふたたび金切り声があがり、同時に大声が聞こえたかと思うと、大きな水音が続いた。キャサリンははじかれたように立ちあがったが、水に飛び込む前に力強い腕に止められた。

「ジュリア！　マーカム！」彼女は叫んでジャイルズにあらがった。

しかし、弟と妹はすぐに水面に顔を出し、大声で笑っている。マーカムはもがきながら立ちあがると、小さなボートのもやい綱をつかみ、ジュリアと一緒にゆっくりと小さな船着き場に向かって歩きはじめた。ボートを引っ張るマーカムと並んで、ジュリアが進んでいる。

彼女のスカートがふたりの周りを雲のようにふわふわと漂っていた。キャサリンとジュリアの身の回りの世話をしているメイドが、ブランケットを何枚も抱えて屋敷から出てきた。

「早く水からあがりなさい。本当にばかなんだから」キャサリンはふたりに言った。

ジュリアが水の中を探って靴を拾いあげた。「もう、お兄さまったら！　靴がだめになっちゃったじゃない」

マーカムは不満げに口をとがらせた。「感謝してもらいたいくらいさ。醜い靴だったからな」

ジュリアがマーカムのほうに水を押しやった。彼が波の下にもぐって妹の背後に回り、上着の袖口から滝のように水をこぼしながら立ちあがると、ジュリアは大きく息を吸って水の中にもぐった。マーカムがよろめいて姿を消したあと、ふたりは笑いながら立ちあがった。

「ちょっと待ってくれ！　休戦だ」マーカムが腕を伸ばしてジュリアを押しとどめた。

「それって、わたしの勝ちってことよね！」ジュリアがそう言ってボートの綱をつかんだ。

「ぼくにまかせてくれないか」ジャイルズは片目をつぶってみせると、キャサリンを放した。池の上に乗り出して綱を受け取り、係留用の杭にかける。

「悪いな、ジュリア。たった今ブロムの勝ちが決まった」マーカムが言った。

岸にあがったジュリアは水をぽたぽた垂らして震えている。メイドはマーカムのブランケットをジャイルズに託したあと、もう一枚でジュリアをくるみ、そのままふたりで屋敷へと向かった。

「新しい靴が欲しいわ」ジュリアが振り返って叫ぶ。

妹の面倒を見に行ってやらなければという義務感と、ジャイルズのそばに残りたい気持ちがせめぎあい、キャサリンはためらった。すると突然、冷たくて湿ったものが首に触れ、彼女は悲鳴をあげた。振り向くと、マーカムが泥だらけの海藻のかたまりのようなものを突き出している。けれどもキャサリンが弟を押しのける前に、筋肉の壁を思わせるジャイルズがふたりのあいだに割って入った。

「いったい何をしている？」ジャイルズは訊いた。

マーカムが海藻を振ると、色づけされた木製の船のようなものが現れた。「ぼくの艦隊がまず一隻、栄光の帰還を果たした」

「泥だらけじゃない。池に捨ててよ、マーカム」キャサリンはジャイルズの肩越しに言った。

「いやだね！」マーカムが大声で拒否する。

「艦隊？　栄光の帰還？」ジャイルズが戸惑ったように質問した。

「昔、弟のおもちゃの船を池に沈めたの。マーカムは今でもわたしを許していないのよ」キャサリンは説明した。

「これで場所が判明したから、救出作戦を決行する予定だ！」

「わかったでしょう？　マーカムは子どもだって」キャサリンはジャイルズに言い、マーカムのほうを向いた。「船を全部取り戻しても、あなたの言うことを聞かなくちゃならないわけじゃありませんからね」マーカムはジャイルズとキャサリンを当てつけがましく見た。

「姉さんはぼくの言うことを聞く必要はないけど、聞きたいと思うことだってときにはあるはずだよ」

キャサリンは鼻を鳴らして弟をあざけった。

「ぼくの言ったとおり、姉さんはよだれを垂らさんばかりになっているじゃないか」

「さっさと行きなさいよ」キャサリンは返した。

「こっちに来てくれよ。ぼくたちを抱きしめてほしいんだ」マーカムが水のしたたっている腕を伸ばす。

「パーシー！」キャサリンは叫んで目をつぶった。

泥だらけの体につかまるかと思ったのに、いつまで経っても何も起こらない。

「きみにはまったくユーモアのセンスがないんだな、ブロム」マーカムの声はくぐもっている。「姉さんにうるさく言われる側になってみろ！　きっと手を貸してほしいと思うようになるぞ。絶対だ」

キャサリンは片目を開けた。ジャイルズがマーカムを毛布できつくくるんで、つかまえている。

彼女は眉をあげた。「わたしの騎士になってくれたの?」

ジャイルズはマーカムから離れ、キャサリンの手を取って指先を唇に当てた。さらに手の関節にキスをして、彼女が笑いながら抗議するのを無視して引き寄せる。

「きみだけの伝説的な愛人になるほうがいいな」ジャイルズがささやく。

キャサリンは視線で彼を戒めたが、うれしさに体じゅうがぞくぞくした。「ジュリアを見に行かなくては」

マーカムはようやく腕を引き抜くと、ブランケットをはぎ取った。「ジュリアが悪いんだ。ぼくは立たないように言ったんだから。あいつが新しい靴を手に入れるためにわざとやったんだとしても驚かないよ」

キャサリンは鼻を鳴らした。「そのとおりかもしれないわ」

「ジュリアは心配ないよ。ぼくといてほしい」ジャイルズが耳もとでささやいた。

キャサリンは唾をのんだ。「わかったわ」

「着替えに行かなくていいのか?」ジャイルズがマーカムに背を向けたまま声をかけた。

ジャイルズはキャサリンの騎士になってくれた。彼女の愛人になりたいとも言ってくれた。伝説的な愛人に。キャサリンはため息をつき、信じられないほど美しい目を見あげた。

「姉さん、よだれが垂れてるぞ」マーカムはおえっと音をたてると、屋敷に向かってとぼとぼと歩き出した。

キャサリンは笑みを浮かべた。ちょっとくらいよだれを垂らしても、誰が彼女を責めるだろう。


自分よりもやや若く裕福で人並外れて整った容貌のレインがそばにいなければ、ブロムトンは女性からの注目に不自由することはない。だがそうした女性たちは、彼を心から好きになって賞賛していたわけではなかった。

ブロムトンはいずれクラリッサと結婚すると世間に広く認識されていたにもかかわらず、女性たちは扇をおろして顔をあらわにし、彼に向かってこれ見よがしに目をしばたたいてみせた。一方クラリッサは、ブロムトンに好奇心のまじった畏怖の念以上のものを向けたことはない。彼は財産と称号ゆえに人気があっただけだ。人間性とは関係なく。

ブロムトンのほうは、クラリッサには敬意をもって接し、ほかの女性にはまったく興味を示さなかった。そのうちに母親が、彼の生まれにまつわる真実を明かしたのだ。

称号と財産は、正当な権利がないのに受け継いだもので、自分は何者でもなかった。そうわかるとクラリッサとの結婚を考えることもできなくなり、ブロムトンのうわべだけを見るほかの女性たちとたわむれるのは、ただただおぞましかった。つくり笑いをして媚びてくる女性たちは、真実を知ったとたんに彼を無視するだろう。

そのあとキャサリンがジャイルズと呼んでくれるまで、彼はずっと怒りと軽蔑が入りまじった感情にとらわれて悶々（もんもん）としていた。

〝ジャイルズ〟――彼女は懇願をにじませて吐息をつくようにささやいてくれた。ジャイルズという名前は、彼がただひとつキャサリンにあげられる真実だ。彼女の目に映る自分は、新しい自分だ。マーカムの水草がからんだ泥だらけの船のように、ジャイルズはよみがえった。

キャサリンの愛人になることを冗談の種にするべきではなかったのかもしれないが、後悔はわいてこない。彼女は一瞬、息を止めるくらい、その考えに魅了されていた。ジャイルズは屋敷の窓に目をやった。人影は見えないが、好奇心に満ちた視線がどこに隠れていてもおかしくない。彼はキャサリンの手をつかむと、隠れられる場所を探した。

「ジャイルズ！」彼女が笑いながら抗議する。

彼は幾何学的な庭園の周りを囲む生垣に迷わず入っていった。低木の陰まで行って、キャサリンを引き寄せる。ジャイルズを信頼して従順に抱き寄せられている彼女の目にまだ笑いが残っているのを見て、彼はめまいに襲われた。片腕をキャサリンに回したまま、彼女の顔にかかった髪を払いのける。

これは欲望だろうか。今自分の皮膚の下で歌い泡立っているものは、きっと欲望だ。体を否応なく熱くする、まるでなじみのないこの感覚は。キャサリンを抱きしめたい。守りたい。あらゆる危険から遠ざけたい。

キャサリンの唇が、灯台の光のようにジャイルズを引き寄せた。その唇が開くと、彼は誘いを受け入れた。彼女はみずみずしく熟れた果物だ。そこはかとなく漂う笑みがうっとりするほど甘い。

「何をしているの？」

「きみが今まさに必要としているものをあげている」ジャイルズはキスをしながら答えた。

「頭がおかしくなったのね」彼に押しつけられているキャサリンの胸が激しく上下している。

「そうなのかもしれない。それとも突然、ただひとつの目的を見いだしたのか」

そのただひとつの目的――キャサリンの唇に向かって襲いかかった。彼女が優雅に口を開く様子は実に魅力的で、あたかも翼を持つ生きものが燃え盛る火のそばで恐れを知らずに羽ばたいているようだ。キャサリンをおびえさせないよう慎重に唇をおろしていく。唇から首筋を通ってなめらかな肩をついばむと、彼女は頭をがくりと背中に落とした。

「わたしも少し頭がおかしくなっているのかもしれないわ」

ジャイルズはキャサリンを両腕でしっかりと抱えると、顔をあげた。「少しだけ？」

キャサリンがまつげの隙間から彼を見おろす。「もしかしたら精神病院行きかも」

「ふむ。ぼくは危機に瀕しているのかな？」ジャイルズは両手を彼女の首まで持ちあげて、髪に手を差し入れた。

「あなたが？　危機に瀕しているのはわたしよ」キャサリンが彼の耳もとで満ち足りた声を出した。

「きみは危機に瀕しているどころじゃない」ジャイルズは彼女の背中の下のくぼみを繰り返しそっと撫で、自分に体を預けるよう優しくうながした。「ぼくの大切なはねっかえりのキャサリンは、完全に致命的な状況にいるんだ」

「わたしを救い出してくれる？ ビリヤードはあなたとしかしないと約束したら」キャサリンが狂気と欲望の両方にとらわれて、小さく笑いながら訊いた。

「まったく、なんてはねっかえりだ」ジャイルズは彼女の喉に口をつけて静かに笑った。「ほかの男のキューを使ってプレーするなんて、考えるだけでもだめだ。ましてやそいつの――」

「ジャイルズ！」キャサリンが両手で彼の頬をはさみ、唇を押しつけて彼を黙らせる。

キャサリンの背中が自然に女らしい曲線を描き、ためらっている様子が完全に消えた。彼女の胸が押しつけられる感触に、体じゅうの血が股間に集まる。

ジャイルズは意志の力を振り絞って、やっとのことで立っていた。

キャサリンの丸みを帯びたヒップを包んでいる手から伝わる柔らかい感触は、想像していたとおり最高だ。ジャイルズが硬く大きくなったものを押しつけると、彼女が小さな声をあげながら頬をかわいらしいピンクに染めた。生まれ持った情熱をうかがわせるその様子は、いつか完全に降伏したときの素晴らしさを約束している。

欲望に駆られたジャイルズはもう少しで膝をつき、キャサリンの脚のあいだに座り込んで貪欲に感謝を捧げるところだった。

ジャイルズはキャサリンの口の中を隅々まで探った。ひそやかなうめきや息遣いの変化に耳を澄まし、彼女がどこをどう触れられるのが好きなのかを明らかにしていく。頭を押されて喉もとをあらわにされるのが心地いいらしい。耳の縁を舌でたどられるのも。情熱的なキスは大のお気に入りだ。彼が脚のつけ根のあいだに手を滑り込ませても、抵抗されなかった。防御の壁を完全に取り払っている。彼女はただ火がついているだけではない。今や赤々と燃える炎の中で踊っている。

ジャイルズはぶるりと震えた。それに応えて、キャサリンも身を震わせる。「名前を呼んでくれないか？」彼女の肌に口をつけたまま頼んだ。

「ジャイルズ」

「もう一度」

「ジャイルズ」キャサリンが彼の首に口をつけて、くぐもった声で繰り返した。

「もう待てない。結婚してほしい。特別許可証が手に入り次第、結婚してくれ」

とたんに彼女の動きが止まった。

ジャイルズが髪を撫でるあいだにも、キャサリンの手足はこわばっていく。やがて彼女はがたがたと震えはじめた。欲望からではない。体の深い部分からわきあがる恐怖のために。

彼の体に、自らに対する冷たく鋭い軽蔑が広がった。

なんてことをしてしまったのだろう。レディに向かって高まったものを押しつける紳士はいない。しかも野外で！　激しい欲望を鎮めるために歯を食いしばった。

自分は本当に頭がおかしくなってしまったのだ。

両手を慎重にキャサリンのウエストにおろして声を絞り出す。「悪かった。こんなまねをするべきじゃ――」

「いいえ。わたしも――キスしてほしかったの」彼女がしがみついてきた。

もちろんキャサリンはそう言うだろう。今この場では。だがジャイルズは彼女を襲ったも同然だ。彼女の中に芽生えた美しい情熱を、ブーツの下の泥のように扱ってしまった。

こんなことをするのは紳士ではない。獣だ。野蛮な私生児だ。

「本当に悪かった。きみはもっと大切に扱われるべきなのに」ジャイルズはキャサリンと額を合わせた。

震えが激しくなった彼女の体をきつく抱きしめる。

「大丈夫だよ。悪いのはぼくなんだ」キャサリンの髪に唇をつけてささやいた。

「あなたはわかっていない……」

「わかっているとも。ぼくは野蛮人かもしれないが、それでも決してレディを――」彼女の震えが傍目(はため)にもわかるほど激しくなったので、ジャイルズは口をつぐんだ。すでに自分の行動をひどく悔いていなかったら、立ち直れないほどの打撃を受けていただろう。「もう大丈夫だ。ただ抱きしめているだけで、何もしないから。約束するよ。怖がらなくていい」

「やめて」キャサリンが顔をあげ、虚ろな目で彼を見た。「そういうことじゃないの。そんなふうに言ってもらう必要は――」しゃっくりをして頬をぬぐう。「あなたに話さなければならないことがあるのよ」

「なんでも言ってくれ。どんなことでも話してほしい」みじめそうなキャサリンの様子に、吐き気が込みあげた。

彼女は長いあいだ黙っていたが、しばらくしてようやく、かろうじて耳に届くくらいの声でささやいた。「愛した人がいたの」

「ああ、知っている」ジャイルズの喉はガラスのかけらが刺さったように痛んだ。

「いいえ、あなたは何もわかっていない。彼とは結婚するはずだったわ」キャサリンの頭が前後に揺れはじめ、声がさらに低くなった。

「婚約していたんだから、当然そう――」彼は言葉を切った。まるで悪夢の中にいるように、いきなり空気が重くなる。「結婚する日を楽しみにしていたということを言いたいわけじゃないんだね」

彼女がごくりと唾をのんだ。「ええ」

キャサリンは結婚を誓いあったからこそ行為に及んでしまったのだ。こんなふうに隠された事情があるのではないかと、半ば予想していた気がする。だがそれでも、衝撃は変わらなかった。彼女の告白に動じていないふりをしながらも、心が千々に乱れる。

ふたりのうちどちらの男がキャサリンの純潔を奪ったのだろう。そいつは――あるいはそいつらは――満足感に浸ったのだろうか。

やがて、さらに恐ろしい疑問が浮かんだ。彼女の行為に結果は伴わなかったのだろうか。

自分のような私生児が生まれ、非情にも捨てられていたなどという結果が。

体が冷たくなっていくこの感覚を、前にも経験したことがある。役者は違っても、筋書きは少しも違わない。理解してほしいと懇願する目、刻一刻と重くなっていく沈黙。舞台の中央で息絶えて凍りつく希望。

張りつけていた仮面がずれて、顎がぴくりと動いてしまった。

キャサリンは口に手を当てて、固まってしまったジャイルズの腕の中から抜け出した。一歩さがり、二歩さがり、はねっかえり娘は姿を消した。彼女がいたところには、冷たく感情のない女が立っている。

「マーカムに、ロンドンに戻る旅の手配をさせるわね。わたしとは二度と話す必要はないわ」淡々としたその声には痛烈な非難がこもっていた。

地獄の番犬が吠える声が戻ってきた——ジャイルズを置いて部屋を出ていく母親の、ひるがえったスカートが脳裏によみがえる。キャサリンがいなければ、またいやらしい犬どもに追われて過ごす日々に戻ってしまう。正当な血を引く跡継ぎをもうける機会を失い、ぬくもりも笑いもなく生きていくのだ。

彼女を失うわけにはいかない。絶対に。

「だめだ」彼は声を絞り出した。

ジャイルズに腕をつかまれると、キャサリンは息をのんだ。

「だめ?」彼女が問い返す。

「だめだ。何も変わったわけじゃない。きみという人が損なわれたわけじゃない」

「何を言っているの？」キャサリンの目が燃えあがる。「もちろん、わたしは損なわれてなんかいないわ」

「だがきみは――」

「たしかにもう処女ではないわ」彼女が唇を湿らせる。「でもずっと愛してきた人とたった一度愛しあったら、損なわれたことになるの？」

キャサリンの言葉を懸命に理解しようとした。〝たった一度愛しあった〟と彼女は言った。

「牧師の息子だね」

「教区牧師よ。あなたには関係ないことだけれど」キャサリンはみぞおちの前で腕を組み、怒りに息を荒くして続けた。「貞淑な女性の〝貞淑〟は、体の関係を持ったことがあるかないか以上の意味を表しているんじゃないかしら」震えは止まったものの、目の色から怒りが鎮まっていないのがわかる。「とはいえ、実際の行為のあるなしだけを問題にする偽善者たちにどう対抗すればいいのか、わたしにはわからない。ただ冷たく無視すればいいのかしら。わたしに言わせれば……」

彼女の口は動きつづけていたが、ジャイルズはもう聞いていなかった。

傷を見つけて止血しなければならないのに、何もできずにいる。うるさくわめく悪魔たちのせいで、頭がまともに働かないのだ。だがここでなんとかしなければ、すべてを失ってしまう。

もう一刻の猶予もない。

〝どうかわかって〟――女らしく柔らかな声が記憶の中から浮かびあがった。

「キャサリン」ジャイルズは声をあげた。

彼女が口をつぐむ。

「彼は――無理強いしたのか？」

「〝愛しあった〟と言ったでしょう？　少なくともわたしにとってはそうだったわ」キャサリンが頬を真っ赤に染めて、視線をそらした。

「よくわからないんだが」

「カートライトにも説明しようとしたけれど、結局は理解してもらえなかった」彼女はヒステリックな笑いを小さく漏らした。「といっても、彼はわたしの異常な熱意に目をつぶってくれたわ。わたしを捨てて、愛人を選ぶまでは」

「異常な熱意？」ジャイルズは眉をひそめた。

キャサリンの緑色の目に、挑戦と心の痛みが奇妙に入りまじった表情が浮かぶ。「セプティマスの言葉よ」

「だが彼は――」

「わたしが誘惑したの」彼女がさえぎった。「でもセプティマスはそのあと自分たちが犯した過ちに動転して、異常な性向を持つ女から逃げ出した。結婚する前にまた誘惑されることがないように。ただし彼は帰らぬ人となった」目を閉じる。「あなたがどれだけわたしを責めようと、わたしはそれよりもはるかにきびしく自分を責めてきたわ」

キャサリンの声には生々しい心の痛みがにじんでいた。つねに地獄の番犬の声に追われているる自分と、同じ思いをしているのだ。向きを変えて去っていこうとする彼女の腕を、ジャイルズはふたたびつかんだ。

「放して」キャサリンが体を引いた。

「だめだ」

「だめだって、それしか言えないの？」

「セプティマスは――」彼は唾をのんで続けた。「やつは差し出されたものを受け取っておきながら、きみを〝異常〟だなんて言ったのか？」

まるでジャイルズ自身が青ざめたかのように、彼女の血がすっと引くのを感じた。

「ええ」キャサリンが答えた。

「ああ、かわいそうに」

「わたしが悪かったのよ。わたしがレディらしく振る舞っていれば……慎み深くしていれば……」

ジャイルズはキャサリンの腕をつかむ手の力をゆるめ、もう一方の手で彼女の顔を包んだ。

「自分を責めるのはやめるんだ」

「やめて」キャサリンの目に涙が浮かぶ。「理解があるふりなんてやめて。わたしを異常だと思っていないふりなんてしないで。自分の振る舞いが正しくなかったことは、わかっているわ。わたしはレディらしくないのよ」

「しかし、きみはちゃんとしたレディだ」ジャイルズは手の甲でキャサリンの頬を優しく撫でおろした。「貞淑という言葉は、体の関係を持ったことがあるかないか以上の意味を表している」

キャサリンは唇を震わせたが、彼から離れようとはしなかった。

「愛する人に対して欲望を持つことは、恥でもなんでもない。ぼくはきみをさげすみの目でなど見ない。異常だなんて思わない」

「じゃあ、あなたの目にわたしはどう映っているの？」彼女が挑むように訊いた。

キャサリンが自分を恥じているのがわかった。だが、自らのしたことを心から後悔しているわけではない。ジャイルズが彼女を自分にふさわしくない汚れた女と見なすだろうと考えて、屈辱を感じているだけだ。

キャサリンの体と魂と心をこれほど切実に必要としていなかったら、たしかにそういう女と見なしていただろう。

心にブロムトン城を包む霧に似た白いもやのようなものが満ちて、そこにキャサリンの姿が浮かびあがった。濃い霧を背にしたシルエットは美しく、挑戦的で、決然としている。彼女は打ちのめされても、前を向いて懸命に生きてきた。貴族たちの多くが享受している目に見えない特権をはぎ取られても。

ジャイルズには理解できる。誰よりも。

「きみはぼくの未来だ」彼は静かに言った。

ジャイルズの未来？　彼はキャサリンを泣かせようとしているのだろうか。「わたしがあなたにふさわしいなんて、心から信じているわけじゃないでしょう？」

「もう黙って」ジャイルズが彼女をなだめながら抱き寄せた。彼のシルクのベストから伝わってくる熱で、頰があたたまる。背中を撫でる手の動きが心地よかった。前よりも触れ方が優しい。「きみはぼくにはもったいない人だ」

キャサリンの心はばらばらに砕け散った。

「わたしを憎んでいるのね。きっとそうなると前に言ったとおりに」

「違う。きみを――憎んでなんかいない」

彼女は顔を回してジャイルズの首につけ、心が休まる香りを吸い込んだ。こうしていると、これは夢ではなく現実なのだとひしひしと感じる。「だけど、もう結婚したいとは思っていない」

「そんなことはひとことも言っていないよ」

「ほかの男が手をつけた女を花嫁にするというの？」

ジャイルズの沈黙がひどく長く感じられる。キャサリンは彼の息が耳にかかるのを感じながら、力強い肩の曲線に恐る恐る頭を預けて体の力を抜いた。言葉からは得られなかった慰めを、体のあたたかさと香りに見いだす。

「嘘をつくつもりはない。ぼくが初めての男だったらよかったと思う」

「じゃあ、あなたは出ていくのね」彼女は体を震わせた。

「いや、出ていかないよ」

キャサリンは体を引いて、ジャイルズの顔を見つめた。彼の顔はキャンバスに鉛筆で描かれた下書きのようだ。豊かな色彩が加えられるのを待っている。

「どうして？　どうしてここにとどまるの？　愛を信じていないと言ったあなたに、わたしのしたことは理解できないでしょう？」

「愛を信じていないなんて言ったかな？」ジャイルズが優しく訊く。

「信じているの？」キャサリンは問い返した。

ジャイルズがため息をついた。「きみはぼくを信じたいという気持ちにさせる。どうかぼくに愛し方を教えてほしい」かわいいが不可解きわまりない子どもを見つめるように、目が柔らかい光を帯びる。彼はキャサリンの頬に指を滑らせた。

ジャイルズはなんてずるいのだろう。こんなふうに言われたら、断れるはずがない。

「もちろん、愛について少しは知っているんでしょう？」

「友情はわかる。尊敬も。だが愛はわからない」

「ご両親に教わらなかったの？」

「彼らからは自尊心と名誉を重んじることを教わった。だが愛についてはまったく」

ジャイルズの目を見て、その言葉が嘘ではないとキャサリンにはわかった。

「それに、ぼくも告白しなければ。ぼくだって人を責められない。童貞じゃないんだから」

彼が悲しげに微笑んだ。

彼女は鼻を鳴らした。

「どうかな？　こんなぼくでも受け入れてくれるかい？　きみが初めてじゃなくても」

キャサリンは拒絶されると思い込んでいた。ジャイルズは一目散に逃げ出すと。

「結婚してほしい。きみでないとだめなんだ」

彼女はジャイルズの顔を両手で包んだ。押しのけられるとばかり思っていたのに、引き寄せられる。なんて意外で、なんて素晴らしいのだろう。伸びあがって、彼の頬にキスをした。

「明日の朝ロンドンへ発つよ。特別許可証を手に入れたら、すぐに戻ってくる」ジャイルズはそこで一瞬、口をつぐんだ。「もちろん、きみが結婚すると言ってくれればだが」

「ジャイルズ、喜んであなたと結婚するわ」

彼は張りつめていたものをゆるめるように長々と息を吐くと、キャサリンをしっかりと抱き寄せた。

8

ロンドンに戻って丸一日とほんの少しで、ジャイルズはやるべきことをすべて終えた。丁寧に折りたたんだ結婚特別許可証とこの上なく美しい婚約指輪を入れたベストのポケットを叩いて、伝わってくる感触に深い満足を覚える。

こまごまとしたことも、すべてすませた。遺言を修正し、銀行にキャサリンのための口座を開き、花嫁が屋敷に移ってきたときにすぐに居心地よく感じられるよう、ひそかな贈り物も用意した。

だがこれからしようとしているのは、まったく予定になかったことだ。不安に胃がこわばるのを感じながら、なじみのない地区にある質素なタウンハウスの玄関前で、ライオンの形のノッカーを見つめた。

裕福な貴族たちが住む地区に慣れている人間にとっては、目を引かれる部分がまったくない簡素な屋敷だ。煉瓦の壁を引きたてる装飾はいっさいなく、亡き侯爵の言葉を借りれば〝高貴な一族〟の一員だった人間が住んでいると周囲に高らかに告げる仰々しさも見られない。

だがこれはこれで、絵描きとその妻が住むには充分な広さなのだろう。侯爵夫人にはふさわしくないとしても。

ジャイルズの心臓は胸を突き破りそうな勢いで激しく打っていた。

気持ちを奮い起こしてノッカーに手を伸ばしたものの、ぴかぴかの真鍮に触れる直前で止め、下に落とした。来るべきではなかった。今すぐ立ち去るべきだ。母親が彼を家に入れたとしても――そんな保証はまったくないが――何を言えばいいのか見当もつかない。母親の新しい夫とは話もしたくなかった。

なぜ来てしまったのだろう。いたたまれない思いに、体が熱くなる。自分はここととはまったく関係のない人間だ。いつもそう。昔から母親のそばに寄るたびに、居心地が悪くて落ち着かない気分になる。しかも再婚すると宣言されてからは、母親を思い出すだけでこういう気分になるようになった。ジャイルズは目を閉じて、キャサリンを抱きしめるといつも覚える心のやすらぎを思い出そうとした。だが彼女なしではうまくいかない。

結婚許可証と指輪を見せ、自分を求めてくれる人もいるのだと母親に証明する。そんなことのためにここへ来たのは、ばかげた衝動だったのかもしれない。それに、母親がどんな反応をすると期待しているのだろう。キャサリンがジャイルズを軽蔑すべき人間だと見なさないでくれたからといって、母親が彼の価値を認めるとは思えない。

しかもキャサリンに悪く思われていないのは、ジャイルズが嘘をついているからだ。

彼はぶるりと震えた。ここに来るべきではなかった。くるりと向きを変え、屋敷に背を向ける。ところがそのとき、馬車の車輪が道を踏む音と馬の足音に重なって、女性のかすかな笑い声が響いた。

ジャイルズは身を縮めた。

ブロムトン城の薄暗い朝食の間に身をひそめていた少年時代に、一瞬で引き戻されたのだ。ジャイルズはそこで母親の笑い声と敷地内の絵を描かせるために彼女が招いた画家が聞き慣れないアクセントで交わしている楽しげなおしゃべりに、ただ耳を澄ましていた。〝ぼくを見て。ぼくにも笑いかけてよ〟――心の中でそう叫ぶように祈りながら。

もちろん、母親は一度も振り向いてくれなかった。

それどころか、ジャイルズがもう母親に甘やかされるような年ではないと侯爵から叱責されたあの日を境に、母親は息子にまったく笑みを向けなくなった。ジャイルズは消え、彼女にとっても、そのほかのすべての人々にとっても、彼はストレイスになった。もちろんそれは先代侯爵が死ぬまでの話で、そのあとはブロムトンになった。あるいはただの侯爵に。

とはいえ母親が身分違いの再婚をすると決めるまで、ジャイルズはさほど強い不満を抱いていたわけではなかった。母親はずっと彼の社交界での人脈づくりを助け、女主人として華やかな催しを取り仕切ってくれていた。言うなれば、貴族社会における母親としての務めを完璧に果たしていたのだ。だがふたりの関係は君主と臣下のようによそよそしく他人行儀なもので、母親は話しかける前に、いつも膝を折ってお辞儀をしていた。

自分の息子に対して。

侯爵に叱責されて以来、母親から一度も抱きしめられていない。侯爵が死んでからも。

黄色い貸し馬車が屋敷の前できしみながら止まった。引いてきた馬たちは、その場で頭を上下させている。大きくなった母親の笑い声が、ジャイルズの背骨をひとつひとつ撫であげるようにゆっくりと這いのぼる。いまいましい。意味のない物思いにふけっていなかったら、今頃はすでに立ち去っていたはずだ。ここには彼にとっていいものは何もない。母親とは怒りにまかせた非難の応酬をした結果、関係が破綻しているのだ。

母親が馬車からおりてきたが、ジャイルズはその場から動けずに立ち尽くした。視線をそらすことも、息をすることもできない。全身の筋肉が硬直していた。

母親はもう五〇歳に手が届こうかという年齢より若く見えた。それどころか、最後に話したときより若返っている。

ジャイルズは眉をひそめ、彼を産んだときに母親が何歳だったのか計算してみた。おそらく今のジュリアより一歳くらいしか上ではなかったはずだとわかって驚いたが、よく考えたら驚くようなことではない。彼女は侯爵の三人目の妻だったのだ。子どもを幼いときに亡くさずにすんだ唯一の妻でもあった。

母親が振り向いたとき、ジャイルズはまだ顔をしかめていた。

無言のまま笑みを消した母親が、警戒しつつも挑むような表情を浮かべて見つめ返してくる。変わった色あいの瞳をのぞき込んでいると、自分自身の目と向きあっているような気分になった。ただし、母親の目に映っているのは怪物だ。

心臓が激しく打ちながら、喉もとまでせりあがる。なんという間違いを犯してしまったのだろう。

「ブロムトン」母親がいつものいまいましいお辞儀をする。

「母上」彼は小さくうなずいた。

彼女が片方だけ眉を吊りあげた表情は、ジャイルズも完璧に習得しているものだ。「ミセス・ブラックウッドと呼んでちょうだい」

絶対にそんなふうに呼ぶつもりはない。彼女は跡継ぎをつくるために売春婦まがいの行為をしたあげく、その事実を教えることでジャイルズを打ちのめした。このうえ卑しい再婚相手の名前を名乗ることで、自分と息子が払った犠牲をあざ笑おうというのか。

〝母さん！〟

ジャイルズは歯を食いしばった。

どうして母親はあらがいもせず、頑是ない子どもを侯爵の暗黒世界に置き去りにできたのだろう。息子にブロムトンの名前をひとりで背負わせ、自分は新たな人生を求めて去っていくなんて、息子の存在を自分の中からふたたび消してしまうなんて、母親は自らしか愛せないのだろうか。

ジャイルズは顔を伏せて、階段をおりた。馬の糞をぎりぎりのところでよけ、よく磨かれたヘシアンブーツに映っている母親の黄色いドレスを見つめる。

「やっぱり来るべきじゃなかった。邪魔はしないよ」

母親から離れようと一歩踏み出す。

「待って」彼女が静かな声で止めた。

その言葉に従うつもりはなかったのに、ジャイルズの足は母親の横で止まっていた。ラベンダーの香りに包まれ、目がちくちくする。

昔から母親の香りは変わっていない。

母親は自分の分の運賃を払うと、一緒に乗ってきた女性に手を振って別れを告げた。女性は貸し馬車から出てこなかった。明らかに、息子を紹介するつもりはないのだ。

黄色い貸し馬車が角を曲がるのを見送ると、母親は彼に向き直った。昔の怒りと、今の心の痛みが。

昔の怒りがよみがえり、ジャイルズの中でふくれあがった。

「家に入らない?」誘うというより挑んでいるような言い方だ。

母親が絵描きの夫と住んでいる家に入る? 彼女が息子の世界を壊してでも手に入れたいと望んだ場所に入るだと? ジャイルズは首を横に振った。

母親の表情に変化はなかった。胴着(ボディス)がきつそうになった様子から、息遣いが荒くなったのがうかがえるだけだ。

「じゃあ、歩きましょう」彼女がジャイルズの肩越しに目を向けた。「この道を行ったところに庭園があるの。水仙が今にも咲き出しそうなのよ」

彼の脳裏にある風景がよみがえった。ブロムトン城の花壇だ。城を背景に手入れが行き届いた何メートルもの花壇に黄色いつぼみが並んでいるさまは、黄水晶とペリドットのネックレスのようだった。母親が出ていったあとは雑草が伸びるまま放っておいたが、意味のない子どもじみた行動だったかもしれない。

ジャイルズは腕を差し出した。母親が彼の肘の内側に手をかけ、ふたりは歩き出した。

母親が水仙について話しつづけるあいだ、ジャイルズは真っ黒なカラスが花をすべてむしってしまう光景を思い浮かべていた。母親に許しを乞いたい気持ちと、もう一度なじりたい気持ちのあいだで揺れ動きながら、表情にはいっさい出さずに気温についてだけ口にする。

鉄製の門を抜けて庭園に入ると、母親は花壇の前で足を止めた。手袋をはめた手を伸ばして指先をつぼみに優しく滑らせたが、花は固く閉じていてほころぶ様子はない。

「残念。どうやらもう少し先みたいね」彼女がため息をついた。

たしかにまだそのときではない。

「結婚することにしました」ジャイルズはいきなり言った。

母親は音をたてて息を吸ったが、すぐに立ち直った。「レディ・クラリッサから手紙をもらったのよ。あなたから結婚を申し込まれるのを待つのはあきらめたと書いてあった。彼女の思い違いだったと知ってほっとしたわ」

ジャイルズは身をこわばらせた。「婚約した相手は、サウスフォードに住むレディ・キャサリン・スタンレーです。彼女は――」言葉を切って続ける。「仲のいい友人の姉なんですよ」

母親が眉間にしわを寄せて考え込んだ。頭の中で何かの本のページでもめくっているようだ。「レディ・キャサリンというと……マーカム卿のお姉さまかしら」

彼は眉をあげた。「そうです」

母親の眉間のしわが深くなる。「では、遠縁の娘さんね。四親等の」

信じられない。家系図を暗記しているのだろうか。

「彼女にはラングレーの血が流れています」

母親がジャイルズをじっと見つめた。「あなたがレディ・キャサリンに真実を告げているといいんだけれど」

真実？　真実だって？　母親は息子がふたりの恥を世界じゅうにさらすとでも思っているのだろうか。「彼女は――何も知りません」

「ああブロムトン、あなたはなんてことをしたの？」彼女の声には失望がにじんでいた。

自分は何をしたのか？――母親がつくり出した問題を解決したのだ。ブロムトンの正当な血統を回復するべく、慎重な計画を立てたのだ。そしてサウスフォードのレディ・キャサリンをだまし、結婚によって夫というくびきにつなぐ手筈(てはず)を整えた。母親にとって自分の息子よりも大切だった家の存続をかなえるために。

母親の反応はいろいろ想像していたが、これだけは予想外だった。

ジャイルズの喉がひりひりと痛んだ。「ぼくがラングレーの血を引く女性を妻に迎えることがどれほど重要か、あなたが一番よく知っているはずでしょう」

母親が目をしばたたく。「お父さまはあなたがレディ・クラリッサと結婚することを望んでいたわ」

「お父さまというのは先代侯爵のことですか？」彼はそこで声をひそめた。「それとも本当の父親のことを言っているんですか？」

母親の頬が真っ赤に染まったので、ジャイルズはすぐに自分の言葉を後悔した。彼女に少しでもいいから振り向いてもらいたいだけなのに、わざわざ傷つけるなんて、悪魔に操られているとしか思えない。

たしかに、母親を屋敷から追い出したのは自分だ。だが彼女は再婚したがったのだ。

ブロムトン侯爵夫人が絵描きと結婚してただのミセス・ブラックウッドになるなんて、とうてい許せることではなかった。だからそう言ったら、母親に駆け落ちすると反論され、ジャイルズは手当を減らすと脅さざるをえなかった。だが金など重要ではないと母親は言い放った。絵描きを愛しているのだと。

絵描きを愛している？　わが子にあれほど冷たい仕打ちをできた人間が、いったい愛の何を知っているというのだろう。

最後に母親は、彼の出生の秘密を武器として使った。

「自分についての重要な真実を伝えないまま結婚するなんて、許されないことよ」彼女が激しく葛藤する感情を抑えるように歯を食いしばった。「そんな結婚は残酷なだけでなく、いつかあなたたちをふたりとも破滅させるわ」

ジャイルズはあとずさり、鋭い口調で言った。「あなたがぼくをそういうふうに追い込んだんだ」

「わたしが追い込んだ？」母親の目に燃えていた激しい炎が弱まる。「生きる道を選択するのはいつだって自分自身よ。わたしもそのことを、もっと早く学ぶべきだった……」

ジャイルズは母親の目に浮かぶ悲しみから目をそらして、公園の主のように自由に枝を広げる古いシカモアの木を見た。和解したくて来たのに、関係はもつれるばかりだ。さまざまな色が混沌と重なりあっているあの木の枝のように。誰かに喉をつかまれたかのごとく息が吸えなくなる。

「お願いよ、ブロムトン。お父さまと同じにはならないで」母親が打ちひしがれたように懇願した。

彼はさっと頭をあげた。「そんな可能性はありません」声を低くして続ける。「ぼくは父親を知らないんですから」

「侯爵があなたを育てたのよ。彼の願いをかなえるために、わたしはすべてをあきらめた」彼女が激しい口調でささやく。

「すべてを？　愛人以外はという意味ですか？」ブロムトンは軽蔑を込めて言った。

母親の目が一瞬で、氷山のように冷え冷えと硬く凍りついた。「ひとりで帰ります。二度と訪ねてこないで」顎をあげる。「あなたが結婚するつもりでいるかわいそうな子のために、祈っているわ」

母親は優雅な身のこなしで、ゆっくりと去っていった。どこから見ても高慢な侯爵夫人そのものだ。ジャイルズは両手を体の脇にだらりと垂らした。怒りと恥ずかしさが一気に襲ってくる。まるで叱られた子どものような気分だった。

昔、母親がしてくれた気高い騎士たちの話は、父親に着せられた紳士という甲冑の下の体に血を通わせてくれた。どうして母親は、ジャイルズを侯爵にまかせきりにしたのだろう。そして彼が侯爵の期待どおりに育ったところで、真実を突きつけて打ちのめしたのはなぜなのか。

葉が落ちた木を見つめていても、答えは得られなかった。文無しの貧乏人にものを乞うても、何も出てこないように。

だが三〇年もの偽りの末に明かされた真実が、このまま誰の目にも触れずにすむはずがない。

ジャイルズは馬を止め、両手をこすりあわせた。宿の煙突から立ちのぼっている煙が、あたたかい室内へと人を招いているようだ。このまま進めば、あと一五分ほどでサウスフォードに着く。

キャサリンがすべてお見通しだとばかりに、恥ずかしそうな微笑みを浮かべて出迎える姿を想像すると、彼女への欲望が一気によみがえった。そばを離れた時間など、なかったかのようだ。

外套の襟が風にあおられて顔にぶつかり、頬をちくちくと刺す。

母親の不吉な警告は、誠実な気持ちから出たものだ。残酷な嘘に基づいた結婚は、いつかキャサリンの心を打ち砕くだろう。あなたが結婚するつもりでいるかわいそうな子のために祈っているという母親の言葉が引き起こした戦慄が、まだ消えない。

心の中に描いていた幸せな家庭のイメージは崩壊した。

サウスフォードを発つ前とはすべてが変わってしまった。母親と会ったせいで心の中の暗い部分が呼び覚まされ、今や頭の中は不穏な思いでいっぱいだ。だがそれでも、ジャイルズを二度も地獄に突き落とした女の予言を聞き入れて、キャサリンと別れるつもりはない。

強さを増す風にあおられて、〈塩の柱亭〉と書かれた看板が揺れている。ジャイルズは空を見あげた。今にも襲いかかろうとしている嵐の気配が大気に満ちている。そうだ。嵐をやりすごさなければならない。

前にマーカムと狩りをしたあと、ここでおいしい食事をとった記憶がある。それに部屋を取って体の汚れを落としてから、一杯――あるいは一〇杯――やって心の澱（おり）を流すという考えにも心を引かれた。

キャサリンは敏感だ。このままサウスフォードに戻ったら、ジャイルズの精神状態の変化にきっと気づく。その変化を、彼が結婚を思い直しているせいだと思われるのだけは避けたい。

ジャイルズは馬屋に馬を連れていくと、ロビーと食堂の両方の役割を果たしている洞窟のような天井の低い部屋に足を踏み入れた。薄暗さに目が慣れるまで、しばらくかかる。部屋を主に照らしているのは巨大な暖炉の中で煙をあげながら燃えている火だ。その暖炉の横にあるテーブルでは白髪まじりの男が三人、楽しそうに談笑しながら酒を飲んでいたが、彼が中に入って外套を脱ぎ出すと話し声はぴたりとやんだ。

男たちはこう思っているに違いない。馬での旅は必ず汚れる。だからいい服など着るべきではないのに、このばかな貴族は金持ちすぎてそれを理解できないらしい。こいつには話しかけるだけの価値もない。

もちろん、彼らは正しい。

マーカムとここに来たときは、今そう思うのと同じだけの確信を持って、あそこのテーブルにいた男たちを無視した。安っぽい服と強い訛りに気づいて、彼らには注意を向けるだけの価値はないと判断したのだ。

「何か問題でも？」ジャイルズは尋ねた。

「いや、問題なんかないさ」一番大柄な男が答え、椅子を後ろに傾けて厨房に向かって怒鳴った。「リジー、お客さんだよ！」音をたてて椅子の前脚を床に落とすと、仲間たちのほうに向き直る。「さっきも言ったが、この平和は長続きしないぜ。アディントン（当時の政治家）もそう思ってる。でなけりゃ、いまいましい税金を廃止したはずだからな」

ジャイルズは政治のことなど、ここ何カ月も考えていなかった。英国がふたたびフランスに開戦を宣言したのは知っているが、それより大事なことがあったのだ。男たちから遠い、部屋の反対端にあるテーブルに、ジャイルズは向かった。

「やあ！　そこにいるのはブロムトンじゃないか！　そうだろう？」

汚れた小さい窓から差し込む光の中で、声をかけてきた男に目を凝らす。どれだけ薄暗くても、その眼鏡をかけた横顔とちょっとゆがんだ笑みは間違えようがなかった。ファリング。こんなところでいったい何をやっているのだろう。

「きみの声が聞こえないようだぞ、クラブ」

まさかレインまで？　残念だが、そうらしい。きちんと整えられた漆黒の波打つ髪の陰に氷のような目を隠したその姿は、いつもと変わらず優雅だ。いまいましいことに。

ジャイルズは風に打たれつづけてこわばった頬に無理やり笑みを浮かべ、彼らのテーブルに向かった。「なんだかいやなにおいがすると思っていたんだ」

ファリングがレインに顔を寄せる。「やつはご機嫌ななめらしい。悪い酒でも飲んだのかもしれないな」

「酒なんか飲んでいない」ジャイルズは飲んで憂さを晴らすつもりでここへ来たのをおくびにも出さなかった。「どうしてふたり連れだって、こんなところにいるんだ？」

ファリングがずり落ちた眼鏡を押しあげて答えた。「マーカムがきみの結婚式に招待してくれたのさ。聞いていないのか？」

ジャイルズはレインに目を向けた。「本人に伝えるのを忘れていたらしい」

「招待状を受け取ってすぐに出発したんだ。ロンドンは退屈だったしな」レインの声からは、ジャイルズの結婚をどう思っているのかまったくわからなかった。

「何を言っているんだ、ダイヤ。ロンドンが退屈だなんて、絶対にあるもんか」ファリングが言い返す。「とてつもないものを賭ける面白い勝負がまたできるんじゃないかと思って、ぼくは来たんだ」

ジャイルズは鼻を鳴らした。

「とにかくきみは領地を賭け、マーカムに負けた。そのあと何がどうなったのか、彼の姉と婚約したってわけだ。カードに負けて結婚なんて、なかなか見られるもんじゃないからな」

ファリングが目を輝かせ、からかうように言った。

ジャイルズは片方だけ眉を吊りあげた——いつもは、これが警告として充分に通用する。

「ぼくたちは負債を清算したとだけ言っておこう」

「負債を清算した？」レインが暗い声を出した。

「ここに座れよ。サウスフォードに着くまで天気が持つかどうか、話しあっていたところだ」ファリングが空いている椅子を軽く蹴った。

「それで、どうすることにしたんだ？」ジャイルズは訊いた。

ファリングがにやりとする。「もちろん、もう一杯飲むことにしたさ。ああリジー、ぼくたちにもう一杯ずつ持ってきてくれないか？」

ジャイルズが座ると、いかにもしっかり者で元気な感じの女性が近づいてきた。「そちらもジョッキでいいですか？」

エールだろうか。ジャイルズは政治について語っていた灰色の髭の男に目を向けた。あの男のジョッキに入っているのはエールよりも強いものであることに、自分の一番いいヘシアンブーツを賭けてもいい。それに〈塩の柱亭〉では違法な自家製の酒をつくっていて、それがけっこういけるとキャサリンが言っていた気がする。

「何か強い酒はあるかな？」ジャイルズは尋ねた。

「そうですね。安酒なら奥に何種類かありますけど」女性が皮肉っぽい口調で返す。

「それはエールなんだろうな」この店が何をつくっているにせよ、許可を取っているとは思えない。それを出してもらいたいなら彼女の信頼を得なければならないが、レインとファリングが一緒では無理だろう。

ファリングが自分のエールをひと口飲んで、顔をしかめた。

「安酒を我慢して飲むなんて時間の無駄だ。先を急いだらどうだ」ジャイルズは勧めた。

「実は、上に部屋を取ってあってね。今日はもう進まなくてもいいんだ」ファリングが陽気な声で返した。

「サウスフォードには泊まらないのか」ジャイルズはほっとした。

「きみの屈辱的な場面に立ち会うのは楽しみだが、未婚の女と同じ屋根の下で眠る危険を冒すのはまっぴらだからな」レインが身震いする。

ファリングが指を立てて数えた。「未婚の女がひとりに、婚約している女がひとりだ」

「婚約か。結婚まで行き着くかどうかわからないがな」レインがいやみっぽく言った。

その声の調子と氷のような冷たい目つきに、ジャイルズは固まった。しかし、クラリッサに結婚を申し込まなかったことについては、レインとすでに話がついている。それにもしマーカムが言っていたようにクラリッサがセント・オールデンに求愛されているなら、レインがもう根に持つ必要はないはずだ。

レインがテーブルを指先で叩いた。「それで、〝もっとも結婚から見放された女〟はどんな感じなんだ？」

やはり喧嘩を売っているのだ。だがジャイルズは、自分がどれほどキャサリンに惹かれているか認めるつもりはなかった。

ファリングが唇を噛んで、ちらりとジャイルズを見た。「ぼくの記憶では――まあ、五年ほど前の話だが――彼女は悪くなかったな。マーカムと同じ色の髪で、顔はもう少しふっくらしていた」

「そのときから激変しているかもしれないぞ」レインのまなざしがとげとげしくなる。「明るい光に耐えられずに目をしょぼしょぼさせているとか、がに股でよたよた歩くとか――」

「やめておけ」ファリングがさえぎった。「スペードが笑えない顔色になっているぞ」

「そんなにひどいのか？」レインが初めて笑みを浮かべた。「しかもヒステリックながみがみ女なんだろう」

「もう充分だ。ぼくの妻になる女性をそんなふうに言わないでもらいたい」

「落ち着け、ブロム。ちょっとからかっただけだ」ファリングがなだめた。

ジャイルズはレインに向き直った。「レディ・キャサリンに対してしかるべき敬意を示せないなら、ぼくがマーカムの招待を取り消す」

レインがたじろいだ。

「なあ、ブロムトン。ぼくは――」ファリングが言う。

「きみのことは心配していない」ジャイルズはさえぎった。

「彼女に敬意を欠いた態度を取るつもりはない」レインは窓の外を見た。「天気は持ちそうだ。行くか？」

「そうだな」ファリングがため息をつく。「きみはどれくらいここにいるつもりだ？」

ジャイルズはファリングとレインを交互に見た。最初に考えたほど、ゆっくりするつもりはない。「馬のにおいを落としたら、すぐに出発する」

レインがわざとらしく咳払いをする。「一週間かかるかもな」

「さっさと行けよ」ジャイルズは言った。

レインは降参したとばかりに両手をあげると、出ていった。

「あいつのことは気にするな。愛人と大喧嘩をしたところなんだ」ファリングが説明した。

ジャイルズは眉をひそめた。「結婚の邪魔をしようとしているんじゃないだろうな」

「そんなわけないさ。それにきみだって、別にレディ・キャサリンを本気で――」ファリングが言葉を切って眼鏡をさげ、ジャイルズをまじまじと見た。「なんてこった、ブロム。本気で彼女にほれたんだな」いきなり笑い出す。「まさかきみが――」

「行けったら行け！」ジャイルズは怒鳴った。

「わかったよ」ファリングがまだくすくす笑いつつあとずさった。

扉が閉まると、給仕の女性が空のジョッキをさげに来た。

「リジーと言ったかな？」ジャイルズは訊いた。

彼女がうさんくさげに見つめてくる。

「レディ・キャサリンから聞いたんだが、いい酒をつくっているそうだな」

「レディ・キャサリン？」

ジャイルズは彼女の細密画をポケットから出した。「婚約者なんだ」

リジーが目を見開く。

「部屋と、体を洗うのに洗面器に熱い湯を用意してもらいたい。それから、きみご自慢の酒の一番いいやつを一杯」テーブルの上に硬貨をひと山のせて押しやる。「あと、ぼくのおごりでみんなに一杯ずつ」

「それならそうと、どうして最初からおっしゃらなかったんですか？」リジーはボディスの隙間に硬貨を入れると、大きな笑みを浮かべた。今度は心からの笑みを。「わたしご自慢の一番いいお酒を持ってきますよ」

リジーが行ってしまうと、ジャイルズは男たちに目をやった。自分やレインやファリングにも日々の心配ごとや責任があるが、ほとんどの場合、そうした責任は彼らの都合のいいときまで待ってくれる。だが、あの男たちの場合は違う。天候や季節の変化に左右されながら働いているのだ。彼らが今ここにいるのは、嵐が近づいているせいでいっとき手が空いたからだろう。

ジャイルズは彼らの活発で驚くほど博識な会話に耳を傾け、自分がいかに勝手な思い込みで人を判断していたかに気づいて恥ずかしくなった。

やがてリジーが全員分のジョッキをのせたトレイを持って戻ってきたので、ジャイルズは彼女に合図をして、農夫たちのところへ先に向かわせた。一番大柄な男が会釈してきたので、ジャイルズは無造作に手を振って応えた。

「一緒にどうだい？」男が声をかけてくる。

農夫から誘われたと知ったら、ジャイルズを育てた先代侯爵は唖然としただろう。

「喜んでそうさせてもらうよ」彼は返した。

嵐が迫っていることに気づいていたので、キャサリンはミス・ワトソンの家を出るために立ちあがった。毎週訪ねている老婦人のなめらかな頬に、そっとキスをする。

ミス・ワトソンは小鳥が止まり木をつかむように、キャサリンの手を握った。「寂しくなるけれど、本当によかった。あなたがようやく愛する人と出会えて」

キャサリンは表情をゆるめた。ミス・ワトソンは本当に純粋な心を持っている。そしてとても敏感だ。「ブロムトン卿を愛しているなんて言わなかったわ。結婚すると言っただけで」

ミス・ワトソンが目をきらめかせる。「わたしにはたしかに眼鏡が必要だけれど、目が見えないわけじゃないのよ」

キャサリンはパニックが込みあげるのを感じて唾をのんだ。「いったい何が見えるっていうの、ミス・ワトソン？」

「あなたは内側から光り輝いているわ」

光り輝いている？　内側から？

きっとこの前ジャイルズとキスをしたせいで、魔法にかけられたのだ。何年ものあいだ挫折を繰り返しながら地道に生きてきたのに、突然、女としての自分に目覚めてしまった。あまりにも簡単に。

自分はちっとも変わっていないなどと、しらばっくれることはできない。キャサリンは大きく変化したのだ。

「ありがとう、ミス・ワトソン。どこに住むことになっても、できるだけたくさん手紙を書くわね」キャサリンは長年の友人を抱きしめた。

ミス・ワトソンがにやりとする。「面白いゴシップをたくさん送ってね」

キャサリンはとがめるように彼女を見たが、次の瞬間、ふたりは噴き出した。

「本気よ。ロンドンに戻ったら、あの街に旋風を巻き起こすと約束してくれなくては」

キャサリンは鼻を鳴らした。「旋風なら、前にも起こしたわ。いい旋風ではなかったけれど」

「ばかばかしい！」ミス・ワトソンは切って捨てた。「今の様子からは想像もできないでしょうが、わたしも昔は若かったし、ロンドンで暮らしていたの。だからわかるのよ。これからうまく立ち回れば、昔のスキャンダルは今の勝利を高めるものにしかならないって。あなたはいわば灰の中からよみがえって、裕福でハンサムで爵位を持つ男性をつかまえたんだから」

「小説の読みすぎじゃないかしら」

ミス・ワトソンがキャサリンの肩をつかんだ。「自信がないところを少しでも見せたら、噂話の餌食になるわよ」

キャサリンはのろのろとうなずいた。そのことは自分もよく知っている。

「だから勇気を持って行動すると約束して。あなたが勇気のある人だってことは、わかっているの。何度も見てきているから」

「わかった。約束するわ」キャサリンの笑みは自信に満ちているとは言えなかったが、ミス・ワトソンへの感謝があふれていた。

「ブロムトン卿があなたを見つめる様子を見たわ」ミス・ワトソンがキャサリンの手を優しく叩く。「口うるさい人たちに先制攻撃してやるつもりで臨めば、あなたの勝利は確実よ」

ミス・ワトソンともう一度抱きあうと、キャサリンは家を出た。小さなコテージの外で、今にも雨が落ちてきそうな空を見あげる。運がよければ、ずぶ濡れにならずに屋敷にたどり着けるだろう。村に向かう道を急いで歩きはじめた。

ロンドンに旋風を巻き起こすなんて、本当にそんなまねをするべきなのだろうか。

おそらく、やればできるだろう。キャサリン自身は変わっていないが、自分が理想とする姿は変わった。欠点もひっくるめて求めているとジャイルズから言われたことで、自由になれたのだ。侯爵は貴重な花に触れるように触れてくれた。彼といると大切にされていると感じ、生まれ変わった気分になる。自分はほかの人々にとっては失望の種でしかなかったが、驚いたことに彼にとってはそうではないらしい。

〝きみはぼくの未来だ〟――ジャイルズはそう言った。キャサリンにとっても彼は未来だ。力強く生き生きとしている侯爵となら、運命と戦って勝ちをおさめられるかもしれない。

突然、強い風が吹きつけてきたので、キャサリンは外套を引き寄せた。大きな雨粒が頬に当たり、愛撫でもするように肌の上を滑り落ちる。すぐに二粒目、三粒目と続き、気がつくと土砂降りの中に立っていた。

サウスフォードまでは、まだだいぶ距離がある。キャサリンはため息をつくと、あわてて向きを変えて〈塩の柱亭〉の裏口に向かった。

風にあおられて扉が大きく開いてしまい、押し戻そうと格闘する。

「レディ・キャサリン！　どうしたんですか？」リジーが取っ手をつかんで、一緒に扉を引っ張った。

「お願い、リジー。嵐が少しおさまるまで、厨房で待たせてもらえないかしら。邪魔はしないって約束するから」キャサリンは息を切らしながら頼んだ。

「今日は忙しいんです」リジーは唇を嚙み、厨房の入り口からホールを見つめてしばらく考え込んでいたが、やがてゆっくりと笑みを浮かべた。「この雨の中を追い出すわけにはいきませんからね。二階にあがってください。ひと部屋空いているので、すぐに火を入れます。服を乾かしてあたたまっていくといいですよ」

「まあ、ありがとう」キャサリンは濡れた服をひるがえした。

リジーがにやりと笑う。「お礼なら、あとで言ってくださいな」

9

ジャイルズは歌を歌っていた。酒場で品のない歌を歌うことは、なんて楽しいのだろう。旋律に合わせて、気持ちよく声を伸ばす。

ジャイルズはテーブルの上に立って一曲歌いきったことを祝し、周りを取り囲んでいる男たちとともにジンをあおった。充実感に満たされ、腕を広げて挨拶をする。だが何かがちらりと気になった。いったいなんだろう。ちっとも思い出せない。自家製のジンで頭がふわふわして、楽しくてしかたがない。ジョッキに向かってにんまり笑った。

楽しいから、もう一度乾杯だ。

ところがふたたび大声をあげようとした瞬間、こちらに向かってしかめっ面をしている女性の顔がぼんやりと見えた。彼女はなぜしかめっ面なのだろう。みんな笑っているのに。

「もう充分ですよ。テーブルからおりてください」彼女が注意した。

「放っておいてやれよ、リジー」白髪まじり（グリズリー）の男が言った。

ジャイルズは新しくできた友人に笑いかけ、そこではたと考え込んだ。彼はグリズリーなんて名前ではなかった。たしかスミティ、スミシー……いやスピッツだっただろうか。しかしそこまで考えて、ホプキンスだったという気もしてきた。ジャイルズは肩をすくめた。名前がなんであれ、社会の中でもっとも善良な人々のひとりであるのはたしかだ。ジャイルズは、そんなホプキンス／スミティ／スミシー／スピッツが心から気に入っていた。

「お部屋の準備ができましたよ」不機嫌な顔をした女性はそう言うと、驚くほど強い力でジャイルズのズボンを引っ張った。

彼は足を踏ん張って抵抗しながら、革の乗馬ズボンを見おろした。侯爵にこんなことをする人間などふつうはいない。だが考えてみれば、自分は本当は侯爵ではないのだ。

いつ思い出しても不快なその考えは、いつも一番いやな瞬間を狙って頭に浮かぶ。

そのあと決まって屈辱感に襲われるはずなのに、今は陽気な気分のままだった。侯爵でないことが、この世で一番ひどいことだろうか。ここにいるホプキンス／スミティ／スミシー／スピッツは、問題なくやっているようだ。

それに尊大に構えるのをやめてほかの男たちに加わったら、こうして最高に楽しく過ごせている。

ジャイルズはふたたびズボンを引っ張られるのを感じた。この給仕の女性は――眉根を寄せて考える――そう、リジーだ！　名前を思い出し、彼はにっこりした。彼女はうまい酒をつくるリジーという名の給仕の女性だ。彼女の唇が動きつづけているのを見て、何を言っているのか理解するために、スポンジのようにジンを吸った脳みそを集中させた。ああ、わかった。部屋の用意ができたのだ。

酒と部屋と熱い湯。そもそものために〈塩の柱亭〉に入ったのだ。すでに酒の部分はすませた。いや、すませたというより、思う存分楽しんだ。ジャイルズは目をつぶって、あたたかい湯で体を洗う心地よさを想像した。そう、今求めているのはこれだ。ときどき最高のひらめきがおりてくる。だが二階にあがるためには、まずテーブルからおりなければならない。

ジャイルズは両手を膝に当てて、テーブルから飛びおりた。しばらくふらついたもののなんとか体勢を立て直すと、新しい友人たちから歓声があがった。彼らがジョッキを掲げる。

「ブロムトン侯爵に乾杯！」スミティ／スピッツが言う。

「乾杯！」男たちが次々に声をあげた。

「乾杯！」最後にジャイルズも言って、残っている酒を飲み干した。といっても大部分はシャツが吸収したのだが。

「ゆっくり休めば、気分がよくなりますよ」リジーが彼の腕に腕を通し、ぐいぐい引っ張って階段に向かう。「婚約者のところに戻られる前に体をきれいにして、さっぱりなさりたいでしょう？」

そう、婚約者だ。自分の婚約者はうっかり忘れていいような女性ではない。実際、本当に忘れたわけではないのだ。心の奥深くにいつもいる。忘れられるはずがない。あんなふうに雨に濡れながらキスをしたあとでは。ただ、耳の奥で鳴り響いている母の言葉を消したかっただけだ。

リジーが階段の下で足を止めると、ジャイルズはふらつき、手すりをつかんで踏みとどまった。

「きみの言うとおりだよ、リジー。ぼくは婚約者のところに、も、も、戻らなくちゃならないんだ。きみは鋭い観察眼を持っているね」彼はリジーの耳に顔を寄せた。「ぼくも婚約者からそう言われたんだ。よく見ているのねって」

「婚約者だって？」スミティが声をあげる。「婚約者が関わっているんだと、あんた、ちょっと困ったことになるかもしれないぞ」

「彼にもうかまわないで、スミッツ」リジーが返した。

スミッツ。そう、彼の名前はスミッツだ。ジャイルズはスミッツに向かってうなずいた。

「ぼくは困ったことになんかならないよ。ど、ど、どうしてそんなことに？」こんなふうに舌がもつれてしまうのはなぜだろう。もう一度口にしてみる。「ど、ど、どうして？」だめだ。「レディ・キャサリンはぼくが戻ってきたことさえ――」ひっく。しゃっくりが出る。

「まだ知らないんだ」

「おおおお、レディ・キャサリンか！」

「前の男たちより幸運に恵まれるといいけどな」

ジャイルズは眉をひそめた。あの男はさっきもいただろうか。

「たしかに幸運が必要だ」

男たちが口々に言い、ジョッキをぶつけあう音が周りじゅうから響く。

ジャイルズは賛成できないとばかりに首を横に振った。「レディのことをそんなふうに言うのは感心しないな」脅すように一歩踏み出そうとした彼を、リジーが止める。

「やめてください。あなた方はみんな酔っ払っているんですよ。さあ、階段をあがって部屋まで行きますからね」

「おめでとう」スミティが声をかける。

思ったとおり、あの男はいいやつだ。

階段をのぼりきると、リジーはジャイルズの体を長い廊下のほうに向けた。

「リジー、ありがとう、助けたよ……いや、助けろよ」いや、どちらも違う。「とにかく、そういうことだから」

「大丈夫、わかってますよ」

リジーは先に立って廊下を歩きはじめると、いくつもの客室の前を通り過ぎ、一番奥の扉の前で立ち止まった。彼女が鍵束を取り出して鍵を開けるあいだ、ジャイルズは壁に寄りかかって待った。

ぼんやりしている記憶を探るために、額にしわを寄せて集中する。昨日ロンドンに行って結婚特別許可証を手に入れ、指輪を用意した。ベストのポケットを叩くとそれらが入っている音がしてほっとした。それから今朝は――額のしわを深くする――ひどい間違いを犯した。

それでさっきまでは……。

母親に浴びせられた不吉な言葉を忘れるために、浴びるほど酒を飲んだのだ。

だが、明らかにこの行動も間違いだった。とはいえジャイルズは、階下で知りあった男たちとの時間をおおいに楽しんだ。そのことは自分でも意外だったが、本当は酒に逃げずに母親の言葉が現実にならないよう対策を練るべきだった。しかし、どうすればいいのか見当もつかない。

「リジー」ジャイルズはろれつの回らない口調で呼びかけた。「ちょっと教えてもらいたいんだが、どうしたらいい夫になれるのかな?」

彼女が低く笑う。「もちろん、しっかり金を稼ぐことですよ」

ジャイルズは首を横に振った。「いや、それじゃあ——じゅ、充分じゃない」

リジーが意味ありげな笑顔になり、彼のズボンの前に視線を落とした。「いい夫になるために必要なものは、ちゃんと持っているじゃないですか」

ジャイルズは目をしばたたいた。

「心配はいりませんって」リジーが彼の腕を叩いた。「手は出しませんよ。レディ・キャサリンとは友だちですから」扉を開け、片目をつぶってみせる。「この部屋に入れば、答えがわかります」

リジーはジャイルズを中に入らせてから扉を閉めた。引き返していく彼女の笑い声が廊下にこだまする。

答えがここに? しがない宿の小さな部屋の中に?

こうして立っていても、何もひらめかない。

どうすればいい夫になれるのだろう。キャサリンに求婚しようと決めたときは、そんなことはまったく気にかけていなかった。だが、今は違う。そもそも、自分にはいい夫になる資質があるのだろうか――ズボンの下に隠れているものを除いて。

ジュリアが手がかりをくれた。優しさが必要だと。ジャイルズはずっと責任感を重視してきたが、残念ながら責任感と優しさは違う。人に優しくしようと意識したことは一度もなかった。

だがそれを言うなら、農夫たちと密造酒を飲んだことだってなかった。だから初めてのことでも、キャサリンに優しくできるはずだ。

いつの間にか、キャサリンは目的を果たすための手段というだけの存在ではなくなっていた。彼女はいわば……香辛料だ。すべてに奥行きを与え、おいしくしてくれる。

そしてキャサリンがいなければ、すべてが味気ない。

そう考えると、恐ろしかった。

ジャイルズはあたたかい光を放っている暖炉に近づいて、霞（かすみ）がかかったような目をこすった。部屋のほとんどは闇に包まれていて、台の上に置かれた湯気の立つ洗面器を照らし出すものはたった一本の蠟燭しかない。彼はよろめきながら洗面台の前に行くと、湯気の上に顔をかざした。たちまち、あたたかくて湿った水蒸気に優しく顔を包まれる。

こんなに長く〈塩の柱亭〉にとどまるつもりはなかった……こんなにたくさん飲むつもりも。レインとファリングは今頃、ジャイルズの婚約者と楽しく過ごしているだろう。ファリングは苦もなく人に優しく振る舞えるし、レインはその気になりさえすれば、ちょっと微笑むだけでオールドミスを夢中にさせられる。ジャイルズは額にしわを寄せた。

どうやら、ここであまりゆっくりしないほうがよさそうだ。

ジャイルズは上着とベストを脱いで、ベッドがあると思われる方向に放った。鏡をのぞくと、一日じゅう風にさらされつづけたうえジンを大量にあおったため、頬がてかてかになっている。そこに熱い湯をかけると、気分がよくなった。ごしごし洗って顔の汚れを落としたあと、ゆっくりと首を左右に曲げて筋肉を伸ばした。するとだいぶましになったが、まだ足りない。クラヴァットを外して、たっぷりとした生地のシャツを頭から引き抜く。

その瞬間、部屋の奥で鋭く息をのむ音がした。

ジャイルズはシャツを完全に脱ぎ終えてから振り向いた。蠟燭の光が奇妙ににじみ、まるでどこか違う世界のような幻想的な空間をつくり出している。何度も目をしばたたくと、奥の隅に、飾り気のない白いドレスをまとった婚約者が見えた。

「キャサリン？」

影の中から彼女が出てきた。その動きにつれて、ドレスが揺れている。

ジャイルズは目をつぶって頭を振り、ふたたび目を開けた。

「きみは幻かい？」

「亡霊かってこと？」キャサリンが尋ねた。

「天使かってことだ」彼女は天使に違いない。ジャイルズの手が届くほんの少し先を、ふわふわと漂う天使だ。

キャサリンがさらに近づくと、いつもの香りがふっと鼻をかすめた。

「何を言っているの？　わたしが天使のはずがないって、よくわかっているでしょう？」

酔いでぼうっとしているジャイルズは、彼女は本当に天使なのだという奇妙な感覚にとらわれていた。じっと動きを止め、罪の赦しが与えられるのを待つ。だが、たとえ天使でも、真実を告げずに口をつぐんでいる者の罪を赦すことはできないらしい。あるいは血の汚れも。

〝あなたが結婚するつもりでいるかわいそうな子のために、祈っているわ〟

母親はそう言ったが、今目の前に立っている女性はどう考えても子どもではない。あらわな肩の上に赤褐色の髪を雲のように広げた彼女が顔をあげ、はしばみ色の目をジャイルズの目と合わせる。もはや心に秘密を抱えていないキャサリンの目は山にわき出る水のように澄みきっていて、彼は思わず手を伸ばしそうになった。しかし彼女に触れるわけにはいかない。触れるものをみんなめちゃくちゃにしてしまうから。

〝かわいそうな子のために、祈っているわ……〟――母親の言葉が何度もよみがえる。

キャサリンはスキャンダルに負けずに力強く生きてきたのに、弟のちょっとしたあと押しで、ろくでもない男につかまってしまった。ジャイルズは自分のしようとしていることが急にひどく心ないものに思えて、衝撃を受けた。

「きみは天使だ」ささやく声がひび割れた。

「ジャイルズ。わたしは天使でも亡霊でもないわ」彼女の声は心が溶けてしまいそうになるくらい優しい。

そう、キャサリンは生きている美しい女性だ。一方、ジャイルズはろくでなし。しかも恋に落ちたろくでなしだ。

なんということだろう。キャサリンを愛してしまった。自分の中に、愛が力強い流れになって指先や爪先まで広がっているのがわかる。彼女を愛しているから、こうして恐れと欲望にとらわれて身動きができないのだ。キャサリンが明るい光に包まれた天使に見える。

だが彼女は天使ではなく、ジャイルズのものだ。

ジャイルズは恐る恐る手を伸ばした。キャサリンの肌はなんて柔らかいのだろう。彼女がこちらの手に頬を寄せ、目を閉じてため息をついた。

「きみをまた抱きしめたい」一度だけでなく、何度も。声がしわがれ、懇願がまじった。

「そうね。侯爵は望むものをなんでも手に入れられると思うわ」

彼はもう片方の手もあげ、愛しいキャサリンの顔を両側から包んだ。

「そうだろうか」かつては自分をあらゆる特権に値する人間だと信じ、その〝特権〟を当然のこととして享受していた。感謝もせずに。だが今は、自分には侯爵の血が流れていないと知っている。しかし、もし流れていたとしても、そのおかげでほかの人々にはない権利が与えられるものなのだろうか。必死に探したあげくようやくたどり着いた正しい答えを口にする。「そんなことはないと思う」

「あなたらしくない答えね。心境の変化でもあったの？」

変わったのは自分ではない。環境だ。だがジャイルズも変わりたいとは願っている。たった今導き出した答えに沿うように。希望と恐怖がもつれあうように高まり、思わずよろめいた。

怖くてたまらない。

「悪かった」

「何が？」

彼の頭に次々といろいろな理由が浮かんだが、やがてそのうちのひとつが浮かびあがった。

「酔っ払っていて」

「あら、全然気づかなかったわ」キャサリンが茶目っけたっぷりに微笑んだ。考え込みつつ続ける。「お詫びになんでも言うことを聞くってこと？」

「ぼくは……もっといい人間にならなくては」

「そうなの？　それは残念。模範的な人間と破廉恥な人間は相容れないもの」

「きみは破廉恥なんかじゃない」ジャイルズは彼女の顔にかかっている髪を払い、喉に沿って落ちている髪を指でたどった。「それに、ぼくは模範的なんかじゃない」

「ねえ、せっかく寝室にふたりきりでいるのに、こんなふうによそよそしくしているのはつまらないわ」キャサリンは彼の胸にすり寄った。「さっき、抱きしめたいと言ったでしょう？その言葉どおりにして」

ジャイルズはキャサリンを抱きしめた。彼女の香りが一気に鼻に入ってきて、くらくらする。キャサリンのぬくもりに、ジンですらやわらげられなかった心の痛みが引いていった。ひと晩じゅうだって、こうして抱きしめていられる。彼女の息を、体の重さを、柔らかさを感じながら。

キャサリンの髪の分け目に、うやうやしく唇をつけた。彼女を愛している。なんということだろう。婚約者を愛してしまったのだ。

胸の中で固く縮こまりながら脈打っていたものが、旗が広がるようにほどけていく。感謝という言葉が浮かび、体じゅうがふわりと軽くなった。感謝の念が人の心をどんなに軽くするか知っていたら、もっと前にこういう心境になれるよう努力していただろう。だが小さい頃から叩き込まれてきたプライドが、感謝などという感情を生じさせる余地を与えたとは思えない。

残念ながら。

しかしもう二度と、そんなふうに生きるつもりはなかった。これからは別の生き方を見つける。

ジャイルズは握ったこぶしで彼女の頬を撫でた。「キャサリン、愛する人。これからはもっといい人間になると約束するよ」

弟のビリヤード台の上でキャサリンを奪おうとした男性と、今目の前にいる男性が同じ人物とはとうてい思えない。あのときの男性からは炎でできているような強さと激しさばかりが伝わってきて、優しさはほんのかけらも感じなかった。今ジャイルズは彼女を天使と呼ぶが、あのときは彼自身が天使——破壊あるいは浄化のために、全身に炎を燃え立たせた最高位の天使——のようだった。

でも今目の前にいるのは人間で、キャサリンを途方もなく愛しい存在であるかのように抱きしめている。

これこそ求めていたものだった。思い出せないほど昔からずっと望んでいたものだ。けれど〝これ〟が何を意味するのか、突きつめて考えるのは怖かった。とりあえず今は、こうしてジャイルズの腕の中にいるだけでいい。

侯爵がランプのガラスの器だとしたら、キャサリンはゆっくり燃えていく芯だ。薄暗くて消えそうだった光は、まぶしいくらいに輝きを増していた。体じゅうの感覚が生き生きと目覚め、どんな小さな音も聞こえるし、どれほどかすかな香りも感じられる。ジャイルズはふたたび両手で彼女の顔を包み込むと、あこがれと葛藤と畏怖をあらわにした視線を向けてきた。

「あなたはあの野蛮人と同じ人なの？」

ジャイルズが首を横に振ると、キャサリンの手の下で彼の背中の筋肉が波打った。誘惑が耐えがたいほど大きくなり、むき出しの彼の肩にキスをする。

「ああ」ジャイルズが息を吐くように声を漏らした。

キャサリンは彼の背中の中心を撫でおろしていき、引き締まったウエストで止めた。ジャイルズが彼女の手の下でぶるりと身を震わせる。

「きみの名誉を汚すつもりはない」彼がとぎれとぎれに言った。

「はあ」キャサリンは頰の下にある胸毛の感触を楽しみながら、あいまいな声を出した。ジャイルズはなんてまじめなのだろう。彼女は笑いを嚙み殺した。

男というものは――。

世の中の道徳を定義し、それを守ることができるのは、自分たちだけだと思っている。キャサリンは権威なんか大嫌いなのに、すべての判断をセプティマスにゆだねることで、権威に加担してしまったのではないだろうか。

そう悟った彼女は固まって、過去のできごとを新たな目で見直した。

セプティマスは自分のほうがキャサリンよりも優れているという間違った思い込みを享受し、自分の理想を裏切る行動を取ってしまうと、ふたりでしたことなのに彼女を責めた。でもあのときは、キャサリンだけでなくセプティマスもまた責められるべきだったのだ。どうして彼女だけが責任を負わなければならなかったのだろう。経験のないキャサリンは、ただセプティマスと同じくらい欲望にとらわれてしまっただけなのに。

これまでずっと抱えてきた深い悲しみと罪の意識に、ひびが入った。

ジャイルズは答えを持っているふりは一度もしなかった。それどころか、どうしてそんなに自分に確信が持てるのかと彼女に問いかけた。侯爵といると、完全とはほど遠い欠点のある人間同士として向きあえる。今だって手が触れあったとたんにふたりのあいだに燃えあがった感情を、どうしたら抑制できるかともにあがいている。

「では、わたしの名誉もあなたの名誉も安全というわけなのね?」

「そうだ」ジャイルズが誓った。

「ありがとう」キャサリンは心から言った。彼の髪に指を差し入れると、柔らかい巻き毛が湿っていた。「こんなに酔っているあなたを、誘惑しようと思ったわけではないけれど」

「誘惑だって?」ジャイルズが眉根を寄せる様子が愛おしい。

「わたしには前科があるから」彼女は説明した。

侯爵がうなり声をあげ、キャサリンを抱く腕に力を込めた。生まれて初めて心から安心できた。〝やっぱりあなたは、わたしの野蛮人だわ〟彼女の胸の中の震えがおさまった。生まれて初めて心から安心できた。世間から〝罪〟とか〝恥〟とか〝落伍者(らくごしゃ)〟という言葉で責められても、ふたりさえ納得していればかまわないのだ。

「何か方法があればいいんだけれど。あなたの貞操を保てる方法が――」彼女は唇の片端を持ちあげた。

ジャイルズがキスでキャサリンの言葉をさえぎる。かすかにジンの香りがする、生々しくて貪欲なキス。彼女は侯爵に負けない熱意を込めて応えた。とっくに干からびて消えたと思っていた感情が息を吹き返す。

「お願い」キャサリンは彼の唇にささやいた。

「お願い?」ジャイルズが顔を引いて、探るように彼女を見た。「ぼくはやめないよ。そんなことは無理だ――」

「違うわ。あなたがやめたくなったらでいいの。今じゃなくて」

霞がかかったように少しぼんやりしていた侯爵の目がすっきりと晴れ渡る。キャサリンはその変化に魅了された。ジャイルズが彼女を放し、脱ぎ捨てたベストのところに行ってごそごそ探っている。

何かを持って戻ってきた。「手を出してくれないか」

彼のあたたかい手がキャサリンの指を広げ、冷たい金属を滑り込ませる。

「これでいい」ジャイルズが満足げに言った。

キャサリンは手を持ちあげた。暖炉の光を受けて、ルビーが暗く謎めいた輝きを放つ。なんて心のこもった贈り物だろう。彼女は目をしばたたいて涙を押し戻した。これまで二度婚約したが、指輪をもらうのは初めてだ。

「ジャイルズ。なんてきれいなの」

「スコットランドでは、これで結婚したことになるんだ」まだ少し酔いの残る侯爵が誇らしげに言った。

「わたしたちはスコットランドにいるわけじゃないでしょう」キャサリンは思わず笑ってしまった。

「じゃあ、ここでやめるかい？」

彼女は鋭く息を吸った。「いいえ」

ジャイルズが顎を引いて、しっかり目を合わせる。「これからは、きみにふさわしい男になるよ」

「あなたはもうすでに素晴らしい人よ」キャサリンは身を寄せた。

軽いキスを繰り返すと、ジャイルズの唇がどんどん熱を帯びていった。彼の欲望はまるで音楽のようだ。唇の動きと呼吸がリズムを奏でている。たわむれるように唇を動かしつつ、胸へと指をさまよわせていった。荒い呼吸で彼女の頬を熱く焼きながら、胸の下側の曲線から乳首へとゆったりと物憂いらせんを描く。

キャサリンの心臓が期待と渇望で大きく跳ねた。胸をつかまれ、痛いような疼きが痙攣とともに全身に広がっていく。すると彼女の無言の懇願に応えるように、ジャイルズが指の腹で乳首をこすった。膝から力が抜けて思わず倒れそうになった彼女を、侯爵がつかまえる。ジャイルズは人形を持ちあげるごとく軽々とキャサリンを抱きあげ、ベッドに横たえて枕に寄りかからせた。そして自分のものだと宣言するように熱い目で彼女を見つめたあと、視線を胸に移した。おもむろに顔をさげ、布地越しに乳首を口に含む。

キャサリンは熱く湿った柔らかい感触に、うめき声を漏らした。

「こうされるのは好きかい？」

好きどころではない。新たな生気を吹き込まれたように体じゅうが息づき、歌い出したくなる。

「ええ。とっても！」キャサリンは笑った。

ジャイルズは体をさらに下にずらして脚のあいだに座り、彼女を見つめながらゆっくりと脚を撫であげていった。

「靴下は？」彼がふくらはぎをたどりながら尋ねた。

「暖炉のそばで乾かしているのよ」

「一緒にフォリーを見に行ったときにはいていた、ピンクのシルクのいかにも女らしいものかな？」

キャサリンの口もとに笑みが広がる。「あなたは気づかなかったと思っていたのに」

「もちろん、気づいたさ」ジャイルズが腿の上に頬をのせたので、薄い生地を通り抜けた息が繊細な肌をくすぐった。腿に楕円（だえん）を描くように繰り返し撫でられ、キャサリンはいらだちに叫び出したくなった。

「紐は何色だった？　靴下に合わせたピンク？　それとも白かな？」

「黒よ」

彼がうめいた。「結婚式の日にそいつをはいてくれないか」

キャサリンは鼻を鳴らした。「わかりました、旦那さま」

「ジャイルズと呼んでくれ。きみといるときは、ただのジャイルズだ」両手で彼女の脚を撫でおろす。

侯爵は体勢を変えてキャサリンの足を持ちあげると、土踏まずの曲線にキスをした。彼女は歯の隙間から鋭く息を吸ったが、声はたてなかった。体の中心から欲望がはためくように広がっていく。彼はわざと時間をかけて、脚の上に唇を這わせている。キャサリンの欲望はふくれあがり、膝の後ろの敏感な場所に唇を感じると、火炎放射器の炎のように一気に燃えあがった。

ジャイルズはそのまま唇を内腿へと移動させながら、キャサリンの脚を片方、肩に担ぎあげた。彼女は自分がそんな格好をしていることが信じられずに、呆然として侯爵の頭を見おろした。彼はまさか……そんな、ありえない……。

衝撃を受けているのに体はやすやすとジャイルズの愛撫に順応し、すっかり濡れている。恥ずかしくなるほどぐっしょりと。

侯爵がその秘密の場所にそっと息を吹きかける。こんなにも甘い拷問があるなんて、キャサリンは想像したこともなかった。激しい欲望が込みあげて慎みが吹き飛び、うめき声が漏れる。

ジャイルズが喉の奥で低く笑ってそこに口をつけると、キャサリンの全身に喜びの火花が散った。担ぎあげていた脚が肩から滑り落ちても、侯爵は顔もあげなかった。舌で円を描きながら敏感な場所を刺激し、その脈拍のような半狂乱のリズムに、彼女の息遣いもいつしか同調していく。

キャサリンは音をたてて息を吸った。

ジャイルズがこれを続けてくれるなら、なんでもする。彼女はため息をつきたかった。侯爵をきつく引き寄せたかった。心の一番奥の誰にも明け渡さなかった場所から声を引き出して、彼の名前を呼びたかった。目もくらむほどの欲望がふくれあがり、息もできない。すると次の瞬間、キャサリンは爆発した。これまできつく押し込めてきたものがすべて飛び出し、喜びに包まれながらくるくると回転する。

ジャイルズの指が腿に食い込み、キャサリンはわれに返った。腿のあいだにいる侯爵は、頭を彼女の腹部に押しつけている。

ああ、なんということだろう。

キャサリンは天井を見あげて、まばたきをした。そこに映っている光は、霞のようにぼんやりとしている。今起こったばかりのできごとは、何年も探し求めて得られなかった疑問の答えなのだろうか。そんな気がするが、目がくらむような素晴らしさの半面、ひどく無防備になった気がする。

野蛮人にすべてをさらしてしまった。彼女の心を奪った野蛮人に。

キャサリンは肘をついて体を起こし、ジャイルズを見た。奔放に乱れて顔の周りにかかっている髪のあいだからのぞく罪深い魅力に満ちた唇は、純粋な喜びに弧を描いている。

今ふたりで分かちあった体験は、セプティマスとせわしなく体を合わせただけの行為とはまるで違っていた。ジャイルズとはまだ最後まで進んでさえいないのに、こんなにも深い満足感に満たされている。

侯爵がキャサリンの顔にかかっている巻き毛をどけると、髪にキスをした。それから、うやうやしく彼女の眉をそっと撫でる。キャサリンの心から、彼への優しさが次から次へとあど。

もう、嘘はつけない。ジャイルズを愛してしまったのだ。どうしようもなく、絶望的なほ

ふれ出した。

「ありがとう、ジャイルズ。すごく――」言葉が喉でつかえる。「幸せな気持ち」

侯爵が彼女の首に顔をすりつけた。「きみはぼくのものだからね。いつだって喜ばせてあげるよ」

「いいえ、まだ正式にあなたの妻になったわけじゃないわ」キャサリンはささやいた。

ジャイルズが体を引いて舌打ちをした。「ぼくがきみを手放すと思っているなら大間違いだ」彼女の隣に体を横たえると、ちょっとつらそうな顔をする。「さて、何かものすごくつまらないことでも考えて、頭を冷やさなくては」

キャサリンは彼のほうを向き、その胸に手を這わせた。「そうかしら」

ジャイルズが片方の目だけを開けた。「ああ、そうだ」

自分が今思い浮かべているような行為は、きちんとしたレディなら絶対に考えたりはしない。ましてそれを実行するなんて、ありえないことだ。でもジャイルズは、愛する人に対して欲望を抱くのは恥ずかしくもなんともないと言ってくれた。

それを思い出すと決心がつき、キャサリンは声をひそめてみだらな提案をした。「あなたがしてくれたことを、わたしもしてあげられるわ」そう言いながら、侯爵の高まったものをさっと撫でた。

ジャイルズは彼女の手首をつかんだ。「そんなまねはさせられない……」

「させられない？」キャサリンは彼に胸を押しつけ、薄い下着のドレスの生地を通して乳首がこすれる感触を楽しんだ。

「キャサリン……」侯爵がしゃがれた声で懇願する様子に、彼女はぞくぞくした。

「もう黙って」彼女は返した。

「きみたち、ス、スタンレー家の人間はのみ込みが早いな」ジャイルズが舌をもつれさせながら言った。

キャサリンはうれしくなって喉の奥で笑った。「そうなのよ。それに創造的なの。見せてあげましょうか」

侯爵はしばらくキャサリンと目を合わせたまま黙っていた。それから彼女にはめた指輪に触れ、つかんでいた手首を放した。

「本当にやめてほしくなったら、ちゃんと言ってね」キャサリンはなまめかしい声でささやいた。

ジャイルズは何も言わなかった。彼女は膝をついて上半身を起こした。この力強くて美しい男性を好きにしていいのだ。大胆な気分になって、呼吸が乱れる。火がついたように血が沸きたち、体じゅうを駆けめぐった。

侯爵に見つめられ、頰に血がのぼる。これからするつもりのことを、本当に実行できるだろうか。彼がしてくれたように、口で愛撫することが。それにしても、ジャイルズを味わいたいと思うなんて本当に不思議だ。しかもちょっと舌を這わせるだけでなく、丸ごと含んで堪能したいと思うなんて。

顔をさげようとすると、火傷しそうなほど熱い指が彼女の顎を持ちあげた。侯爵の目は短剣のように鋭い視線を放っている。

キャサリンは唇を引っ込めた。「わたしがしたいのよ」

ジャイルズが親指で彼女の唇をなぞった。「じゃあ、前立てのボタンを外してくれ。そうすればはねっかえりのきみにも、自分が本当にそういうことを望んでいるのかどうかわかるだろう」

キャサリンは震える指で、前立てのボタンをひとつずつ外していった。最初に右、次に左側のボタンを外すと、革の生地がはらりと落ちた。すると内側からの圧力で突っ張っているさらに内側の生地を留める三つのボタンが現れ、彼女の勇気はくじけた。

「ジャイルズ」キャサリンはささやいた。

侯爵が手を添えて一緒に一番上のボタンを外すと、開いたところからちらりと黒い毛がのぞいた。ふたつ目のボタンを外すと、血管の浮き出たなめらかな皮膚が見えた。最後のボタンを外すとキャサリンは力の抜けた手を落とし、革の下に隠れていたものを彼が取り出した。それを見て、思わず鋭く息を吸う。

「さあ、これでわかっただろう？　まだ続けたいかい？」ジャイルズが空いているほうの手で、彼女の顔に触れた。

キャサリンは自分の息遣いが荒くなっているのを意識した。続けたいかどうかはわからないものの、欲望のせいで下着が濡れていること、彼こそ求めていた人であること、そしてもう引き返せないことはわかる。

「ええ、続けたいわ」

ジャイルズの欲望の香りが強くなった。キャサリンは高まっているものを両手でそっと持ち、唇に押しつけた。彼が不明瞭なかすれた声で悪態をつくのを聞いて、勝利感がわきあがる。

まだ残っていた羞恥心を押しのけると、握っているものを根もとからしずくの輝いている先端までゆっくりと舐めた。ジャイルズの低く響くうめき声は、まるで欲望のメロディのようだ。侯爵がキャサリンの頭をつかんで、自分のものにさらに寄せた。彼女はジャイルズにもっと喜びを与えたくて、自制心を完全に捨てた。もはや両手で握っているものしか見えない。そこから立ちのぼる香りしか吸えない。いったん口を離して、熱くて柔らかい皮膚に頬ずりをした。先端のしずくが目に留まり、舌で舐め取る。

「お願いだ」彼が声を絞り出した。

「どうしたの、ジャイルズ？　何をしてほしいのか言って」

キャサリンはふだんでも、侯爵の目を見ると視線をそらせなくなる。でも今は、吸い込まれてしまいそうだ。ジャイルズは自分の欲望と戦っている。彼女は侯爵と目を合わせたまま、舌の先を彼のものに滑らせた。

「ぼくのものをきみの口の中に入れてほしい」

みだらな喜びに、キャサリンの体が震える。

「わかったわ」

彼女はジャイルズのものに唇をかぶせ、ぐっと奥まで押し込んだ。興奮に頭が真っ白になり、どうしたらいいかわからなくなって硬直する。

すると侯爵がキャサリンの唇の両側に手を当てて、親指でそっと顎を撫でた。「口を少し開けて。そう、それでいい。力を抜くんだ」

彼女は顎に入っていた力をゆるめた。

「ずっとよくなった。すごくいい」彼がうめいた。

キャサリンはジャイルズの手が与える指示に集中し、しばらくしてようやくリズムをつかんだ。かすかに残っていた決まり悪さが消え、自信を持って口を上下させる。侯爵はやがて腿を震わせながら、彼女の頭を後ろに押しやって自分のものを引き抜いた。

「まだ終わっていないわ」キャサリンはあえぎながら抗議した。

ジャイルズはただ命令した。「下着のドレスを脱いで」

キャサリンがもがくように薄いドレスを頭から引き抜くと、ジャイルズは音をたてて息を吐いた。侯爵が彼女の両手を取り、片方を自分の心臓に、もう片方を下腹部へ導く。

そして自分のものに巻きつけさせた手を、上下に動かした。

ジャイルズは目を閉じて頭を後ろに投げ出し、生々しくて美しい欲望に顔をゆがめている。

開いた口を震わせながら懸命に息を吸い、こめかみと首のつけ根のV字形のくぼみにうっすらと汗を浮かべていた。侯爵はキャサリンにすべてを与えてくれている。もっとも無防備な部分をさらし、欲望に翻弄されるさまを見せ、彼女が持つ力を示してくれている。一般的に、男性はこういうことを秘密にしておきたがるものなのに。

ジャイルズが激しく体を震わせ、精を放った。この上なく官能的で直接的なやり方で、絶頂に達したのだ。

ジャイルズは初めて女性と過ごす少年のように、なすすべもなく声をあげて達してしまった。ぶざまに体を震わせるところや威厳のかけらもなくあえぐところを、キャサリンに見られているとわかっていたのに。だが、ただ達したのではない。自由になったのだ。

今の自分は自由でありながら、縛られてもいる。婚約者に。キャサリンに。

大声をあげて精をまき散らした。自分の腹に、キャサリンの手に、あろうことか、彼女の首に。ジャイルズは目を開いた。

だがそんなふうに汚されても、キャサリンは気にしていない。それどころか、自分の力で彼を絶頂に導いたのだという喜びに顔を輝かせている。ジャイルズは唇を舐めた。彼女はとんでもなく素晴らしい女性だ。

ふたりとも信じられないくらい大きな喜びを味わった。しかもぎりぎりとはいえ、誓いを破らないままで。厳密かつ法的な意味では、将来の妻とまだ性的関係を結んでいない。だが同時にこの国の法は、彼らが分かちあったような行為を自然に反するものと見なしている。だから自分を恥じるべきなのだ。だが恥じてなどいないし、キャサリンも同じであることは一目瞭然だ。

ジャイルズはキャサリンが弱々しく抗議の声をあげるのを無視して、洗面台からタオルを取ってきた。そして彼女を丁寧にぬぐったあと自分の体も拭き、タオルをもとの場所に戻した。

満足のため息をついて、彼女を抱き寄せる。

「ぼくはもう、きみの意のままだ」

キャサリンの笑い声を体に感じるのは、なんて気持ちがいいのだろう。

「自分を恥ずかしく思うべきよ。少しのあいだ肉が食べられなかったり、眠りを奪われたりしただけで、行き遅れの女を妻にしたいと懇願するようになるなんて」

「同じ言葉を返させてもらおう。ほんの二日留守にしただけで、ぼくのあそこをしゃぶりたいと懇願するようになるなんて」

彼女が小さく息をのんだのがわかり、ジャイルズの心は浮きたった。

「ひどい男ね」

「ひどい男にこれほどの自制心が発揮できるものかな?」彼は巻き毛を指に巻きつけた。

「その男があなたの場合はできるのよ。それに、これは極悪非道な計画の一部じゃないかってまだ疑っているの」

ジャイルズは指に巻きつけていた髪を落とした。「どういう意味かな?」

「あなたはわたしを欲望で気も狂わんばかりにしようとしているのよ」キャサリンが彼にすり寄った。「もっとも結婚から見放された女が、祭壇の前で待っているあなたを置いて逃げ出さないように」

冗談だとわかっているのに、警戒するあまりジャイルズの体は一瞬こわばった。彼女を失うつもりはない。そんなことになったら耐えられない。今も、これからも。

「いいかい、ぼくはこの部屋に来たとき、きみがいるなんてまったく知らなかったんだ」

彼女が伸びをしながら、考え込むように言う。「最後までするのは、結婚式まで待たなくちゃならないってことかしら」

彼はキャサリンの額に慎重にキスをした。「そうだ」

「どうして?」

ジャイルズにもわからなかった。彼女とはなるべく早くベッドをともにして、そのあともなるべく多くそういう機会を持つほうが、自分にとっては好都合だ。結局のところ、彼の目的はキャサリンとのあいだに子どもをつくることなのだから。

だがそれは、彼女の気持ちを知る前の話だ。

今は、キャサリンのためにできるかぎり紳士らしく振る舞いたいと思っている。紳士の血を引いていないとわかっていても、自分の中に残っているかつての名残を掻き集めて。

ジャイルズは彼女の手を持ちあげ、暖炉の光にルビーをかざした。「なぜなら、ぼくたちの結婚を完璧なものにしたいからだよ」

キャサリンがうれしそうにくぐもった声をあげ、ジャイルズの顎の下にもぐり込んできた。これからもずっとこんなふうにしていられるなら、彼は二度と孤独を感じなくてすむだろう。

10

ジャイルズはゆうべ〈塩の柱亭〉を出る前に、彼の昔からの親友ふたりがサウスフォードに来ているとキャサリンに警告してくれた。彼女はどんなことになるのかとびくびくしていたものの、客たちを迎えてのサウスフォードの夜はことのほかなごやかに過ぎた。キャサリンの帰りが遅かったことを誰もとがめなかったし――用心のために侯爵とは一五分の差をつけて帰宅した――楽しく夕食をとったあと、今みんなで興じているアーチェリーの試合の計画を立てた。

友人たちは、ジャイルズが突然婚約したことを内心不審に思っていたとしても、表には出さなかった。

ファリングには、ロンドンですでに紹介されていた。当時キャサリンは公爵のハンサムな息子にあまりいい印象を抱かなかったが、昨夜は会ってすぐに親しみを感じた。ふたりともジャイルズという人間に好意を持ち、信頼しているという共通点があるためだろう。

細身で長身のファリングは、生まれながらの優雅さをまとっている。一方で、鼈甲縁(べっこうぶち)の眼鏡を持ちあげて茶色の目を明るく輝かせ、砂色の巻き毛を揺らして笑うと、まるで少年のように見えた。そうやってしょっちゅう笑う朗らかさの下に、強い忠誠心がうかがえる。ファリングとジャイルズは学校の寮で初めて同室になったときは、互いに好きになれなかったそうだ。しかし、ジャイルズは次第にファリングの判断力に揺るぎない信頼を置くようになったという。それなのにファリングは、その話を鼻で笑い飛ばした。ジャイルズが自分とつきあってくれているのは、まじめで責任感の強い彼に少しは肩の力を抜かせようと必死に努力しているからだと言って。

レインがどんな人間かを判断するのは、ファリングの場合よりもずっと難しかった。マーカムより年上だが、ジャイルズやファリングよりも若い伯爵は、信じられないくらい美男子で、高い鼻やはっきりと割れた顎がのみで彫り出したように完璧な頰の線を引きたてている。夜を思わせる漆黒の髪と、それと対照的なさえざえとした明るい色の目の組みあわせはジャイルズと同じだった。とはいえ、ジャイルズの目は灰色で、レインの目は氷のようなブルーだ。ジャイルズからは生き生きとした活力を感じる一方、レインはもっと洗練されていて心の内が読めない。

ジャイルズは自分の領地の隣にレインの領地があるという説明を、もう一度キャサリンにした。ジャイルズの父親がレインの一族が所有する鉱山に多額の投資をしたことや、レインが今非常に裕福なのは、父親が不慮の死を遂げたときにジャイルズから資産運用についてあれこれ助言されたからだということも。

要するにレインは弟のようなものなのだと、ジャイルズは言った。

ジャイルズがしゃべっているあいだ、レインは奇妙なほど静かだった。ふたりのあいだにどんな事情があるのかと、キャサリンは憶測をめぐらせた。レインは明らかに尊大な態度を取っていても魅力的だ。アーチェリーで彼とパートナーを組んだジュリアは、試合が始まったとたんにその貴族然とした態度に反発をあらわにした。審判を買って出たマーカムとファリングはそんなふたりをおかしそうに見守っている。

けれどもジャイルズが矢を射る番になって上着を脱ぐと、キャサリンはレインへの興味を失った。シャツの袖から見える筋肉の陰影に、目が釘づけになる。侯爵が弓の弦を引いて片目をつぶると、すぐにとすっという音がして矢が的を貫いた。

幸い、ぶるぶると揺れる矢にみんなの注意が集中し、彼女の呼吸が乱れたことには誰も気づかなかった。

マーカムとファリングはすぐに判定に入った。

「真ん中より少し右」ファリングが告げた。

「同じく」マーカムが言う。

振り返ったジャイルズの顔の周りに、太陽が光の輪をつくっている。彼は笑みを浮かべてお辞儀をした。

「わがレディに」

キャサリンの胸の中で、またしても小鳥が羽ばたく。

「せいぜい今のうちに得意になっていればいいさ。勝つのはぼくだからな、ブロムトン」レインが弓と矢の入ったバスケット越しに、ジャイルズを見た。

ジュリアが腕組みをした。「勝つのは〝わたしたち〟でしょう?」

ファリングが座っている椅子を後ろに傾けて、バランスを取った。「賭けるか、スペード?」

「金は大事にしたほうがいいぞ、クラブ」ジャイルズがやり返した。

「つまらんことを言うな」ファリングがにやりとする。「今まではきみがつきをひとり占めしてきたが、このままではぼくの伝説的な評判が台なしだ」

「だめ、だめ、だめ!」ジュリアがレインの横を通り抜ける。「そんな弓じゃだめ! こっちのほうがずっとしなやかよ」

「もしかしたら、ぼくはしなやかな弓を求めていないのかもしれない」レインが見くだした口調で言った。

ジュリアがすっと目を細めた。「もしかしたら、わたしは負けたくないのかもしれないわ。真のチームはお互いの意見に耳を傾けるものじゃないかしら」

「ああ、馬車を引く馬たちと同じだ。経験豊富な馬が先に立ち、未熟な馬が後ろにつく」

「あら、ごめんなさい。四年か五年早く生まれたあいだに、あなたはずいぶん経験を積んだというわけなのね」ジュリアはいやみたっぷりに言った。

キャサリンから目を向けられ、ジャイルズはウインクをして腕を差し出した。

「ふたりは好きにやらせておこう。ぼくはちょっとひと休みしたいな」唇の端を持ちあげ、にこっと笑う。

「ええ、そうね」

彼らはほんの何メートルか離れた場所に置かれているクロスのかかったテーブルに向かった。ジャイルズが背の高い水差しから、グラスふたつにレモネードを注ぐ。

「レインのことは心配しなくていい。ふだんの彼は、さっきのジュリアよりもっと痛烈ないやみを言ってくるんだから」ジャイルズがグラスを差し出した。

キャサリンは愚痴をこぼした。「レイン卿がここでのことをロンドンでどんなふうに話すか、聞こえてくるようだわ」声をひそめて、レインをまねる。「マーカムは哀れなやつだ。姉は結婚からすっかり見放されているし、妹は恐れ知らずのおてんば娘だ」

「もう見放されていないさ」ジャイルズが片頬を持ちあげてにやりとする。「それに、レインは余計なことをしゃべる人間じゃない。それはぼくが請けあうよ」

「そうだといいんだけれど」キャサリンは片方の眉を持ちあげた。「どちらにしても、あの子がみんなのあいだでうまくやっていけるか心配だわ」

ジャイルズが笑った。「彼女は個性的だからな」

キャサリンは唇を噛んだ。「ジュリアのずけずけとものを言う性格は、わたしが助長しちゃったのかしら」

「彼女は魅力的だよ」ジャイルズはレモネードを飲み、満足のため息をついた。「時を経てもう少し洗練されれば、誰もが振り向くような人気者になるだろう」

キャサリンもレモネードに口をつけたところ、かなり酸味がきいていた。手をかざして光をさえぎりながら妹を見つめる。

ジュリアは髪を高く結いあげているので、年齢よりもはるかに大人びて見える。けれどもレインに向けている表情はひどく子どもっぽいしかめっ面だ。

「わたしが一番恐れているのがそれよ。ジュリアがみんなを振り向かせること」

「ジュリアがきみと同じ思いをするんじゃないかと心配なのか？」

「スタンレー家の人間がまたしてもスキャンダルに見舞われるんじゃないかと心配なの」

ジャイルズがマーカムと目を合わせ、無言で何かやりとりした。マーカムが立ちあがって、ジュリアとレインのところに行く。

「ジュリアは若いわ。あまりにも」キャサリンはため息をついた。

「たしかに彼女には経験が足りない」ジャイルズが同意した。「だが多くの女性が一八歳までに結婚するんだ。きみだって最初に婚約したとき、彼女くらいの年じゃなかったかい？」

そうだったと気づいて、キャサリンは顔をしかめた。対等の相手との互いを尊重する関係を築いた今ならよくわかる。父親のところに行って結婚したいと訴えたことは大きな間違いだったのだ。

ジャイルズが彼女を探るように見た。

「かつて父が若いわたしに結婚を許したように、マーカムがジュリアにあまりにも早い結婚を許したりしたら、わたしは断固として反対するつもりよ」

「ではきみは、父親に怒りを感じているのか？」

キャサリンの父親は神経質な学究肌の人間で、母親を亡くした子どもたちを育てるという仕事にはまったく向いていなかった。「父はわたしが望んだものを与えてくれた。でも人が求めるものと必要とするものは違っている場合が多いと、あとから悟ったわ。ただし今はこんなに幸せだから、いつまでも怒ってなんかいられない」

ジャイルズは彼女に笑みを返さなかった。

「もしかしたら、父は簡単に結婚を認めるべきじゃなかったのかもしれない。でもそうした理由はわかるの。セプティマスと結婚していれば、わたしはサウスフォードから遠く離れずにすんだわ。そうしたら母が亡くなってからずっとしてきたように、父が論文を書いたり手紙のやりとりをしたりする手伝いができた。それに父は、わたしが広い世界に出ていきたいとは思っていないことも知っていたから」

それは、キャサリンの世界がセプティマスを中心に回っていたからだ。

「子どもにとって一番いいことをするのが、親の務めじゃないのか？」

「そうかもしれない」キャサリンは遠い丘の上のフォリーに目をやった。「でも、子どもだって親を理解してあげるべきだと思うの……少なくとも親の失敗を、なるべく優しい目で見てあげるべきじゃないかしら」

矢が空中をうなるように飛ぶ音が、ジャイルズの返事をさえぎった。レインの矢が音をたてて的に刺さる。

「ど真ん中だ」ファリングが大声で告げた。「今のところきみが一番だ」

「見たか、ぼくの素晴らしい腕前を?」レインがジュリアを見おろした。

ジュリアはあえいだ。「運がよかっただけじゃない」

「レディ・キャサリン、きみの番だ」ファリングが咳払いをする。「どの弓のしなりがいいか、助言が欲しいかい?」

マーカムが鼻を鳴らした。

「彼はトラブルをあおるのが好きみたいね」キャサリンはファリングを示しながら、ジャイルズにひそひそと言った。

「大好きさ。さて、ぼくもその手伝いをしてこよう」ジャイルズはキャサリンを連れて弓の入ったバスケットに向かった。途中、ジュリアとレインの横を通り過ぎるときに、声をかける。「うまいもんだな、レイン。これからはダイヤじゃなくてサークルと呼ぶべきかもしれない」

「ダイヤ? どうしてダイヤと呼ばれているの?」ジュリアがレインに訊いた。

ジャイルズはキャサリンの耳もとでささやいた。「レインの説明を聞こうじゃないか」

侯爵のバリトンのささやきを聞いて体に走った興奮を、彼女は懸命に無視した。「それで、本当のところはどういう理由なの?」

「もちろん、たっぷり金を持っているからだ」ジャイルズが答える。

「あら、でもマーカムによれば——」キャサリンは途中で口をつぐんで顔を赤くした。

「ああ、そのとおりだ。レインは愛人に高価な贈り物を惜しまない」ジャイルズは声を低くして説明した。

キャサリンはジュリアに目を向けた。「そうと知っていたら、決してあの子を彼と組ませなかったのに」

「心配しなくても大丈夫だ。レインはいつも愛人には経験豊かな女性を選ぶ。ジュリアがあんなふうに振る舞うのは、若い女性にありがちな罪のないあこがれを抱いているせいだ」

「あこがれですって？　ジュリアは彼を毛嫌いしているわ」キャサリンは鼻にしわを寄せた。

ジャイルズは納得しかねるように肩をすくめた。「どちらにしても、レインがジュリアを不適切な行為に引きずり込むことは絶対にない。そんなまねをすれば、彼はぼくに申し開きをしなければならなくなる」ベストを直す。「きみの妹に対して不埒なまねは絶対にさせない。約束する」

キャサリンは眉をあげた。「ジュリアのことを本気で心配してくれているのね？」

「ああ。ぼくには妹がいない。だが、なかなかいいものだとわかった」

「レイン卿の妹さんは？」キャサリンは慎重に質問した。

ジャイルズが一瞬息を止めたあと彼女の目を見つめた。「レディ・クラリッサとは、お互いに敬意を抱いていた。それ以上でもそれ以下でもない」

キャサリンは息を吸ってうなずいた。

「ジュリア」ジャイルズがキャサリンと目を合わせたまま呼びかけた。「この家族の一員になれるのをぼくがどれだけ楽しみにしているか、今きみの姉上に伝えているんだ」

「幸運を祈るよ。とんでもなく重い責任を背負い込むことになるんだからな」マーカムが皮肉っぽい口調で言った。

ファリングが眼鏡を押しあげる。「父がいつも言っているんだが、立派な男は家族に支えられているものだ。小作人が領主に、領主が小作人に支えられているように」

「その言葉に賛成するのか？」レインがジャイルズに尋ねた。

ジャイルズの顔にかすかな緊張が走る。「やみくもに自分の利益だけを追求する人間を、ぼくは尊敬などしない。忠誠を尽くさずに社会的秩序を乱す行為は、腐敗そのものだ」

「腐敗ですって？」キャサリンはまばたきをした。

「ずいぶんはっきりとした意見だな」レインが凍えそうなくらい冷たい目で、ジャイルズを見つめている。「それに驚いたよ。きみこそ最近……因習を破ったばかりじゃないか」

「腐敗」キャサリンは眉をひそめて繰り返した。「もしあなたが本当にそう思っているのなら、お母さまの結婚に賛成したのは驚きね」

ジャイルズはゆっくりとレインに背を向けた。しばらく沈黙を続けたあと、ようやく口を開く。「だが、母は実際に再婚している。そうだろう？」

「ええ。あなたが例外を認められる人間でうれしいわ。女性の立場を理解してくれる男性は本当に少ないもの」

ジャイルズがごくりと音をたてて唾をのんだ。「どういうことかな？」

キャサリンは説明した。「わたしたちは父親や兄弟や夫のために家を守るわ――その家が本当の意味では自分のものではないと知りながら。環境に変化があれば、毎晩寝ているベッドからだって追い出されるかもしれないとわかっていて。あなたのお母さまもブロムトン城やお屋敷を長いあいだ取り仕切ってこられた。そんな生活のあとで、ようやく自分のものと言える家族を持つのは、とてもうれしいし、ほっとすることだったでしょうね」

「うれしいし、ほっとすること……」彼女の言葉を繰り返すジャイルズの目からは、何を考えているのかまったく読み取れない。

ファリングが咳払いをした。「試合を再開しないか？　たしかきみの番だったね、レディ・キャサリン」

何ごともなかったかのように弓を構えるのは難しかった。何かがおかしいという確信が、彼女の心の中に広がっていく。

弓を構えて矢を飛ばすと、的に当たって矢羽根が激しく揺れた。

「判定が難しいな。ちょうど境目だ」ファリングが言った。

「赤と判定すればいい」ジャイルズが的の中心に当たったという判定を要求する。

「おまけなんかしてくれなくていいわ」

「おまけなんてしていない」ジャイルズが返した。

「対戦相手からの異議は？」ファリングが訊く。

「ないわ」ジュリアが答えた。「あら、もしかして女が代わりに答えてむっとしているのかしら、レイン卿？」

「ぼくも異議はない」レインが歯を食いしばる。

「では赤だ」マーカムが断定した。

「きみの姉上がこんなにうまいと知っていたら、彼女をパートナーにしていたんだがな」レインがマーカムに言った。

キャサリンはこのやりとりに裏の意味があることには気づいたが、具体的には理解できなかった。「わたしはブロムトン卿がパートナーで満足しているわ。彼もとても上手ですもの」

「ぼくはうまくはない。あきらめずに続けただけだ」ジャイルズは彼女と合わせた目をそらさなかった。

「わたしの番よ」ジュリアがレインに微笑みかけた。

すぐに小気味のいい音がする。

「真ん中を貫いている」ファリングが確認した。「素晴らしい腕前だね、レディ・ジュリア。なあ、レイン？」

ジュリアはつんと顎をあげてスカートをひるがえすと、これ見よがしにレインを無視して彼の横を通り過ぎた。

「もう、あの子ったら」キャサリンは不満を漏らした。

「言っただろう？　ぼくがジュリアを守るって」ジャイルズがささやく。

キャサリンは懸命に笑みをつくった。

「あと二日経てば、きみはぼくの妻になる。待ち遠しいよ」

頭上で鳥がさえずり、風が木々の葉を揺らした。大気には草の香りが満ち、キャサリンの肌は日の光を受けてぬくもっている。

それなのに、なぜか心のざわめきがおさまらなかった。

ジャイルズが指のあいだに矢をはさみ、ぴんと張った弦をぎりぎりと引いた。彼の矢もまた正確に真ん中を貫いた。

ジャイルズはバルコニーのような手すりのついた二階の踊り場に着くと、下の図書室を見おろした。ビリヤードをしようというマーカムの誘いを、自分もレインも断った。だからレインに敵意に満ちた態度を取る理由を問いただすなら今がいい機会だったが、迷った末、一階におりるのはやめにした。結婚式はあさってだ。それまでにレインはキャサリンを受け入れるだろう。わざわざ藪(やぶ)をつつくようなまねはしないほうがいい。とことんやりあったりすれば、自分もレインも後悔するだろう。

「ジャイルズ?」暗い廊下の向こうから、キャサリンの低い声が響いた。

「キャサリン。こんなところで何をしているんだい?」

陰の中から歩み出たキャサリンを見て、ジャイルズの体にたちまち震えが走った。彼女が髪を肩に垂らしている姿は、無意識とはいえ、ひどく魅惑的だ。簡素な部屋着の襞(ひだ)飾りは裾まで続き、その下から下着のドレスがちらちらとのぞいている。

罪深い期待に下腹部が盛りあがった。

〝我慢するのだ〟彼は歯を食いしばった。キャサリンのために紳士でいようと決めた。その決意を守らなければ。あとたった二晩なのだから。

「ちょっと――話したいことがあるの。レイン卿はまだ図書室かしら？」

「そうだ」

「じゃあ、あなたの寝室で話すしかないわね」

〝寝室〟という言葉がジャイルズの体にどういう効果を及ぼしたかを知ったら、キャサリンは一目散に逃げ出すだろう。彼女が舌で唇を湿らせる。もしかしたら、あの舌には別の目的があるのだろうか。ああ、彼女をベッドに押し倒して、しっとりとした唇を味わいたい。

「キャサリン」ジャイルズは咳払いをした。「それはあまりいい考えでは……」

「お願い」彼女がこちらの胸に、小さなあたたかい手を当てる。

「本当にはねっかえりだな。きみは自ら危険を招き寄せている」彼は胸に置かれた手に視線を落とした。

〝あと四八時間足らずの辛抱だ〟結婚式は早朝に行うという慣習に、ジャイルズは感謝した。

一階から床板がきしむ音が聞こえた。「ああ、なんてことだ。二階に戻るんだ。今すぐに」レインが声をひそめているにもかかわらず、二階にいる彼らのところまではっきり伝わってきた。

ジャイルズはキャサリンを抱き寄せ、急いで壁際に身を寄せた。壁板に手を滑らせて鉄の突起を探し出し、それを親指で動かす。レインが階段をのぼってくる足音に追いたてられながら、ジャイルズは壁の内側に体を入れ、急いで壁板を閉めた。狭い隠し部屋の中で彼女の胸が密着し、柔らかい息が繰り返し耳にかかる。

　キャサリンが息を吸うたびに彼は息を吐かなくてはならず、猛（たけ）り狂った股間のものは鎮まる気配さえない。

「どうしてあなたがこの隠し部屋を知っているの？」キャサリンが小声で詰問した。

「ジュリアだ」ジャイルズは自分の獰猛（どうもう）な獣を押さえつけているのが精いっぱいで、短く答えた。「もっと広かったと思ったが」

「ふたりが充分入れるだけの広さはあるのよ。でもそれは、ひとりずつ順番に入ればの話。あなたはわたしを抱きしめたまま、あわてて入ったから」彼女が大きく息を吐いた。

「だが、この体勢のままやりすごすしかない。彼らに見つかりたくなければ」

　壁板の外側では、話し声がだんだん大きくなった。

「レイン、あなたが女性から走って逃げ出すなんて驚いたわ」

　まさか、ジュリアだろうか。

「きみは女性じゃない。女の子だ。向こう見ずなおてんばさ」レインが声を抑えながらも、激しい口調で返した。

「女の子じゃないわ！　もう一八なんだから！」ジュリアが気を悪くして叫んだ。

「たとえきみがもう一八だとしても、ぼくは五年分多く経験を重ねている。だからこそ、手のかかる面倒な女の子とふたりきりでいるところを人に見られるのはまっぴらなんだ。それにぼくは走って逃げ出してなんかいない」レインがうなるような声でつけ足した。

「あらそう？　じゃあ教えて。あなたが図書室からものすごい素早さで飛び出したのを、なんて呼べばいいのかしら。ちょっとした散歩？」

「いいからぼくの言うことを聞き分けて、さっさと自分のベッドに行ってくれ。こんなふうに話しているのを誰かに聞かれたら、どうする」

「いいじゃない、わたしは聞かれたほうがいいわ。わたしを階段の壁に押しつけていた理由を、あなたがどう説明するのか知りたいもの。本当は、ほんの少しでもわたしに触れちゃいけないはずよ。こちらは部屋着姿なんだから」

「きみは頭がどうかしているよ、ジュリア。完全にね」

「違うわ。分別をわきまえている相手と話すときは、とっても理性的よ」ジュリアが楽しそうに言い返した。

レインが鋭く息を吐いた。「こんなふうに一緒にいるところを見つかったら、どんなことになると思っているんだ」

「すべて運命よ」

ショックを受けたキャサリンの口から息が漏れる。

「どういうことだ？」レインが怒りの声をあげた。

ジャイルズはキャサリンの口をキスでふさいだ。もちろん、彼女を黙らせるためだったが、静かな急場しのぎの口づけにもふたりの体は一瞬で生き生きと目覚めた。

彼はもどかしさに歯ぎしりをする思いでなんとか唇を離すと、すっかり熱を帯びてしまった部分からなんとか気持ちをそらそうとした。

キャサリンと同じリズムで呼吸をしながら、外の物音に耳を澄ます。だが彼女の息が首筋にかかって抑えても抑えても興奮がわきあがり、鳥肌が立ってくる。

しばらくして、レインが言った。「まったく困ったお嬢さんだな。早くベッドに行けと言ったのに」

「ブロムトン卿が引きあげるのを、じりじりしながら待っていたの。わたしが求めているものをあなたも求めているのは、わかっているのよ」ジュリアが低くかすれた声を出す。

「なんてことを」キャサリンがジャイルズの耳にささやいた。

「ぼくが何を求めているのか、きみはちっともわかっちゃいない」

「いいえ、わかっているわ。わたしが何を求めているのかは、誤解の余地がないようにはっきりさせたはずだけれど」布地がこすれあう、がさがさという音がする。「ちょっとしたお願いじゃない。あなたみたいな男性にとっては、なんでもないことでしょう？」

レインの呼吸が苦しそうに浅くなっている。「ぼくははっきり断った」

キャサリンが外に出ようとして伸ばした手を、ジャイルズは素早く止めた。

「今扉を開けたら、マーカムは妹の名誉を守るためにふたりを結婚させるしかなくなる。そうなってもいいのか？」彼女の耳に口をつけてささやいた。

キャサリンが首を横に振った拍子に、長い髪がジャイルズの頬をくすぐった。どうすればいいのだろう。レインが早くあの娘をなんとかしてくれなければ、ジャイルズは爆発してしまう。腰の位置を直そうと体を動かすと、キャサリンがこらえきれずに小さくあえぐのを感じた。

壁板の外では、ジュリアが怒っていた。「あなたがそこまで頑ななら、しかたないわ。ファリング卿に頼むだけよ」

「ファリングなんかに頼むんじゃない！」

「だって、それしかないじゃない。ブロムトン卿に頼むのは論外だもの。お姉さまは彼に夢中なんだから」

キャサリンがジャイルズの顎に額をつける。彼女を力づけようと、ジャイルズは親指で背中の真ん中を撫でた。〝彼に夢中〟だと？　そう聞いてうれしかった。

だが本当かどうかキャサリンに確かめる前に、レインの首を絞めてやらなくてはならない。

「要するに、あなたかファリング卿かって問題なの」ジュリアがため息をつく。「そうね、よく考えたらファリング卿のほうがいいかも。彼の笑い方はすてきだもの。決めた、ファリング卿に――きゃあ！」

「ファリングに頼んだりするなと言っただろう！」レインの声が獰猛な響きを帯びた。「もちろん、ブロムトンもだめだ。こんなことは絶対に――」

ジュリアが不意を突かれたようにあえいだ。

「――ほかの誰にも頼むんじゃない」

「こんなに大げさなまねをしないでもよかったのよ」驚きから立ち直ったジュリアは、すぐにまたレインを挑発し出した。「わたしが欲しいのは、最初からあなただったんだもの。無駄な抵抗をしなければ、わたしだって心にもないことを言わずにすんだのに」

レインが喉の奥から、いかにも男っぽい声を漏らした。衣擦れの音がふたたび響き、キャサリンはジャイルズの肩に指を食い込ませた。

ジュリアが小さな喜びの声をあげるたびに、事態が進展していることがわかる。ジャイルズはレインの首を絞めあげる光景を、細かく念入りに思い浮かべた。

だがレインはちゃんとやめるはずだ。それ以外に考えられない。どれだけ腹を立てたとしても、けがれのない乙女の名誉を完全に踏みにじるはずがない。

キスと思われる音の合間に、レインとジュリアはジャイルズたちには聞き取れない声で何か話していた。

「本気だって信じさせてみなさいよ、レイン」

「駆け引きはしない。今ここで誓ってもらおう」レインの声が大きくなる。

ふたたび布がこすれあう音がして、うめき声が聞こえる。キャサリンはジャイルズのシャツをつかんでいる手をきつく握りしめた。彼のクラヴァットはくしゃくしゃになってしまったが、別のことには使える。たとえば、レインの首を絞めあげるとか。責任を取るのがレインだけですむなら、もうとっくにこの隠し部屋の扉を開けて出ていっていただろう。

「約束しろ」レインが命令する。

「わかったわよ、レイン。暗い場所には行かない。あなたと一緒でなければ」ジュリアが従った。

レインが大きな音をたてて息を吐いた。もどかしさのあまり、今にも感情を爆発させそうなのだとわかる。

「これからどうするの？」ジュリアが尋ねた。

「きみは部屋へ戻る……そして中から鍵をかけておけ」

「でも、レイン――」

「さあ行くんだ、レディ・ジュリア」

「押さないでよ。痛いじゃない！」

「痛いのはぼくのほうだ」

「どういうこと？　わたしは何も……あら！　そういうことね」ジュリアがくすくす笑った。

「もしきみが本当にぼくの状態を理解しているなら、もう火遊びはしないことだ。この件についてはきみの姉上に知らせるつもりだ」

キャサリンが体をこわばらせた。ジャイルズは彼女の背中の下のくぼみに手を当てて、そっと励ました。レインの言葉ははったりだ。

「お願いよ。お姉さまには言わないで」

「では、すぐにベッドへ行くことだ」

「わかったわ。じゃあレイン、いい夢を見てね」

「おやすみ、おてんば娘」

翼棟の一番奥の扉が開閉する音がしたあと、ジャイルズは壁板に耳をつけて、レインの足音が階段をおりていくのを確認した。

「これからどうすればいいのかしら」キャサリンが訊いた。

「何もしなくていい。レインを〈塩の柱亭〉まで連れていく。ジュリアが起きる前に、必ずロンドンに向けて出発させるよ」

「彼はおとなしく帰ると思う？」

「ああ」ジャイルズはキャサリンの額にキスをした。「だが、レインとはすぐに話をしなければならない。万事うまく対処したから問題ないなどと、やつが信じはじめる前に」

キャサリンはジャイルズの胸に頬をつけ、身を震わせた。「レイン卿は一番古くからの友人なのよね。あなたたちふたりの仲を裂くような結果になったら、いやだわ」

ジャイルズは彼女の後頭部を手で包んだ。「一番古くからの友人はファリングだよ。レインは……ただふつうに友人なだけだ」本当は家族と言ったほうが近い。

「それでも、あなたたちの仲を壊したくないの」

彼はキャサリンの頬に触れた。「納得してもらえるまで何度でも言うから、よく聞いてくれ。きみはもう、ひとりでみんなの面倒を見ようとしなくていい」扉の開閉レバーから手を離すと、彼女のあたたかくて心地いい体の重みが消えた。最後にもう一度、彼女のにおいを吸い込んでから、のろのろと扉を開ける。

一階の壁に取りつけてある燭台(しょくだい)が放っている光が、キャサリンの心配そうな表情に陰影をつける。ジャイルズは彼女の首の後ろにそっと手を添えると、唇の端に短い励ましのキスをした。

「まかせてくれるかい？」

キャサリンはうなずいた。「ええ、ジャイルズ。あなたを信じている」

彼女の言葉に、胸がほんのりあたたかくなった。ほっとしたように力が抜けた彼女の体を手の下に感じながら、柔らかくて弾力のある唇にもう一度キスをする。ジャイルズが唇を離すと、彼女の眉間にあったしわはすっかり消えていた。

いつかキャサリンにふさわしい男になりたいと、彼は心から祈った。

11

ジャイルズは図書室の入り口の前で足を止めた。つい今しがた、自分の庇護のもとにある若いレディの名誉が汚される場面に立ち会った。しかもその相手は、よりによってレインなのだ。かつては命も預けられるほど信頼していた友人の。

ジュリアの名誉を守るため、レインには今すぐ出ていってもらわなくてはならない。それなのに、ジャイルズの良心はちくちく痛んだ。ジャイルズはレインの妹の名誉を傷つけ、レインはジャイルズの義理の妹の名誉を傷つけた。つまり、自分にレインを責める資格はないのではないだろうか。自分と友人が陥った状況が偶然とは思えないほど似ているということが、良心を揺るがしている。

だがレインの主張を理解できるとしても、それを言い訳として認めることは許されない。ジャイルズは大きく息を吸って図書室に入ると、静かに扉を閉めた。これから起こることに、マーカムとファリングを巻き込む必要はない。自分とレインのあいだだけにとどめておくべきだ。

レインは暖炉の前に立っていた。片手を炉棚にのせ、火に向かってうなだれている。その顔は赤い。絶え間なく爪先を床に打ちつけていた音がやみ、彼が顔をあげた。

レインの顔は昔から見慣れているが、その目に浮かぶ怒りにはまだ慣れない。

「ぼくには信じられない」ジャイルズは静かに言った。「世慣れた放蕩者に道徳上の不安を忘れさせるほど、ジュリアに大きな魅力があるとは」

レインの顔がぞっとするほどの無表情に変わる。「ぼくも信じられないね。きみがぼくの妹を、こんなもののために捨てたなんて」憤慨したように両腕を広げる。

ジャイルズは眉をあげた。「では、ぼくに思い知らせるためだけにあの二階での幕間劇を演じたと認めるのか？」

「いったいなんの話をしている？」

「しらばっくれるな、レイン。ぼくたちは同じ非難をぶつけあっている。目には目を、だろう？　すべてお見通しだ。ぼくはきみの妹を失望させた。だからきみはぼくの義妹に手を出したんだ」

レインは小鳥を狙う猫のように、ぴくりとも動かなかった。

もちろん、ジャイルズの考えが間違っている可能性もある。ジュリアは本当にレインの興味を引いたのかもしれない。だが彼女への欲望を必死で抑えたのだとしたら、どうしてレインは口の端を持ちあげてせせら笑いを浮かべているのだろう。

居心地の悪さに、背中を震えが駆けあがる。たとえレインが本気でジュリアに惹かれているのだとしても、やはり出ていってもらわなくてはならない。かつてレインが怒りとともに敢然と立ち向かってきたように、ジャイルズも敢然と対処するのだ。立場こそ逆だが、妹の名誉をかけて対峙するという状況にふたたび陥ったことにぞっとする。こういう場合、多くの男が決闘を申し込むが、拳銃で名誉が回復できるものなのだろうか。

命を賭けて勇気を示すほうが、弟のように思ってきた友人と醜い真実をぶつけあうよりも簡単に思える。

「きみは仕返しをしたかった。それは理解できる。だが関係のない人間を巻き込むやり方には失望した」

レインが右の眉をあげた。

「もしぼくが壁板の裏の隠し部屋に急いで入らなかったら、きみは結婚という罠にかかるところだったんだぞ」

「ありえないね」レインは冷笑した。「冥界の王にだって、あの生意気な娘とぼくを無理やり結婚させることはできやしない」

ジャイルズは眉をひそめた。レインがジュリアに惹かれるなんてありえないと思っていたが、顎の筋肉がぴくりと動いた様子から、そうでもないらしいとわかる。

「隠れて聞いていたのなら、彼女がどれだけ挑発してきたかわかっているだろう」

ジャイルズは黙った。レインへの友情と将来の義妹を心配する気持ちがせめぎあう。だがジュリアに隠し部屋に押し込まれたときのことを思い出した。あのとき彼女は、無理やり結婚させられることになるかもしれないとはまったく考えていなかった。たしかに農夫の息子とたわむれたりはしていたが、世慣れていない彼女がレインみたいな本物の放蕩者に太刀打ちできるはずがない。

「たしかにジュリアはかなり積極的だったが、きみには豊富な経験がある。きみへの気持ちが思い込みにすぎないとしても、彼女はキスをしたかった。聞いていたかぎりでは、きみも本気で逃げようとはしていなかった」

「ちゃんと聞いていたのか？　本気で逃げようとしていたさ。きみもひとりじゃなかったんだな。女性が息をのむ音が聞こえた気がする」

ジャイルズの頰に血がのぼった。

「ブロム、きみってやつは」ジャイルズがためらったのを見て、レインが反撃した。「結婚式まであとほんの少しなのに待てないほど、手に入れた賞品に夢中ってわけか」

「言葉に気をつけろ」

レインが人差し指の先で顎をこすった。「とはいっても、きみのことは責められない。ああいう過去のある女性だから、まずはどんな状態なのか確認したいだろう――」

ジャイルズはレインに突進して壁に押しつけた。上着の襟を握って吊りあげているので、レインが苦しそうに息を詰まらせる。考える前に体が動いたことに、ジャイルズは驚いていた。自分でも気づいていなかった暴力への衝動が、いきなりわき起こったのだ。それからゆっくりと手を離した。

「なんだよ。本気で腹を立てたんだな」

ジャイルズは後ろにさがって友人を罵った。「最低なやつめ。ぼくと……レディ・キャサリンがどれだけ罪深いことをしていようと、きみが何も知らない無垢な女性をもてあそんでいい理由にはならない」

「何も知らない無垢な女性だって？」レインがあきれたような声を出した。「そんなわけあるか。ジュリアから誘ってきたんだぞ。おそらく姉のように悪名をとどろかせたいんだろう」

「彼女がきみに惹かれていることに気づいていないと、本気で信じさせようとしているのか？」

「もちろん、ジュリアの気持ちには気づいたさ。あのおてんば娘は隠そうともしなかったからな」

「手管に長けた経験豊富な女と、のぼせあがっているだけの小娘の違いがわからないなんて言うなよ」

レインが唇を引き結んで顔をそむけ、暖炉の火を見つめた。

「返事をしないのは、認めたってことだぞ。ジュリアの挑発にのってあんなことをするなんて、きみらしくないぞ、レイン」

「らしくないだって？」レインが苦々しい声で笑った。「きみが言うのか、ブロム。らしくないだなんて。自分を見てみろ。あんな傷ものの行き遅れ女と結婚――」

ジャイルズはレインの顎に叩き込む寸前で、こぶしを止めた。なんということだ。本当にたがが外れてしまうところだった。

レインが挑戦的な表情で見返してくる。「殴れよ。そうすれば、今言ったことがすべて真実だとわかる。人は真実を突かれれば突かれるほど、暴力に訴えるものさ」

親友を殴るところだったという事実に打ちのめされて、ジャイルズは手をおろした。

レインがゆっくりと首を横に振った。「すべてが意味を成さない。そうだろう？　イートン校の鑑と呼ばれ、トーリー党の誇りでもある男が、数々のスキャンダルを起こしている国王も顔負けのスキャンダルに自ら巻き込まれるなんて」指を使って数えはじめる。「まず昔から決まっていた婚約を破棄してクラリッサとぼくを侮辱し、父が用意していた持参金をみすみす逃した。そうかと思ったら賭けで負け、危うく領地を手放しそうになる。それだけでは飽き足らずに、どうということのない行き遅れの女と結婚すると言い出すなんて、どういうつもりなんだ。ほんの二、三年前までのきみなら、顧みる価値もないと判断したに違いない家柄の女なのに」

レインの言い草は正しい。いまいましいが。

「ぼくの過ちをいくら並べても、きみがしたことの言い訳にはならない」

「何をそんなに必死で隠そうとしている？　尊敬すべきブロムトン侯爵——忠誠と名誉を重んじる男がこんなに変わってしまった理由はなんだ？」レインが嫌悪に顔をゆがめた。

「ぼくはあと二日で結婚する。きみにそそのかされて、これ以上暴力を振るうつもりはない」

レインはベストを引っ張って整え、クラヴァットを直した。「いちおう伝えておくが、二階でのできごとは、きみに対する当てつけなんかじゃない」

「本当か……？」ジャイルズは声に疑いがにじむのを抑えられなかった。

レインもジャイルズをまねて相手への不信をにじませながらうなずいた。「ぼくたちは兄弟よりも多くの時間をともに過ごしてきた。くそっ、いつかはきみが本当の兄になると思っていたんだ。それなのにきみはクラリッサを捨て、今度はぼくまで切り捨てようとしている」

ジャイルズの顎の筋肉がぴくりと動いた。

レインはテーブルにこぶしを叩きつけた。「きみを許そうとしていたんだ。クラリッサのために。だがこの結婚で、クラリッサがどうなるのか考えたことがあるのか？ あいつはしっかり者で友人にも恵まれているから大丈夫だろうが、ふつうならかなりつらい立場に置かれるところだ。たとえば妹がレディ・キャサリンと顔を合わせたら、どんなことになると思う？」少し待ってから続ける。「教えてやろう。周りじゅうがふたりに注目する。中でも厚かましい女たちは、扇の陰で忍び笑いを漏らすだろう。そして少しでもふたりのあいだにとげとげしい雰囲気や居心地の悪そうな様子が見えたら、あることないこと噂するんだ」

ジャイルズはひるんだ。ふたりが顔を合わせるところなんて、想像したこともなかった。キャサリンとクラリッサを同時に思い浮かべたことさえなかったのだ。彼を取りあったふたりとして、一生噂の的にされるだろう。彼女たちはジャイルズの過ちと罪の周りを永遠に回りつづける惑星となるのだ。

キャサリンはふたたびそんな恥辱にまみれることに耐えられるだろうか。そして、あの快活で生き生きとしたクラリッサは……。自分なりに彼女に好意を持っていたが、どういう結婚をすることになるかは互いによく理解していた。一族の利益のための政略結婚だ。婚約を取りやめたときも、クラリッサが心を痛めることはないとわかっていた。だがキャサリンを破滅に追い込んだような世間の心ない噂にクラリッサもさらされるなんて、思いも寄らなかった。

「クラリッサはセント・オールデン公爵と婚約するんじゃないのか？」

「ブロム、きみは間抜けだ。その噂を流したのはぼくだ。どこに行っても、妹が人の輪から外れたところにぽつんと立っていて、ぼくが入っていくと周りの声がぴたりとやむ。そんなことに耐えられなくなったからだ」レインは額をこすった。「少なくともしばらくは、この噂に世間も満足しているだろう。やつらは面白けりゃなんでもいいんだから」

ジャイルズはレインがしゃべるのをじっと聞いていた。互いの事情や失望が複雑に絡みあって、関係を解きほぐす糸口が見つからない。だが今もっとも重要なのは、無垢な乙女の身の安全だ。

「ぼくは――」いったん口をつぐんでから言い直す。「きみの妹を少しでも傷つけたのなら、申し訳なく思う。ぼくの力の及ぶかぎり、その埋めあわせはしよう。だが今は……とにかく出ていってほしい」

「きみは偽善者だ」レインが糾弾した。「こんなふうに騒ぎたてているのも、腹に一物あってのことだろう。レディ・ジュリアはおまえの妹ですらない」

ジャイルズは視線を険しくした。「軽々しくそういうことを言わないほうがいいぞ。すぐに出ていかないなら、二階で聞いた会話をマーカムに話す。そうしたら牧師の前に行かなければならなくなることは、きみだってよくわかっているはずだ。そうでなければ、決闘しかない」

「マーカムに話せるもんか」レインはせせら笑った。「そんなことをすれば、ぼくはきみの愛する人にカードゲームのいきさつを教える。きみが全財産を賭けて負け、どういうわけか彼女と婚約するはめになったことをな」顎を撫でる。「口やかましいオールドミスの姉をもらってくれと、マーカムから説得されたんだろう」

それぞれが賭けるものを書いたあの紙を、レインはもちろん読んだ。だが、それ以外のことは彼の憶測だと、肝に銘じておかなければならない。

「別に認めてもらう必要はないさ。その顔を見れば、今言ったことが当たっているとわかる。マーカムはブロムトン城を所有するより、あの姉を厄介払いするほうを選んだんだ。あいつがそこまでして追い出したい姉がどんな女か、きみは気づくべきだったのさ」

「出ていけと言っただろう」ジャイルズは繰り返した。「ジュリアは経験が足りないし、自制心に欠けるかもしれない。だがとにかく今夜までは、誰にも触れられていなかったんだ。きみだって、本当は自分が間違っていたとわかっているんだろう？　おとなしく出ていってほしい」

「ぼくが間違っている？　しつこいおてんば娘に追い込まれて、しかたなくたった一度キスをしただけだ。そのあとひとりで部屋に戻らせたから、彼女の貞操はなんともない。言っておくが、手をつけずに行かせてやる必要なんかなかったんだぞ。あそこでスカートをまくりあげても、彼女は喜んで受け入れただろう。準備万端で、あそこを濡らして――」

ジャイルズの怒りが爆発して、視界が赤く染まった。がつっというやな音とともに、こぶしがレインの顎にぶつかる。

レインは目をつぶって、衝撃をやりすごした。「こぶしに残っているその感覚を覚えておくといい」声がしゃがれている。「自分が友情をぶち壊した瞬間の感覚を覚えておけ」

ジャイルズは息が吸えなかった。「〈塩の柱亭〉に戻って荷物をまとめろ。とっとと出ていけ」

「打ちのめされている妹のもとに戻れと？」

「ロンドンでもモスクワでもいい。なんならゴビ砂漠でも。ぼくの知ったことじゃない。ジュリアから離れてくれさえすれば、それでいい」

「いいさ。望むところだ。がみがみ女を選ぶというなら、勝手にしろ。そうやってぼくたちを切り捨てていくんだな。レディ・ブロムトンのことも、クラリッサのことも、ぼくのことも。だが真実からは逃げられない。きみはすぐにひとりぼっちになる。そうなって初めて気づくんだ。周りの人間をブーツの底についた泥みたいに簡単に捨てたつけが回ってきたんだとな」

遠ざかっていくレインの足音が廊下にこだました。ジャイルズはレインの馬が走り出す音が聞こえるまで身じろぎもせずに待ち、それから一番近くにある硬い椅子に座り込んでずきずきする手の関節を撫でた。

レインは出ていったが、ジャイルズの心には後味の悪さが残った。腹は立ったものの、言われたことはあながち的外れではなかった。

キャサリンを抱きしめたときは、すべてがこれほどきれいにおさまるべきところにおさまったことが信じられなかった。だが母やレインと対峙すると、自分がどれほどゆがんだ人間になってしまったかを思い知らされるばかりだ。

額に手を当ててみる。驚くほど熱い。方法や結果や正当性は置いておくとして、誰の目に映る自分が本物なのだろう？

地獄から来た番犬たちがむくりと頭をもたげた。ふたたびジャイルズのにおいをとらえたのだ。

キャサリンとジュリアが座っている庭のベンチは、石ではなく氷でできているのではないかというくらい冷たかった。ペチコートを通して冷気がしみ込み、キャサリンの腿の感覚はどんどんなくなっていく。ジュリアの横に座ってもう一時間くらい経つのに、妹を慰められないでいた。レインは家族の問題で呼び戻されたという説明をマーカムは受け入れたが、ジュリアは無言で外に出たあと、ひとこともしゃべっていない。

キャサリンは妹に腕を回した。その体はこわばったままだ。

ジュリアだって寒さを感じているはずなのに、そんな気配は見えない。まるで超自然的な方法でレインを呼び戻せるとでもいうように、決然とした表情で地平線を見つめている。心臓からゆらゆらと呪文が立ちのぼっているのが、もう少しで見えそうなくらいだ。

ジュリアは身動きもしない。

キャサリンは妹の髪を撫でた。「いつかはしゃべらなくてはならないのよ」優しく諭す。

ジュリアはしばらく唇を震わせたあと、ようやく動きを止めた。硬い表情のまま肩をすくめる。

「もう、お願いよ、ジュリア」キャサリンはため息をついた。ジュリアは何カ月も沈黙を続けられるくらい頑固なのだ。「あの人とは一日しか一緒に過ごしていないじゃない。そこまで悲しいはずがないわ」

ジュリアはぱっと振り向いた。その目に浮かぶ激しい非難に、キャサリンの背中を震えが駆けあがる。

「ブロムトン卿はそれよりも短い時間で、お姉さまと結婚するって決めたじゃない」

キャサリンは言葉が見つからずに口ごもった。「なんですって？　どうしてそんなふうに思うの？」

ジュリアが天を仰ぐ。「もちろん、ブロムトン卿に聞いたからよ」

「あなたは何か誤解しているわ――」

「そんなことないってば。わたしはブロムトン卿をあの隠し部屋に閉じこめたの。彼がビリヤード室でお姉さまにキスをした夜に、どういうつもりなのか問いただすために。ああ、そうそう」ジュリアが眉をあげる。「わたしもあのデミモンドって人たちには、すごく興味があるわ」

「ジュリア」キャサリンは鋭い声を出した。「わたしは侯爵を出ていかせようと思って、ああ言ったのよ。わかっているでしょう？　もともとはあなたの考えだったんだから」

「お姉さまの行動はものすごく効果的だった」ジュリアが冷静に返す。

キャサリンは身をこわばらせた。「侯爵には結婚する意志があったの。レイン卿はそうじゃないけれど」

ジュリアの顔がくしゃくしゃになった。「彼がそう言ったの？　そのつもりはないって」

キャサリンはうかつなことを口にした自分を心の中で罵り、慎重に言葉を選んで説明した。「ブロムトン卿から聞いた話では、レイン卿は自分の行為が間違っていたと認めたそうよ」

「ありえないわ」ジュリアの目に涙がわきあがった。「わたしが感じているのと同じものを、彼も感じているはずよ。そうでなくちゃ」

「人はときとしてとても強い感情を持つものだわ。でも強い感情だからって、相手も同じように感じてくれるとはかぎらないし、しばらくしたら移ろってしまうかりそめの感情である可能性もあるのよ」

「かりそめの感情！」ジュリアが吐き出すように言い、震える手を持ちあげた。「もちろん、わたしの感情は本物よ。だって体じゅうが震えているんだもの」

キャサリンはジュリアの手を取って、自分の頬に当てた。「わかっているわ」

当然、よくわかっている。かつて体を合わせて愛を成就させることが何よりも大事だと信じ、セプティマスに迫ったくらいだ。ふたりでともに絶頂を極めれば、彼にもすべてがはっきり見えるようになり、自分と同じ深い愛を返してくれるようになると心から信じていたのだ。

でも、キャサリンは間違っていた。完全に。

ジュリアが表情をやわらげ、キャサリンに力なくもたれた。キャサリンは妹をしっかりと抱き寄せると、額にキスをして腕をこすった。

「わたしのレインへの感情は本物じゃないって、お姉さまは確信しているの？」ジュリアが尋ねた。

「初めての恋は、何もかも一番強く感じるものだから」

「初めての恋？」ジュリアが身を固くする。「この先、こんな感情を何度も経験するっていうの？　しかも別の男性に対して？」

キャサリンはうなずいた。「残念ながら、そうよ」

ジュリアの顔に疑いが浮かぶ。「ただちょっと惹かれただけなんて、とても思えないわ」

「そうよね。レイン卿はハンサムで裕福な男性ですもの。そして自分の長所をよく心得ている」

　ジュリアが額にしわを寄せた。「わたしがレインを好きになったのと同じように、ほかの女性たちもレインを好きになるってこと？」

「レイン卿と呼びなさい」

　ジュリアは姉の言葉を無視した。「その人たちもこんなふうにつらいのかしら」

「もちろん、そうでしょうね」

「わたしには経験が足りないから、ああいう男性にとって魅力がないんだわ」ジュリアが唇を噛んだ。

「違うわよ、ジュリア」キャサリンは考えるよりも先に口に出していた。「あなたに魅力を感じなかったら、レイン卿はわざわざ出ていかなかったはずよ」

　ジュリアの目にゆっくりと輝きが戻る。

しまった。余計なことを言ってしまった。「慎重に行動するのよ、ジュリア。望みはないんだから。レイン卿はあなたには合わない。彼から見たら、わたしたち一族ははるかに劣る存在なの。ブロムトン卿にはっきりそう言ったそうよ」

「お姉さまはレインを知らないじゃない」

「ええ。だけどあなたには、自分のほうが地位が上だからって見くだしたりしない男性がふさわしいことはわかっているわ。本当に愛せる男性が現れるまで待つのよ」キャサリンもジャイルズが現れるまで待っていたのなら、どんなによかっただろう。

ジュリアはキャサリンの手を持ちあげて、ルビーの指輪を回した。「わたしもこういう美しいものをくれる男性がいいわ」

「大丈夫よ」

「じゃあそれまで、わたしは背中をぴんと伸ばして、堂々としているわね」ジュリアはそう言うと、大げさに背中を伸ばして頭を高く掲げてみせた。

キャサリンは微笑んだ。「それでこそ、わたしの妹よ」

ジュリアがスカートの乱れを直した。「レインはきっと、すごく後悔するわ」

「ジュリア――」

「違うわよ、お姉さま。彼を追いかけるつもりはないわ。ただ、わたしを追いかけなかったことを必ず彼に後悔させてやると思っているだけ」

キャサリンは心の中でため息をついた。〝少なくとも、ジュリアの沈黙を破ることはできた〟

ジュリアがいったいどんな方法でレインを後悔させるつもりなのか見当もつかない。妹がどんな方法を考えているとしても、大きな白いキャップを身につけることはないだろう。ジュリアは『じゃじゃ馬ならし』というより『タイタス・アンドロニカス』タイプだ。

今はひとりぼっちではない。自分とマーカムにジャイルズという頼れる存在ができたことを、キャサリンは天に感謝した。

12

ピアノの前に座っている妹に、キャサリンはひそかに目をやった。顔色はよくなっているし、演奏もなんとか人に聴かせられる程度にこなせるようになっている。もしかしたら、本当にもしかしたらだが、ジュリアはレインへの思いを心から追い出せたのかもしれない。

豚が空を飛ぶようなことがあればの話だが。

ジュリアは周りに悟られないように隠しているだけだ。妹がレインに対して何をしようとしているのかは知らないが、受けた屈辱に見あう苦痛を与えようと慎重に計画しているのは間違いない。

ジュリアの横にいるマーカムが、身をかがめて楽譜をめくった。妹をはさんで弟とは反対側に立っているジャイルズが、何か言っている。キャサリンには聞こえないが、声の調子かららして褒めているのだろう。

ファリングが座っている椅子をキャサリンに寄せた。「心配性のめんどりみたいに妹さんの一挙手一投足に注目するのをやめなければ、そのうち彼女に反撃されるよ」

キャサリンはどきりとして微笑んだ。「あら、誤解だわ。あなたを無礼だと思うべきなんでしょうけれど、今日一日ジュリアのためにしてくれたことを考えると、とてもそんな恩知らずなまねはできないわね」

「それほど大げさなことはしていない」ファリングが椅子の背にもたれ、グラスを鼻先まで持ちあげた。「乗馬に誘っただけだからね。広々とした場所を走り回れば、心が軽くならないわけがない。ぼくには姉と妹が合わせて六人もいるんだ。ああいう気晴らしが効果てきめんだってことは、目の当たりにしてきている」

「まあ、六人も！」キャサリンは驚いた。

「両親である公爵夫妻はその――」ファリングが咳払いをする。「とても充実した結婚生活を送っていてね。父は騎士道精神あふれる思いやりのある人で、息子であるぼくは男性としてまったくかなわない」

キャサリンは唇をぴくりと動かした。「六人……。わたしはふたりしか覚えていないけれど」

「ひとりは一番上の姉のレディ・シオドラじゃないかな」ファリングが唇をこすって、一瞬ためらった。「残念ながら、その後亡くなったんだ」

「まあ、全然知らなかったわ。お気の毒に」キャサリンは声を低くした。

ファリングをちらりと横目で見ても、どういう気持ちでいるのかはよくわからない。「姉は今、地上よりもずっといい場所にいる」

「両親のことを考えるとき、わたしもそう思うようにしているの」キャサリンは彼の腕に触れた。

ジュリアが奏でる感傷的な調べを聴きながら、キャサリンとファリングはしばらく同じ気持ちを共有した。

「ご家族について、よかったらもっと教えてもらえないかしら」

「ご要望とあらば」ファリングがゆがんだ笑みを浮かべる。「ぼくは双子でね。片割れのレディ・ダーリントン——きみはレディ・フィリッパとして知っているだろうが——は縁遠いんじゃないかと思っていた。ぼくと同じように背が高くて、眼鏡なしでは何も見えないくらい目が悪いから。とはいえ、眼鏡がすごく似合っている」

「ええ。レディ・フィリッパなら覚えているわ！」キャサリンはうれしくなって声をあげた。

「なかなか忘れられない女性だろう？」

「とても親切だったわ」

「親切！」ファリングが笑い飛ばす。「もしあいつが親切だったとしたら、きみを何かとんでもない計画に誘い込もうとでも考えていたんだろう」

キャサリンは考え込んだ。仲のいい友人をつくれるほど長くロンドンにはいなかった。

「ではレディ・フィリッパ、いいえ、レディ・ダーリントンは結婚なさったのね」

「そうなんだ。しかも幸せな結婚を」ファリングが彼女に笑みを向ける。「あいつの夫は政界でかなりの影響力を持っているんだが、わくわくするようなスキャンダルはなぜかみんな彼女が開く夜会で起こるんだ」

人がこんなふうに明るくスキャンダルについて話すのを聞くのは奇妙な感じだが、公爵の息子ともなると、スキャンダルなど怖くもなんともないのかもしれない。

「残りの妹たちについても知りたいかい？」ファリングが訊いた。

「もちろんよ」ジュリアから気持ちをそらしてくれるものは、なんでも歓迎だ。

「レディ・マーガレッタとレディ・フロレンティーナは二年前に社交会デビューした。ふたりは年齢が一カ月しか離れていないんだ。レディ・ホレイシアは来年デビューする。レディ・ジュリアと同じくらいの年だ。ふたりはすぐに仲よくなるんじゃないかな」彼はジュリアを見て言った。

キャサリンは驚いて目をしばたたいた。「ふたりを引きあわせるつもり？」

ファリングは胸に手を当てた。「もちろんさ！　そうしないと母が許さない。考えてごらんよ。シェプソープ公爵の娘が新しいブロムトン侯爵夫人の妹を無視したらどうなるか。そんなことは断じて許されない」ファリングが首を横に振った。

キャサリンはくすくす笑った。家族のあいだでそれほど絶大な力を振るう女性など想像できない。とはいえ、妹を心配する彼女の気をファリングがなんとか紛らわせようとしてくれていることは伝わって、彼に対する好意は増した。

「レディ・ホレイシアに会うのが楽しみだわ。でも数え間違えでなければ、これで五人よね」

「そのとおり」ファリングが愛情を満面にたたえて微笑んだ。「末の妹はまだ小さくて、よちよち歩きなんだ。でも将来素晴らしい女性になる兆しをすでに見せている。あの子は美人で賢くてウィットのある女性になるよ。公爵の娘にふさわしい女性に」そこでにやりとする。いつもそうだが、彼は自分がハンサムなことにまるで気づいていないようだ。

「お名前はなんていうの？」

「アナと呼ばれるのが好きらしい。実際、レディ・ユリアナというよりアナというほうが合っているしね」ファリングが顔を寄せてささやく。「だが、そう呼んでいるところを公爵夫人には聞かれないようにしたほうがいい」

「ユリアナ、ホレイシア、フロレンティーナ、マーガレッタ……」キャサリンは声をたてて笑った。「すてきな名前ばかり。ファリング卿、あなたの名前も知りたいわ」

「ああ、ぼくの名前か」ファリングが悲しそうな声をつくる。「公爵夫人はぼくにはそういう派手な名前をつけてくれなかったんだ。必要ないと思ったんだろう。どうせ称号でしか呼ばれないから。ぼくはファリング卿チャールズだ。どうぞお見知りおきを」小さく会釈した。

「あら、でもチャールズは王にもつけられている名前じゃない」

「まあね。だけど姉や妹たちの名前と比べると、どうも華々しさに欠ける。そう思わないか？」ファリングがため息をついた。

キャサリンはぴくりと唇を動かした。「あなたはその分を自分の魅力で補っていると、人は言うでしょうね」

「ぼくのことをいくら褒めてくれてもいい。小さい声でならね。耳を殴られるはめにはなりたくない」ファリングがジャイルズをちらりと見た。

「ジュリア」キャサリンは呼びかけた。「ファリング卿には五人も姉妹がいるんですって」

ジュリアはピアノを弾く手を止めた。「わたしたちにはさまれたマーカムは大変だと思っていたけれど、上には上がいるのね」

「しかし美しい姉と妹に対する責任を、彼はひとりで背負っているからね」ファリングは手をひらひら動かした。「一方、ぼくは両親にまかせきりだ。それに姉妹たちのほうも、ぼくに頼らなくてはならなくなったら絶望の涙を流すだろう」

「自分を卑下しすぎだ。彼女たちはみんな、おまえを崇拝しているじゃないか」ジャイルズが反論した。

マーカムがジュリアの肩を叩いた。「妹に苦労させられるって話だが、弾いていないところがまだあと二ページあるのに、ぼくの脚はもう棒みたいだ」

ジュリアはマーカムをにらんで演奏を再開した。もちろん、非常にゆっくり（ラルゴ）と。

「本当に、あなたは自分の価値を低く見積もりすぎよ」キャサリンは言った。

「本当にそう思うかい？」ファリングが尋ねた。

キャサリンは片目をつぶってみせた。「ええ。あなたは上手にジュリアをなだめ、ジャイ――ブロムトン卿を元気づけ、心配ごとを抱えているわたしの気を紛らわしてくれている。それにマーカムのために、レイン卿が自分から出ていったというつくり話にうまく合わせてくれているんですもの」

「そうか。きみはブロムが介入したことを知っているんだね」ファリングが表情をやわらげた。

「彼とのあいだには、お互いになるべく秘密がないようにしたいと思っているの。明日の朝には結婚するんだし」

ファリングがマーカムに視線を移す。「ブロムのことが少しわかった」

「ごめんなさい、どういう意味かしら」

「ブロムはマーカムとの友情をずいぶん熱心に築いてきた。だがこういう言い方をして許してほしいんだが、侯爵がぽっと出の若者に関わるのは珍しい」

キャサリンは眉をあげた。「興味深い話ね」

「こうやってきみたちをだんだん知るようになると、ブロムがどうして熱心だったのか理解できるようになってきた。〝中身がある〟ってぼくの父なら言うだろうな。きみたちスタンレー家の人間には、中身がぎっしり詰まっている」ファリングがジャイルズを見た。「それに大人になるかならないかという年齢で親を亡くすという同じ経験をしているから、ブロムとレインとマーカムには仲間意識のようなものがあるんじゃないかな」

キャサリンはファリングとジャイルズを順に見た。「ブロムトン卿がそんな経験をしているなんて、知らなかった」そういう大事なことを、婚約者である自分は知っているべきではないだろうか。

「ブロムにとって、父親である侯爵を亡くしたことはすごく大きな衝撃だった。ぼくたちは、あの意地の悪いじいさんは永遠に生きるんじゃないかと思っていたんだが」

意地が悪い？　そのこともキャサリンは知らなかった。考えてみれば、ジャイルズが父親の話をしたことは一度もないのではないだろうか。

「どうやら、動揺させてしまったようだ。悪かったね」ファリングが謝った。

彼女は鋭敏なファリングと目を合わせた。「あなたはいつも、人をそんなふうによく観察しているの？」

ファリングがまた片目をつぶる。「ぼくたちのクラブに新たなメンバーが加わるときだけさ」

「クラブといえば、あなたのニックネームはクラブなんでしょう？　運がいいってことよね」キャサリンは考え込みながらつぶやいた。

「いつも運がいいんだ」ファリングが何やら含みがありそうな笑みを浮かべる。

ジュリアが派手な身ぶりで曲を締めくくった。

「ブラボー！」ファリングが立ちあがって拍手をする。「ここでの日々は本当に愉快で楽しい。レインが逃げ出したのだけが残念だが。また来年も集まろう」

「世間的には、結婚は一生に一度ということになっていると思うが」ジャイルズが冷静に返した。

そのとき男たちが叫んでいる声が聞こえたかと思うと、ものすごい勢いで扉が開いた。そこからレインが激しく胸を上下させながら部屋の真ん中まで入ってきた。彼を止められなかった使用人たちが申し訳なさそうに後ろに続いている。

「レイン卿は友人だ。別に騒ぐ必要はない」マーカムは使用人たちをさがらせた。

「聞こえたか？　出ていけと言ってみろ」レインがジャイルズに挑む。

「何を言っている」マーカムが声をあげた。「どうしてブロムがきみに出ていけと言うんだ。家族の問題が起きたそうだが、もう解決したのか？」

「家族の問題？」レインは鼻で笑った。「マーカムにはそう言ったのか？　家族の問題なんか起きちゃいないさ、ぼうや。ブロムトンがぼくの妹に恥をかかせたことをのぞけばな。ロンドンまで戻りかけたが、考えれば考えるほど〝目には目を〟がいいと思うようになった」

「やめろ、レイン。きみはぼくに仕返しがしたいんだろう？　ほかの人間を傷つけるな」

「ブロム！　いったいどういうことなんだ」マーカムが眉をひそめる。

「ぼくが知りたいのは、王太子をもしのぐと言われたブロムトン侯爵に何が起こっているかだ。どうして長年の婚約者を捨て、カードの勝負にわざわざ領地を賭けて負けたあげく、誰からも忘れられていたオールドミスと結婚しようとしている？」

「余計なことを言うな」ジャイルズが怒鳴った。

「レイン、きみがとやかく言うことじゃない」ファリングが割って入る。

「そうなのか？」レインはジャイルズをにらみつけた。「真実は隠さずに明らかにするものだ。彼女に話せよ、ブロムトン。マーカムが勝ったカードゲームのことを、婚約者に教えてやれ」

キャサリンはなぜか体が動かなかった。最悪の場面が目の前で展開しているのに、体が固まってひとこともしゃべれない。こんなことになるのではないかと、心の隅でずっと思っていた気がする。

マーカムが咳払いをした。「男同士のたわいもない喧嘩さ。姉さんたちが聞く価値もない」

「わたしは聞きたいわ。マーカムは賭けで何を手に入れたの？」ジュリアが尋ねた。

するとレインが待ってましたとばかりに説明を始めた。「ブロムは自分たちに出せる最高のものを賭け、それが何かは事前に明かさないまま勝負をしようと提案したのさ。結果はマーカムの勝ち。それなのにマーカムが賭けたものをブロムが手に入れた」

「いや、そんなことはない。マーカムは劇場のボックス席を賭けたんだから」ジャイルズが険しい表情で反論した。

ファリングが眼鏡の縁越しに、レインとジャイルズとマーカムを順々に見た。「驚いたな」

ジュリアは両手を腰に当てた。「マーカムは劇場のボックス席なんて持っていないわ」

「マーカムはそんなものを賭けていない。そのことはブロムトンも知らなかったようだが。本当は何を賭けたのか教えてやれよ、マーカム」レインがうながす。

キャサリンははじかれたように立ちあがった。喉になんと名づけていいかわからない感情が込みあげる。体がぐらりと揺れ、横からファリングに支えられた。

「最高のものということだった。だからぼくは最高のものを賭けたんだ――」マーカムがのろのろと言う。

「パーシヴァル！」このままでは、キャサリンはファリングの極上の仕立てのズボンに吐いてしまいそうだった。

「男らしく振る舞え」ファリングが柄にもなくきびしい声を出す。

「いったいどういうことなの？」ジュリアが詰問した。

ジャイルズの顎の筋肉がぴくりと動く。マーカムの顔に、姉を心配しながらも懇願するような表情が広がった。

「姉さんはブロムトンを愛している。そうだろう？」

「わたしなのね。あなたはわたしを賭けて、ブロムトン卿に負けた」キャサリンはささやいた。

「違う！　ぼくは姉さんのためにブロムトンに勝ったんだ」叫んだとたんに口を滑らせたことに気づいて、マーカムの顔に血がのぼった。「彼と姉さんはお似合いだと思ったから。姉さんもそう思うだろう？　結果よければすべてよしって――」

弟に駆け寄ろうとしたキャサリンは、スカートを踏んでつんのめった。怒り狂った彼女がマーカムの顎に激突する前に、ジャイルズが腕をつかんで止めた。

「放して！」

「落ち着いて。些細(ささい)なことだ。何も変わらない」ジャイルズは必死に彼女をなだめようとした。

「変わらないわけないでしょう！」

「さて、この際何もかも正直に話すということで、ブロムに母親の再婚を本当はどう思っているか、訊いてみるといい」レインが追い打ちをかける。

「こんなことをして、ただですむと思うな」ジャイルズはぎりぎりと歯を食いしばった。

ジュリアがレインの前に進み出る。「彼に手を出さないで」

「ケイト」マーカムが姉に近づこうとした。

キャサリンの頭はずきずきと割れるように痛んだ。「出ていって！　みんな。今すぐ」そう叫び、体をよじってジャイルズから離れようとする。「ただしあなたは残るのよ。本当のことをすべて話してもらうわ」

「キャサリン、お願いだよ」マーカムが懇願する。

キャサリンは弟をにらんだ。「あなたとはあとで話をするわ。レイン卿は、従僕に玄関まで案内させたほうがいいでしょうね」レインに視線を向けながらつけ加える。「ただし昨夜、彼がもう少しでジュリアを傷ものにするところだったことを、あなたが気にしないというなら話は別だけれど」

「まさか、レイン。信じられない」マーカムがぞっとした表情になる。

「彼は悪くないわ。わたしがキスしてって頼んだんだから。彼は従っただけよ」ジュリアが高らかに言い放った。

「レイン！」マーカムがうなるような声を出した。

「彼を愛しているの」ジュリアが続ける。

「いや違う。きみはぼくを愛していない」レインの声が初めてやわらいだ。「さあさあ、ぼくたちはレディ・キャサリンの望みに従って出ていこう。話の続きは別の場所ですればいい」ファリングがみんなを部屋の外へとうながした。

扉が閉まると、キャサリンは見慣れているはずの部屋を初めて来た場所のように感じて、眺め回した。なぜかすべてが居心地悪く、違和感にあふれている。そのとき、書きもの机の上の本が目に留まった。何度も読んでいる本だ。

お気に入りの一節を口にする。「〝たとえ荒野に住むことになろうとも、わたしは欲求を抑え自立して生きていく〟」苦々しく笑った。

自立して生きていくつもりだったのに、なぜ志を曲げてしまったのだろう。もちろん、思いあがっていたからだ。言い訳のしようもない。ジャイルズが——いまいましい侯爵が——キャサリンに純粋に惹かれたのだと信じてしまった。そう考えると、息が止まりそうになる。それだけではない。彼女を心から好きになってくれたと、似た魂を持ち心が通じあう相手だと、勘違いしてしまった。彼はただ紳士として、潔く勝負の結果に従おうとしていただけなのに。なんていまいましい賭けなのだろう。

キャサリンはこれまで、屈辱というものを知っていると思い込んでいた。セプティマスにもカートライトにもブランメルにも傷つけられてきたから。だが今回のことはその比ではない。

英国一結婚から見放された女がようやく相手を見つけたのは、カードゲームのおかげだった。

ジャイルズはキャサリンの腕をしっかり握っていた。彼女の心がどんどん遠ざかっていくのがわかったが、引いていく波を止められないように、そんな彼女を止められない。

「マーカムが勝ったのに、弟が賭けたものをあなたが受け取りに来たのはどうしてなの?」

「ぼくにもよくわからないんだ」とはいえ少しずつ事実が明らかになり、おぼろげながら全体が見えてきた。「今夜まで、マーカムがいかさまに気づいたのは、自分も同じことをしようとしていたからだ。マーカムは劇場のボックス席を賭けたとぼくは思っていた。彼が賭けたのがきみだとわかっていたら……」

「やめて!」キャサリンは鋭い声でさえぎった。「知らなかったからといって、あなたの罪がなくなるわけじゃないわ。あなたはゲームに負けたから、わたしと結婚しなくてはならなくなったのよ。ゲームに負けたから!」

持っていき場のない圧倒的な感情が、ジャイルズの中で渦巻いた。剣が欲しい。だがもし剣を持っていたら、それで何をするつもりなのだろう。自分がつくり出したドラゴンと戦おうというのか、それともキャサリンの名前を叫びながら剣の上に崩れ落ちようというのか。

ジャイルズは今や火に囲まれ、どちらを向いても逃げ場はなかった。

「あなたは何を賭けたの?」

ゲームをしたときの場面が、ジャイルズの脳裏によみがえった。ファリングのパイプから立ちのぼる煙のにおい、舌に残るポルト酒の味。カードが刻む運命の音。そして袖の中に隠していたスペードのエースの感触。

あのときは、全身から絶望が立ちのぼっていた。勝負に負けて、生まれ育った領地を手放すつもりだった。それでよかったのだ。つねにあとを追ってくる地獄の犬たちの声を止められるならば。だが犬たちは前より勢いを増して迫っている。

愛するはねっかえりのキャサリンを取り戻したいのなら、理解してもらうしかない。そのための唯一の道は、真実を打ち明けることだ。

「ぼくがカードゲームをお膳立てした。そして……すべてを賭けた。そのうえで――」歯を食いしばって言葉を押し出す。「マーカムに負けるように、いかさまをした」

キャサリンが目を閉じた。「すべてって何?」

「すべてだよ」吐く息がウィスキーのように熱く感じられる。「ブロムトン城、ロンドンの屋敷、侯爵領」

キャサリンがぱっと目を開けた。彼女の目に狂っている男の姿が映っている。こんな男に会ったら、ジャイルズも軽蔑するだろう。

急に別の視点から見た真実がはっきりと浮かびあがり、自分の信じていた〝正義〟が音をたてて崩れはじめた。最初からひどい計画だったのだ。ジャイルズは父親の血を引いていないかもしれないが、侯爵としての義務に従って領地のために全力を尽くしてきた。だからこそ小作人たちはきちんと暮らせているのだし、それ以外のことはどうでもよかったはずだ。

それなのにジャイルズは、ひたすら〝血〟にとらわれてしまった。

自分という人間を貶めたのは卑しい血ではなく、行きすぎた自尊心だった。その自尊心のよりどころと信じていたものが存在しなかったと知り、どうしたらいいかわからなくなってしまったのだ。

くだらない自尊心のせいで、大勢の人々に不安定な未来をもたらそうとした。

そんなもののせいで嘘をついて求婚し、この上なく優しい女性の心を張り裂けさせた。

「どうして何もかも捨てるようなまねをしたの？　不治の病にでもかかっているの？」恐れていたとおり、キャサリンが追及してくる。

「いや」そうだったらよかったとしか今は思えない。

「借金があるとか？」

「いや、違う。負債はある。大きな負債が。だがそれは金で返せるものじゃない。名誉の問題なんだ」

「名誉」彼女が信じられないとばかりに首を横に振った。「ちゃんと説明して」

こうしてキャサリンの体を引き止めていても、心はすでに離れてしまっている。それでも、彼女をこのまま行かせるわけにはいかなかった。こうして触れていれば、なんとかなるのではないかというかすかな望みにしがみついていられる。彼女がもう一度ジャイルズと呼んでくれるのではないかというかすかな望みに。

「ほかの人の秘密が関わっているから、話せない」

腕をつかまれたまま、キャサリンが見つめてくる。彼女の心が完全に離れたのがわかった。ジャイルズは道しるべもなく、ひとり暗闇に取り残されるのだ。

「あなたが話してくれないなら、レインが代わりに話してくれるんじゃないかしら」

「レインは知らない」ジャイルズはみじめな気持ちで返した。

「レインが知らないなら、誰が知っているの？」

「ぼくだ」ごくりと唾をのむ。「それとぼくの母。あとは――」彼は頭をこすりながら、父親を思い浮かべた。絵描きや従僕やそれ以外のもっと卑しい人間でもおかしくない、本当の父親を。

〝あなたが結婚するつもりでいるかわいそうな子のために、祈っているわ〟

母親が全力で祈ってくれているといいのだが。

「キャサリン。ぼくは私生児なんだ」ジャイルズは静かに言った。

「なんですって？」

「法的にはそうじゃない。でも名誉を重んじる人間にとっては、あらゆる意味でそうなんだよ」

キャサリンがあとずさる。そうだ。彼女はそうすべきだ。真実を知ったら、誰が彼を求めるだろう。

「じゃあ、あなたは侯爵の息子ではないのね。たしかにそんな事実を知ったらものすごい衝撃を受けたとは思うけれど、やっぱりわからないわ。どうしてそのために、領地を手放さなくてはならないの？　もう領地の運営に携わる気になれないというなら、売りに出せばいいじゃない」

「売りに出す？」ジャイルズは驚いて訊き返した。そんなことは、まったく思いつかなかった。代々受け継いできたものを、ただ売り払うようなまねはできない。

だがそう思うのも、やはり自尊心からだ。

「領地は正当な血を引く人間が所有するべきだと思ったんだ。マーカムはラングレーの血を引いている。もしその血が男系だったら、彼に相続権があったはずだ」

「マーカムがあなたの家の血を引いていることはよくわかったわ。それから、あなたがブロムトン侯爵領を正当な血を引く者に継いでほしいと願っていることも。わたしがわからないのは、どうしてマーカムの頼みを聞き入れてわたしを――まさか、ブロムトン！　それだけはないと言って！」キャサリンの顔から血の気が引いた。「あなたの自尊心を満足させるために、わたしに正当な血を引く跡継ぎを産ませようとしたのね。馬の繁殖か何かみたいに。どうしてそんなひどいことを」

このままでは、キャサリンが本当に手の届かないところに行ってしまう。彼女の目を見れば、それは明らかだ。

キャサリンが口を覆って胃を押さえながら、よろめくように暖炉の前に行った。両手で火の粉よけの衝立（ついたて）をつかむと、上半身を乗り出して大きな音とともに胃の中のものを吐き出す。

ジャイルズは空っぽになった手を握ったりゆるめたりしながら続けた。「そういうつもりじゃなかった。少なくとも、実際にきみと会ってからは。介抱させてくれないか」彼女のほうへ向かおうとする。

「近づかないで。さがってったら！」キャサリンが火掻き棒をつかんだ。

ジャイルズはゆっくりとあとずさった。キャサリンが床にうずくまったのを見て、心が張り裂ける。必死で何かないか見回すと、横の飾り戸棚の上にシェリー酒の入ったデキャンタ一が置いてあった。彼は震える手でシェリー酒をグラスに注ぐと、床の上で丸くなっているキャサリンにそろそろと近づいた。

膝をつき、祈るような気持ちで声をかける。「ほら、これを飲んで」腕を伸ばしてグラスを差し出した。彼女がグラスとジャイルズの顔を交互に見る。それからようやく、ゆっくりと手を伸ばした。グラスを渡すときに指が触れあうと、彼は首筋から爪先まで震えが走るのを感じた。

キャサリンに恩恵を施すつもりで、サウスフォードに来た。彼女を恥辱から救い出し、本来あるべき場所へ引きあげてやるのだと。だが、なんという見当違いをしていたのだろう。彼女のほうこそ恩恵を与えてくれたのだ。ジャイルズが認識すらしていなかった過ちを、いつの間にか正してくれたのだ。

〝そんな結婚は残酷なだけでなく、いつかあなたたちをふたりとも破滅させるわ〟

母親の言葉を呪いだと思ったが、そうではなかった。あれは警告だったのだ。あのときはまったく理解できず、ようやくわかった今はもう遅すぎる。こうなったら、キャサリンに与えられるものは自由だけだ。

だが彼女を手放すなんて、考えるだけでもつらい。

喉がからからに渇き、全身の筋肉が抗議の悲鳴をあげている。しかしどれほどつらく苦しくても、愛が勇気を与えてくれた。自分の破滅へとつながる決断に、まっすぐ突き進む勇気を。

「きみが望むなら、ぼくは出ていくよ」ジャイルズはささやいた。

一瞬、キャサリンの目にぞっとするような表情が浮かんだ。顔をそむけ、暖炉の火をじっと見つめる。そのまま時間が過ぎ、彼女が無言で葛藤していることが伝わってくる。ジャイルズの胸の中で希望と絶望がせめぎあった。全身にひびが入り、今にもばらばらに砕け散りそうだ。

今のジャイルズにとって真実とはなんだろう。

それはひとつしかない。

「愛している」彼は言った。

キャサリンが顔をあげると、それまでの虚ろな表情の代わりに怒りがみなぎっていた。

「いったいいつ、そんな感情がわいたというの？　答えてちょうだい。単なる誘惑が愛に変わったのはいつ？」

いつだろう。どうすればその瞬間がわかるのだろう。「少しずつ変わっていたんだ。でも、結果は変わらない。今はきみを愛している」

キャサリンは残っていたシェリー酒を一気にあおり、空になったグラスをじっと見つめた。ジャイルズはグラスを取りあげて、彼女の手を握った。指の関節に唇をつけると、冷たかった。

「愛しているよ」彼は打ちひしがれて繰り返した。「お願いだ。それを証明するチャンスを与えてほしい。もう二度ときみに嘘はつかないと誓うから」

キャサリンは他人の手を見るように、ジャイルズの手の中にある自分の手を見つめている。ビリヤード室でやりあったときのことを思い出しているのだろう。

「あなたは言葉だけ。美しい言葉を並べ立てるから、信用したくなってしまう」彼と目を合わせる。「本当のことを言ってちょうだい。前にわたしは、かつて婚約者と愛を確かめあったと打ち明けたわ。あのときあなたはとても理解のある反応を示してくれたけれど、もしわたしにラングレーの血が流れていなかったら、あなたの名誉を回復するために必要な存在ではなかったら、それでも同じように言ってくれた？　二度と嘘はつかないと誓ったことを忘れないでね」

ああ、キャサリンはなんというきびしい質問をするのだろう。

「いや。きみとは距離を置いたと思う」ジャイルズは歯を食いしばった。

キャサリンが手を引き抜こうとする。「そうだと思ったわ」

ジャイルズは急いで彼女の手をつかみ直した。「だがそれは過ちで、ぼくは自らの愚かさのために暗闇の中でさまようはめになっただろう。手に入れられるはずだった輝かしい宝石を恋しく思いながら」

キャサリンが天井を仰いで、うめくように言った。「嘘よ」

「嘘じゃない！」彼女には見えないのだろうか。こんなにも明らかなことが。ジャイルズは変わったのだ。

それをわかってもらうために、かつて大切にしていたものはすべて切り捨てなくてはならない。

「法と慣習のもとでは、ぼくはブロムトン侯爵だ。だがもしぼくが正当な血を引いて生まれた跡継ぎだったとしても、その生活は嘘にあふれていただろう。きみだけが唯一、戦って手に入れる価値のある真実なんだ」

「やめて。お願いだから、もうやめて」

「きみを失うわけにはいかない」ジャイルズはささやいた。

キャサリンが素早く手を引っ込めた。荒い息をつきながら婚約指輪を何度もひねって指から抜き、彼と目を合わせる。

「わたしはあなたに背を向けて出ていった？」彼女が尋ねた。

「いや」とはいえ、キャサリンの声は奇妙なほど感情が抜け落ちていて、聞いていると体に震えが走った。

「あなたに出ていってと言った？」

「いや」ふたりはこうしてまだ一緒にいる。だがその代償はなんだろう？

「このままではわたしの評判が――ジュリアの将来が――危険にさらされてしまう」キャサリンは腿の上で手を握りあわせ、顎をあげた。「あなたの義務からあなたを解放することを拒否するわ」

ぼくの義務？　頭の中で警報が鳴りはじめた。地獄の番犬が追ってくる音が大きくなる。耳障りな音は不快なハーモニーとなって響き渡った。

「ぼくを憎んでいるんだね」

「ええ、憎んでいるわ」キャサリンはどうでもいいとばかりに首を傾けた。「わたしはもう充分に、世間からの尊敬を失ってきた。あなたは明日、わたしと結婚するのよ」目を細めた彼女の顔には、ジャイルズが心惹かれた深い思いやりはまったく見えなかった。

衝撃に胸が締めつけられ、肺から空気が抜ける。

「ええ、結婚してもらうわ。どうしてもしないと言うなら、あなたのことを世間に公表する」キャサリンが眉をあげた。

「世間に公表するだって？　ぼくを脅しているのか？」彼は呆然とした。

「脅しなんて必要ないわ。わたしにはあなたが求めてやまない正当な血があるもの」彼女がぞっとするほど冷たい視線を向けてくる。

キャサリンが負った生々しい傷が垣間見えた。だがジャイルズにその傷をふさぐ力はない。彼女に取り返しのつかない深い傷を負わせたのは、自分なのだから。ふたりがともにおぼれるまで、キャサリンはそこから血を流しつづけるだろう。彼女は変わってしまった。ジャイルズが変えたのだ。

「わたしは自分に求められている条件は守るつもりよ」まるで昼食について話してでもいるように、キャサリンが無造作によどみなく続ける。「わたしのベッドに来てもいいわ――ただし、事前に予告してね。期限は、そう……あなたが跡継ぎを手に入れるまで」虚勢が崩れて震えてしまった下唇を、ぐっと噛みしめる。

「キャサリン――」

彼女は手をあげて制した。

「そんなのは無理だ。憎まれていると知っていて、ベッドをともにはできない」

「でもあなたは本当の意図を隠したまま、わたしとベッドをともにするつもりだったんでしょう?」

ジャイルズは自己嫌悪でいっぱいになって髪を掻きあげた。

「良心が疼いてあなたが自分を奮い立たせられなかったとしても、わたしのせいじゃないわ」彼女は炉棚に手をついて体を支え、立ちあがった。「この部屋が大好きだったのに、あなたのせいでそうではなくなってしまった」ジャイルズなど見たくもないとばかりに下を向く。

「お願いだ。ぼくを許してくれ、キャサリン。誓うよ。ぼくは変わったんだ」彼はささやいた。

「どうしてわかってほしいなんて言えるの? 許してくれだなんて。この体に流れている血がなかったら、処女を失ったわたしを許すつもりはなかったと言ったその口で。もしレインが真実を明かさなかったら、いつか自分で打ち明けた？」

ジャイルズは膝をついて体を起こした。「ぼくだけの秘密ではないから、うかつに言えなかった」

キャサリンは胸の前で腕を組んだ。「お母さまを守っていたからだと言うのね？」

彼の頬に血がのぼる。違う。真実がまなざしに表れ、それを見て取ったキャサリンが軽蔑したように横を向いた。

ジャイルズは足をもつれさせながら立ちあがった。「母はぼくに、真実を隠したまま結婚するんじゃないと警告した」

彼女が振り向く。「お母さまはあなたの計画を知っていたの？」

「きみへの指輪を買うまでは知らなかった。それまで、母とはずっと話していなかったから……」彼は視線を床に落とした。

「ずっとって、いつから？」

「ブロムトン侯爵が所有するすべての場所に入ることを、母に禁じてから」

キャサリンがあえいだ。「お母さまの再婚に賛成したと、わたしに思わせていたくせに」

「そうだ」ジャイルズはみじめな思いで認めた。

「本当はいやでたまらなくて、お母さまと縁を切っていたのね」

母親がいつもつけているラベンダーの香りが、ふっと漂ったような気がした。鈴を転がすような笑い声がどこからか聞こえた気もした。母親はジャイルズをあの冷酷な男のもとに置き去りにしただけでなく、侯爵が死んで自由になると、ふたたび息子を捨てたのだ。

「そうだ。母を追放した。母は――」

「それ以上言う前に、よく考えたほうがいいわよ」キャサリンがさえぎった。

ジャイルズはあわてて口を閉じ、両手をだらりと垂らした。母親が去っていくのを止められなかったように、キャサリンのことも止められない。

キャサリンは敵意に満ちた声で続けた。「今思いついたんだけれど、あなたが欲しいのは跡継ぎよね。だから、知りたいの。もしわたしが不快で耐えられない女だったら、標的をジュリアに変えた？」

ジャイルズは衝撃を受けて口ごもった。「まさかそんな……ジュリアだなんて……ぼくは絶対に……」

キャサリンが冷たい表情を浮かべる。「わたしを欺こうとするなんて許せないわ。それとも、あなたは自分を欺こうとしているのかしら。虫唾（むしず）が走るわね」

彼女の言うとおりだ。どれだけ真実が正視に耐えないものであろうと、向きあうしかない。

「その場合は、ジュリアがもっと経験を重ねるまで待っただろう」

キャサリンの目にたまった涙が、ジャイルズへの嫌悪と憎しみにきらりと光る。

どうして彼は、血と名誉はすべてに勝ると考えてしまったのだろう。大切なのは愛だったのに、愛だけが重要だったのに。

「きみを愛している」ようやく言葉を押し出す。
「あなたなんか地獄に落ちるといいわ、ブロムトン」キャサリンが背を向けた。
今さら地獄に落ちる必要はない。ジャイルズはすでにそこにいるのだから。

13

キャサリンは母のフォリーの中でドーリア式の柱にもたれ、大好きなサウスフォードの光景を目に焼きつけた。柱の支えがないと立っていられない。この前ここに来たときと同じように、膝に力が入らなかった――理由はそのときとまるで違うけれど。

無駄だとわかっていて、母の気配を追い求めた。

〝お母さま、わたしは何をしてしまったの？〟

キャサリンは結婚したのだ。神の御前で。家族やサウスフォードの人々が見守る前で。そのときの様子が脳裏によみがえる。ずっと待ち望んでいた魔法の瞬間は、退屈で疲れるだけの悲惨なものだった――マーカムの腕につかまって進んだあと、ジャイルズの手を取り、牧師が言う誓いの言葉を繰り返すだけの。

ジャイルズの顔は一度しか見なかった。

ぞっとして、二度と目を向ける気になれなかったのだ。眠れない夜を過ごしたことがわかる虚ろな目と、血の気のない引きつった顔を見たあとでは。おそらくキャサリンの顔も、彼にとって同じくらい衝撃的だったのではないだろうか。

これからどうすればいいのか心が決まる前に、式は終わった。羽根ペンをインク壺に浸して結婚登録簿に署名したとき、一瞬ためらったせいでインクのしみができてしまった。しみを無視してそのまま書きつづけたものの、力が入りすぎてキャサリンの〝K〟がほかの部分より濃くなっていた。どうということのない小さなしみ。いつか誰かがサウスフォードの住民の名前が並ぶこのページに指を走らせても、きっと気づかないであろう小さなしみだ。

それともやはり目について、侯爵と結婚するという幸運に恵まれた花嫁が神経質になった理由に思いをめぐらせるだろうか。

「幸運」キャサリンはつぶやき、顔をゆがめた。

実際問題、侯爵と結婚できたのはやはり幸運に違いない。金の指輪はまるで手枷のように感じられるし、行く手には霧が立ち込めてまるで見通せないけれど。

彼女は嘘つきの私生児と永遠につながれてしまったのだ。

もしジャイルズが最初から自分は私生児だと打ち明けてくれていたら、彼がその事実を知ったときの衝撃を分かちあってくれていたら、キャサリンは力になって取るべき道を一緒に探していただろう。あるいは少なくとも、正直でいてくれた侯爵をいっそう好きになっていたはずだ。

ジャイルズを思う理由の中で、爵位はほんの小さな要素にすぎない。

だが過ぎたことは変えられない。それに結婚したことで受ける恩恵があると認めなければ、嘘になる。キャサリンは元気を出そうと息を吸った。望みが潰えてどれほどつらく手足に力が入らないとしても、これはちょっとしたつまずきにすぎず、人生における真の困難ではないのだ。

母親ならきっとこう助言してくれたと信じて、キャサリンはうなずいた。そのとき別の馬車が近づいてきて止まる音がしたが、全力で階段を駆けあがってくる足音にも、彼女は振り向かなかった。振り向く必要はない。こんなふうに一段抜かしで階段をあがってこられるほどここに慣れている人間は、ひとりだけだ。

ジュリアが背後から腕を回して、キャサリンのウエストに巻きつける。姉より一〇センチほど背の低いジュリアは、背伸びをしてキャサリンの肩に顎をのせた。

キャサリンは怒りにしがみついた。自分はひとりぼっちで誰も信用できないのだとささやく生々しい怒りに。けれどもすぐに力を抜いて、妹の腕に体を預けた。

「ここにいるといいなと思っていたの。お姉さまはもう行ってしまったとマーカムは言ったけれど、わたしは信じなかったわ」ジュリアが声をかけた。

誰とも顔を合わせずに出ていきたかった。馬に乗って全速力で行ってしまいたかった。でもそうしても、心に刻まれた痛みが消えることはない。どれほど腹が立っていても――しかもほぼすべての人間に対して――別れも告げずに行ってしまったら後悔するとわかっていた。

「マーカムには、朝食前に出発したいと言っただけ。さよならも言わずに出ていくつもりはなかったわ」

「まだ怒っているの？」ジュリアが訊いた。

「そうね。しばらくは怒りが消えないと思う」キャサリンはジュリアの腕の中で体を回し、妹と向きあった。「でも、あなたには怒っていないわ。レイン卿にあれ以上残るように言っていたら、わからなかったけれど」

ジュリアが傷ついたような声を出す。「レイン卿のことはすっかり忘れるつもりよ」

「どうして気が変わったの？」

ジュリアが唇をぐっと引き結んだ。「わたしたちがしたキスは彼にとってなんの意味もないって言われたから」

キャサリンはため息をついた。少なくともそう言ってくれたことに対しては、レインに感謝しなければならない。妹に目を向ける。「それなら、どうしてそんなに興奮を抑えきれないって顔をしているの？」

ジュリアがにんまり笑った。「ファリング卿がとってもすてきな計画を思いついて、実行するのをマーカムも許してくれたから。ファリング卿にはレディ・ホレイシアという妹さんがいるんだけれど、ちょうどわたしと同じくらいの年なんですって。信じられないでしょう？　それでね、わたしは公爵のお屋敷に滞在して、レディ・ホレイシアと一緒にダンスのレッスンを受けられることになったの。ファリング卿が言うには、お姉さまはふたり一緒にデビューしたから、レディ・ホレイシアはひとりで寂しいと思っていたんですって。だからわたしが行くとみんなが幸せってわけ」

ファリングにはいくら感謝してもしきれない。キャサリンは微笑んだ。「たしかにすてきな計画ね」

「一番いいのは、お姉さまから離れなくてすむってこと」

キャサリンはジュリアを抱きしめた。とにかくこれで、ジュリアの将来の見通しはずっと明るいものになった。ジャイルズのしたことには今でも虫唾が走るが、それがこの結果につながったと思えば彼にも少しは感謝しなければならないのだろう。

階段の上にマーカムが現れた。キャサリンは弟と目を合わせて、ジュリアを放した。

「パーシー」淡々と呼びかける。

ジュリアはスキップでマーカムのところへ行き、彼の手をつかんで戻ってくると、反対の手でキャサリンの手を取った。

「お姉さまとお兄さまは仲直りしなくちゃだめよ。子どもみたいな仲違い(なかたが)は、もう一瞬だって許しませんからね」ジュリアが断固とした口調で言う。

キャサリンは妹の言い草にあきれて目を向けた。マーカムが鼻を鳴らす。

「マーカムのしたことはちょっと配慮が足りなかったけれど、お姉さまのためを思ってやったってことは認めてあげない？」

キャサリンは天井を仰いだ。

「男なんて、こんなものなんだから」ジュリアがさらにつけ加える。

マーカムが体をこわばらせた。「どういうことだよ！」

キャサリンは弟に言った。「パーシー、あなたは賭けの結果、姉を厄介払いすることには成功したけれど、あなたが男性であるせいで見くだしている妹を黙らせることはできなかったようね」

マーカムは赤くなった。「ゲームの前に、賭けるものを正確にはこう書いたんだ。〝双方とも一緒になることを適切だと見なした場合にかぎり、姉キャサリンを託す〟って」

「まったく、パーシーったら。これでジュリアをまかせられるのかしら」

「わたしはお兄さまの船を沈めたことはないから」ジュリアが指摘する。

キャサリンは心配しながらも笑ってしまった。

「姉さんとブロムトンはお似合いだって思ったんだ。今でもそう思っている。結婚では侯爵のほうがはるかに得をした」

「そうね。その点については全面的に賛成よ」キャサリンはしぶしぶ笑みを浮かべた。

「ぼくを許してくれるかい？」

許せるだろうか。弟にはまだまだ学ぶべきことがたくさんある。でも、彼の愛情は本物だ。

「笑って、パーシー」キャサリンは弟の頬に触れた。「えくぼを見せれば、もっと簡単にいろいろなことを許してもらえるわよ」

マーカムは感謝するように口の両端をあげると、姉の手を握った。ひらひらと蝶が飛んできたので、キャサリンは空を見あげた。母の気配を感じて、弟と妹の手をぎゅっと握る。

「ブロムトンの馬が落ち着きをなくしているわ。もう行かなくちゃ。ふたりとも愛しているわ」キャサリンは弟と妹を抱きしめた。

「わたしたちもお姉さまを愛してる」ジュリアが返す。

「女ってやつは」そう言いながらも、マーカムの目は涙で光っていた。

キャサリンは両手を伸ばして、弟の顔を包んだ。「サウスフォードをお願いね」

「ああ、まかせてくれ」

「それからあなたは、お兄さまの面倒を見てあげるのよ」ジュリアに向き直って言う。

「お姉さまの面倒は誰が見るの？」

キャサリンは丘のふもとに目をやった。ジャイルズの馬車が小さく見える。

心の中にはさまざまな感情が入り乱れていて、それを解きほぐすには時間が必要だし、簡単なことではない。

キャサリンははなをすすった。「自分で見るわ。たまにはそういうのも、新鮮でいいと思うから」


ジャイルズひとりなら、ロンドンまで二、三時間で戻っていただろう。だが妻とともに四頭立ての馬車で旅をするので、一泊二日になった。

つらい一泊二日に。

愛する女性の隣に座っているのに、どちらも必要最低限しかしゃべらない。心は寂しさでいっぱいなうえ、自責の念が鞭（むち）のように絶え間なく叩きつづける。ロンドンに着く頃には、おそらく血まみれの骨だけの姿になっているだろう。

幸い、事前に手配しておいた宿は追加のひと部屋を用意する余裕があった。だが木の壁は薄く、キャサリンが寝る支度をしている音がやけに大きく響いてくる。悲惨な結果に終わった図書室での話しあい以降、ジャイルズは熟睡できておらず、その夜もほとんど眠れなかった。乾いて痛む目で天井を見あげ、妻に許しを乞う方法を何千通りも思い浮かべる。

だが脳裏に浮かぶキャサリンは、そのどれも受け入れてくれない。

ジャイルズの前に延びているのは、長くて暗い恥の回廊だ。

御者台に乗ることも考えたが、そうやってほんの少しでも逃れようとすることは許されないのだと思い直した。馬車が轍にぶつかって揺れた隙にちらりと横を見ると、彼女は真っ白なこわばった顔をしている。〝ああ、ぼくのせいでつらい思いをしているきみを見るのは耐えられない〟

「チーズを少し食べないか？　朝、何も食べなかっただろう？」キャサリンに声をかける。

彼女は慎重に目を合わせないようにしながら、スカートを直した。「あなたの馬車を汚したくないから」

ジャイルズは息を吐いた。

これからも、こんな生活が続くのだろうか。恐る恐る休戦を申し出るたびに、軽蔑した表情でぴしゃりと締め出される生活が。

ラングレーの血を引く妻を手に入れ、跡継ぎを与えるという約束を取りつけた。〝願いごとをするときは気をつけることだ。かなったと思っても怒りの炎が降り注ぐかもしれない〟

ジャイルズは揺れる馬車の中で、背もたれに頭をのせた。振動をまともに受けて頭ががくがく揺れるが、肉体的な苦痛はかえって気を紛らわせてくれる。

しばらくして、キャサリンがジャイルズの肩に触れた。何か柔らかいものを彼の頭の下に差し入れる。

ジャイルズは目を開けられなかった。開ければ泣いてしまう。

気がつくと手を伸ばして、キャサリンの手をつかんでいた。目をつぶって黙ったまま、手袋に包まれた妻の手を自分の胸に当てる。彼女は一瞬息を止めたが、やがてゆっくりと呼吸を再開した。

ジャイルズはキャサリンの手を大切に抱え、親指で円を描くように手のひらを繰り返し愛撫した。そうやって一時間にも思える長い時間が経ったあと、彼女は手を握り返して眠りに落ちた。

今はこれで充分だ。無理にこれ以上のものを求めるつもりはない。

妻がつくってくれた枕に頭を預け、無言の祈りを手に込める。

祈ったことで心がやすらぎ、ジャイルズはようやく眠りに落ちた。

生まれて初めて、キャサリンは馬車の中で眠った。馬の毛が詰められた革張りの座席は座り心地がいいし、スプリングのおかげで揺れが軽減されている。それに馬たちはよく訓練されていて、なめらかに馬車を引いていた。でも、彼女が眠れたのはそれらのおかげではない。ジャイルズの手の動き——優しくてあたたかくて絶え間なく繰り返される動き——がキャサリンの怒りと恐れをかいくぐって、心に直接ささやいたのだ。すべてうまくいくよ、と。そのささやきのおかげで心は鎮まった。

到着するまで一度も目を覚まさなかった。そして起きると、夫と何か話しあう間もなく、ずらりと並んだ使用人をひとりひとり紹介された。それが終わるとジャイルズは屋敷の案内を始めたが、キャサリンは彼に見つめられると何も考えられなかった。ふたりは部屋から部屋へと進んだ。奥へ行けば行くほど、調度が豪華になっていく。彼も落ち着かない様子で建物の特徴を説明するものの、同じ内容を繰り返している。

奥へ行けば行くほど、キャサリンの恐れはふくれあがった。

こんなに壮麗な屋敷の女主人になるなんて想像もつかない。それなのにジャイルズによれば、ブロムトン城はここととは比べものにならないほど立派だという。

夫がいてくれるから大丈夫だと思おうとしたが、うまくいかなかった。キャサリンはとんでもない間違いを犯してしまった。こんな場所にふさわしい人間にはなれないし、ましてや女主人など絶対に無理だ。それに妻を喜ばせようと必死になっているジャイルズに対して、どう振る舞えばいいのかもわからない。

彼の愛を受け入れることができるだろうか。そもそも、今の自分が愛を信じているのかどうかも定かではない。

「もうやすんでもいいかしら」彼女は訊いた。

「もちろんだよ」

ジャイルズは妻に触れないように距離を保ったまま、これからキャサリンのものとなる続き部屋に案内した。

「家族が生活する部分は、各翼棟の一番奥にあるんだ。階段をあがったら、ぼくの部屋は左に行った奥、きみの部屋は右に行った奥。だが……両方の寝室のあいだには扉があって、行き来できるようになっている」彼の呼吸が乱れた。

切望をたたえて貪るような視線を向けてくるジャイルズを見て、キャサリンは苦しくてしかたなかった。ふたたび彼に歩み寄るためには、苦しみの深い海を自力で渡りきらなければならない。そう思うとパニックが込みあげ、心臓が喉から飛び出しそうになった。

夫がキャサリンの手を取り、指先を一本ずつ引っ張って革の手袋を脱がせた。光を受けてふたつの指輪が輝く。ひとつは赤、ひとつは金。ジャイルズは彼女の目を見つめながら、指の関節と指輪に唇をつけた。

するとキャサリンの体じゅうで興奮がはじけた。まるで潮流に押し流されていくかのようだ。あらがいがたいその力を、なんと呼べばいいのだろう。

「今夜、きみのところに行ってもいいだろうか？」ジャイルズが尋ねた。

キャサリンは喉がからからになっていたが、なんとか唾をのみ込んだ。「あなたにはその権利があるわ」

「ぼくの権利」静かに繰り返すうち、ジャイルズの目の縁が赤くなった。

〝やめて〟彼に泣かれたら、キャサリンは壊れてしまう。抵抗できなくなるどころか、なんとか形を保っている心がばらばらに砕け散るだろう。

キャサリンは手袋をつけているほうの手を伸ばして夫の頬に当てた。「ジャイルズ」

「ぼくを許せるかい？」

それは無理だ。キャサリンの心は立ち直れないほど傷ついて胸の中で縮こまり、自分を苦しめる男を近づけないでほしいと必死に叫んでいる。一方で、彼に触れただけで喜びに歌い出さんばかりになっていた。その声に従って思いきり歌いたい。

「わたしは一度でも本当のあなたに会ったことがあるのかしら」彼女はのろのろと訊いた。

「ぼくは重大な秘密を隠していた母を切り捨てた。きみのことを物のように扱った」ジャイルズの頬がぴくりと動いた。「それなのにぼくを許してほしいと頼むのは、虫がいいとわかっている」息を吸い込み、ぶるりと身を震わせる。「だが、きみはぼくを理解してくれている。ここで」彼女の心臓の上に触れた。

たぶん、キャサリンの心臓は小さく縮こまっていたのではなかったのだ。ただ踊り出すときを待っていただけであり、今その瞬間を迎え、くらくらとめまいがした。

「わたしはあなたを理解しているのかしら」彼女の声は奇妙なほど淡々としている。

ジャイルズはすべてを目で語ろうとしていた。いくつもの思いを瞳に映しては、すぐに消してしまう。

「きみを抱きしめてもいいかい？」彼は結局そう尋ねた。

キャサリンはジャイルズの胸に視線を落とした。夫の肩に頬を預けて寄りかかったときの安心感を体が覚えていて、今もそうしろとささやいている。

「ええ」キャサリンはようやく返した。

するとあっという間に、ジャイルズの上着に包まれていた。懐かしい腕がきつく巻きつき、荒い息が首筋の毛をくすぐる。彼女は何も考えられなかった。息もできない。夫がそばにいると、いつもの自分ではなくなってしまう。

「こんなふうに抱きしめられていると、何も考えられないわ」

「考えてなんかほしくない。感じてほしいんだ」ジャイルズが耳もとでささやいた。

「感じるのは簡単よ。何もかも、感じすぎるくらいだもの」キャサリンは息ができず、体を引いた。

扉を開けて寝室に入ると、彼が迷子の子犬のようについてきた。

彼女は部屋の中を見て固まった。ここにはほかの部屋とは違ってぬくもりがあり、人を招き入れるような雰囲気が満ちている。壁には子どもの頃から見てきた風景が描かれていた
——母のフォリーからサウスフォードを見渡した眺めが。

「画家たちが夜も寝ないで仕上げたんだ」

キャサリンはドクニンジンや石柱や小さな羊たちの散らばる草地をゆっくりと見つめた。それから視線を部屋の中の調度に移すと、いくつかあるテーブルの上に、母がさまざまな記

念品を入れていた箱や、父のお気に入りだったランプなど、見覚えのある品々が置かれていた。キャサリンが大切にしていた思い出が、部屋じゅうにちりばめられている。

「どうして、こんなことが、できたの？」彼女はつかえながら尋ねた。

「マーカムとジュリアが手伝ってくれた。もうひとつきみを驚かせるものがある」ジャイルズが目を伏せた。「今夜は懐かしいベッドで眠れるよ」

思いやりが心にしみる。こんなことをしてくれる男性と、自分を信じられないほど深く傷つけた男性が同一人物とは思えない。

キャサリンは顔をそむけた。震える手を壁に伸ばして体を支える。顔を見れば疑問の答えがわかる気がして夫に視線を戻し、長々と見つめる。どうして彼は嘘をつき、どうして自分はこんなにも傷ついたのだろう。

「お願いだ。もう一度やり直させてほしい」ジャイルズが懇願した。

「許してはだめだとわかっているの。頭では。それなのに心が逆らって……」

「じゃあ、いいんだね？」夫がうやうやしい手つきで彼女の顔を撫でる。

キャサリンは答えなかった。

「なんでもする。言ってくれ」

わからない。口で何を言われても、充分でないことはたしかだ。でももしかしたら、彼とのあいだに言葉など必要ないのかもしれない。

自分は結婚したのだ。もう息苦しいルールに従う必要はない。ここはほかに誰もいない寝室で、目の前にいるのは誰より心を揺さぶられる男性だ。キャサリンに大きな苦しみを与えると同時に……大きな喜びも与える男性。彼は妻が心から愛する風景を再現してくれた。彼女が居心地よく過ごせるようにと、それだけを願って。

キャサリンはゆっくりと手をあげてスカーフを外した。胸もとを覆っていたものがなくなり、白い肌が大きくあらわになる。胸のふくらみまでも大胆にのぞいているのを見て、ジャイルズはぴたりと動きを止めた。

彼の首筋が、火でもついたかのように下から順に赤くなっていく。

「今夜までなんて待てないわ。今すぐしましょう」夜まで待ったら、頭がおかしくなってしまう。

キャサリンは胸の下でオーバードレスを留めている紐をほどき、まるで上着を脱ぐようにはらりと落とした。シフトドレスとコルセットと靴下だけの姿になった彼女を見ても、夫は動かなかった。

キャサリンはコルセットの紐もほどこうとしたが、手が届かなかった。

「手伝ってもらわなくてはだめみたい」まつげ越しに彼を見あげる。

焼けつくように熱い視線からは、ジャイルズが何を考えているのかわからなかった。

結び目へと伸びかけたキャサリンの両手を、ジャイルズが自分の首に巻きつかせ、なめらかな動きで素早く彼女をすくいあげた。

キャサリンの膝から下が、夫の腕から垂れさがってぶらぶら揺れる。彼はそのまま隣の部屋と、そのまた隣の部屋も通り過ぎた。おそらく控えの間だろうが、あまりにも速く進んでいくので、わからなかった。でも、そんなことはどうでもいい。それよりも、熱を帯びたジャイルズの目から視線をそらせなかった。

キャサリンの寝室のベッド——前から使っていたベッド——に着くと、ふたりはひとかたまりのままマットレスに倒れ込んだ。ジャイルズが話し出そうと開けた口に、彼女は指を当てた。しゃべられたら、余計な感情がわくだろう。抑えつけていた気持ちが爆発し、彼なんか地獄へ落ちればいいと願ってしまうに違いない。

「あなたはわたしに、ただ感じてほしいと言ったわ。だからわたしを感じさせて」

キャサリンはジャイルズの顔を両手ではさんで引き寄せ、唇を重ねた。夫がキスを返し、言葉にならない言葉をささやく。彼の存在を焼きつけるようなキスに、キャサリンの体は熱くなったり冷たくなったりした。

自分の面倒は自分で見ると誓ったのに、体の深い部分から、魂の奥底から、それに逆らう叫びがわきあがる。

ジャイルズに体で愛を伝えられたい。

唇を重ねられたい。

胸に触れられたい。

夫に身も心も満たされたい。

もしジャイルズに傷つけられたら、どうすればいいのだろう。でも彼を求める気持ちは、理性では抑えられないほど大きくなっている。正しいことをしたいのではない。ただ夫とひとつになりたい。どこから彼でどこから自分かわからなくなるくらい、熱く溶けあいたい。

ジャイルズがキスをやめて、名残惜しげにためらったあと、顔を引いた。

夫が葛藤していることが汗のにおいからも、顔に寄ったしわからもわかる。紳士は無理やり妻を自分のものにしたりしない。ふたりのあいだに解きほぐせないしこりがあるうちは。

それなのに、キャサリンは彼を求めていた。ジャイルズにも求めさせようと決心していた。彼女の望みを拒むなんて許さない。

野蛮人の私生児が欲しい。

キャサリンは傷つけられた心の痛みを振り払って、ジャイルズの腿に手を滑らせた。股間まで到達すると、思っていたとおりそこは硬くなって、ズボンの前がぱんぱんに張っている。彼女はズボンの上から愛撫し、貞淑な男女が守るべきルールには従うつもりがないことを伝えた。

自分は淑女ではないし、ジャイルズも紳士ではない。夫はキャサリンの腿のあいだをとろけさせ、胸の先端を立ちあげて疼かせるただひとりの男性だ。

キャサリンは彼のズボンの前を留めているボタンを外しはじめた。右側の三つを外し、左側もふたつまで外す。

ところがジャイルズが彼女の手首をつかみ、頭の上に引きあげた。胸を寄せてのしかかり、彼女の動きを封じる。荒く息をつきながらじっとしている彼を見つめつつ、キャサリンは唇を舐めて挑発した。

〝わたしが欲しい？　欲しいなら奪いに来なさいよ〟

ジャイルズがもう片方の腕もつかんで頭の上に引きあげ、彼女の自由を奪った。夫は本当に、彼女がそれであきらめると思っているのだろうか。キャサリンは彼の腰に脚を巻きつけて体を寄せた。

「くそっ」ジャイルズがうなった。

キャサリンは悪態を体で感じて、夫が降参したことを悟った。体をそらし、抱きつく腕に力を込めて、懸命に胸を押しつける。すると、それまでいた紳士は姿を消した。彼女の中に突き入るように何度も腰を打ちつけられ、シフトドレスがヒップの上までずりあがる。

今やキャサリンの下半身はむき出しで、しかも脚を開いていた。ジャイルズがたてる獣のような音を楽しみながら、ふたたび体をそらす。それを受けて、彼がコルセットを押しさげて胸にむしゃぶりついた。彼女は思わず声をあげた。夫の名前を呼んだのではなく、彼と同じく意味を成さない喜びと懇願の声を漏らしていた。

硬くて熱いものが、蜜のあふれた脚のあいだに侵入する。キャサリンの中に入ろうと、入り口を探しているのだ。彼女は唇を嚙み、腰を動かした。早く満たしてほしい。早くひとつになりたい。言葉に意味はない。体で音楽を奏でるのだ。

次の瞬間、もう待つ必要はなくなった。ジャイルズがキャサリンの中に入り、内側から押し広げてぴったりおさまった。外側からは、素晴らしい筋肉質の体にすっぽりと包まれている。キャサリンのすべてが彼で満たされていた。

こんなふうに、ジャイルズのものになりたかったのだ。

夫が腰を引いてから打ちつけるたびに、キャサリンはあえいだ。彼が入ってくると目覚め、出ていくと意識がとぎれる。きつく抱き寄せられている腕の中で、相手に荒い呼吸を合わせているうちに、自分が何者で、どこにいて、どういう存在なのかはどうでもよくなった。熱に浮かされたような意識をつなぎ止めるものは、打ちつけられるジャイルズの下腹部と胸の先端に立てられる歯の感触だけだ。けれどもついに、それでも踏みとどまれなくなった。うめいたのか叫んだのかわからないが、声が出てしまった。とはいえ、そんなことは重要ではない。自分の体がほどけて彼とひとつに溶けあっていく感覚は、初めて経験する強烈な喜びだった。

キャサリンがようやくわれに返ったとき、ジャイルズはまだ完全に中におさまっていた。両側についた肘をキャサリンの脇腹に食い込ませ、腿を震わせながら、彼女の肩に頭を押しつけている。キャサリンは文字どおり夫の絶頂の中に閉じこめられていた。この上ない勝利の瞬間であり、完全なる降伏でもあった。

ふたりとも、そのまま動けなかった。汗にまみれ、力を使い果たし、ぴくりとも動けない。キャサリンは驚きに打たれながら天井を見あげ、まばたきをした。これほど完全な一体感を味わった人間が、ほかにいるはずがない。幸せの涙が込みあげ、目の隅にたまる。

ジャイルズがゆっくりとキャサリンからおり、守るように腕を回したまま隣に横たわった。

彼女の白くてなめらかな肌と、細かい毛の生えた夫の腕がくっきりと対照を成している。こんなふうにしている今は、言葉が必要な気がする。

自分がどう感じているのか、はっきり伝えなくては。

これほど強い感情なのだから、伝える言葉が絶対にあるはずだ。

「ジャイルズ」キャサリンは名前を呼んで、手を伸ばした。

すると、とがめられでもしたように、彼がびくっと腕を引いた。そのまま素早く転がってベッドからおりる。そして後悔と嫌悪を表しているとしか思えない声を漏らしながら、床からシャツを拾った。

「ジャイルズ」不安がふくれあがって、キャサリンはもう一度名前を呼んだ。

「やめてくれ。自分が何をしたのかはわかっている。自分が何者なのかも」

夫のあたたかい体が離れると、キャサリンの心の痛みが一気に戻ってきた。傷つけられた苦しみが、行き場を探してもがいている。それでも不安が苦しみに勝って、キャサリンは続けた。

「あなたは何者なの?」

「私生児だ」

「そんなこと、気にしないわ」喉が締めつけられて、ささやき声になる。

ジャイルズは両手で顔をこすると、ふたたびぞっとするほどのうなり声を発して立ちあがった。

「もう二度と、きみにこういうことは求めない」

心臓を貫かれたような痛みに、キャサリンは声を絞り出した。「どういうこと?」

彼が扉に向かって歩いていく――先ほど入ってきた扉ではなく、もうひとつの扉に。戸枠をつかむと、未練を振りきるように体を前に傾けた。

「キャサリン。きみにつらい思いをさせるつもりではなかったことだけは信じてほしい」

ジャイルズを信じられるだろうか。それとも自分は今でも、彼が自らの心の痛みをやわらげるためならなんでもすると――平気で人を傷つけると――信じているのだろうか。

「あなたにわたしを傷つけるつもりはなかったと、信じたい」

夫は苦悩に満ちた表情で振り向くと、すぐに目をそらした。「ぼくは私生児だ」

「気にしないって言ったでしょう?」キャサリンは唾をのんだ。「わたしを信頼して、最初にそう打ち明けてほしかった」

とても信じられないとばかりに、ジャイルズは首を横に振った。

「ぼくはいつも孤独だった。家族からも見くだされて。ぼくはただ――」声が割れる。

「ただ、何?」

「ぼくはただ変わりたかったんだ。だが、そんなことは無理だと証明してしまった。きみの気持ちよりも自分の欲求を優先してしまったのだから。何度も。自分を偽ったまま求愛し結婚したぼくは、ひどい男だ。このままではきみを立ち直れないところまで傷つけてしまう。いや、すでにそうしてしまったのかもしれない。だからもう二度ときみには触れないよ。そんなことを自分に許すわけにはいかない」

キャサリンはコルセットを拾って胸に押し当て、あわててベッドからおりた。ジャイルズに近づいて、背中に触れる。彼がびくっとして振り返った。その目に見える決意の固さに、彼女の体が冷たくなっていく。

「ラングレーの血は途絶えた。それをふたたびつなげるのに、もうぼくは必要ない」ジャイルズがきつく手を握ると、壁に打ちつけた。

「何を言っているの?」

「結婚したことで、きみは名前も得た。正当な跡継ぎをもうけるのに、もうぼくみたいな私生児はいらないよ」彼がつらそうにささやいた。

まさかジャイルズが――まさかそんなことを言うはずは……。「わたしに愛人をつくれと言うの?」

「ぼくが言いたいのは、きみの邪魔をするつもりはないということだ。きみを解放する」

キャサリンは焼けるように目が熱くなり、まばたきをして涙を押さえた。胸が張り裂けてしまいそうで、きつく手を押し当てる。

けれども、そのとき思い出した。もう張り裂けるような心は残っていないのだ。

「いったいなぜ、あなたみたいな男に愛する価値があるなんて思えたのかしら。地獄へ落ちるといいわ、ブロムトン」

「すでに落ちてるよ」彼は声を詰まらせ、キャサリンを見た。その目はまるでもう二度と会えないとでもいうように、せつないあこがれに満ちている。「自分だけでなくきみまでこんな地獄に引きずりおろしてしまった。だが、きみなら光のある場所に戻れる。ぼくがきみを解放しさえすれば」

それだけ言うと、彼女の返事を待たずに自分の部屋へと消えた。扉を閉ざし、かちりと鍵をかけて。

14

しんと静まり返った寝室で、キャサリンはいつしか眠りに落ちていた。怒りと喪失感に彩られた夢にうなされる、とぎれとぎれの眠りに。翌朝目覚めると、続き部屋の居間の真ん中にあるテーブルの上に、手紙をのせた銀の皿が置かれていた。

『レディ・ブロムトン
自由に買い物をできるように手配しておいた店のリストを同封する。馬車は好きに使ってくれていい。
ぼくは――しみ――二、三日留守にする。家政婦では足りない事態が起こったら、ファリング卿に連絡してくれ。
ブロムトン侯爵ジャイルズ・エヴァーハート・ラングレー』

キャサリンは手紙ににじんでいるしみをひたすら見つめた。心臓が重々しく打っている。

激しい怒りの中でもかすかな希望を感じてしまうのが、いやでたまらない。

言葉にはできない気持ちを、体を通してジャイルズに伝えた。心の傷が癒えていないにもかかわらず、精いっぱいの気持ちを差し出したのだ。それなのに夫はどん底から手を取りあって這いあがろうとせず、ひとりで逃げてしまった。

彼にされたことの中で、愛人をつくれとほのめかされたのが一番こたえた。ようやくひとつになれたと感激した余韻も冷めやらぬうちにそんなことを言うなんて、最低の男だ。ジャイルズの愚かさを何度思い知らされれば、彼の言葉をそのまま受け入れるようになるのだろう。

胸が冷たく冷えていった。もう二度と傷つけられたくなくて、心の周りに硬く冷たい殻ができていく。

レディ・キャサリン・スタンレーはその昔、今よりなんてことない挑発を受けて逃げ出した。自分が犯した失敗から来る恥辱に耐えきれず、田舎に隠れて生きてきたのだ。でも彼女はもうレディ・キャサリン・スタンレーではない。

手紙をひっくり返して宛名を見る。

『ブロムトン侯爵夫人キャサリン』

世間の人々はまだ、ブロムトン侯爵夫人になったキャサリンと会っていない。彼女は新しい名前をつぶやいてどう響くか試し、しっくりくると自分に言い聞かせた。本当にそうかどうかは関係ない。そうだと決めたのだ。

ぼろぼろになった心が痛んでも、人生は続いていく。間もなくジュリアもファリングの屋敷に滞在するためにロンドンに出てくるし、マーカムだって遠からずこの街に戻ってくるはずだ。自分はひとりぼっちというわけではない。

ジャイルズなんて気にしなければいいのだ。彼の傷ついた自尊心も、ゆがんだ名誉のとらえ方も、ばかげた城も、関係ない。キャサリンはここで生きていく。少なくとも社交シーズン中は、家族だってそばにいるのだから。この悲劇を必ず勝利に変える。きらびやかな夜を、ひと晩ひと晩重ねて。

決意を固めた勢いのまま、買い物に出かけた。帽子屋では、親切で気のきいた店員のおかげで自分の間違いをさらにひとつ発見した。美しい帽子さえあれば、ときに人は新しく生まれ変わることができる。さらに宝石店にも寄って、母の形見の真珠のネックレスの糸替えと手入れをしてもらっているあいだ、素晴らしい装身具の数々を見て楽しんだ。

新しい帽子と母の形見のネックレスで武装したキャサリンは、ひと休みしようと〈ガンターズ〉の前で止まった。その瞬間、順調だった一日が暗転した。

新しいメイドがティーショップの様子を見に行っているあいだ――結局、混みすぎていて入れなかった――キャサリンは人々が行き交う通りの端に止めた馬車の中で待っていた。そのとき、かつて同じ年にデビューした女性を見かけたのだ。名前も思い出せないその女性から、目が離せなかった。彼女はそっくりな顔をした小さな子どもの手を引いていたのだ。

まるで殴られたかのように、肺から空気が抜ける。

キャサリンがこそこそと田舎に隠れ、禁欲的な生活を送っている自分を誇りに思っているあいだも、ほかの人々の人生は着々と進んでいた。

薔薇色の頬の子どもは、母親を見あげて笑っている。愛情に目を輝かせているあの子は、可能性に満ちた未来を信じているのだ。キャサリンはうらやましさのあまり息ができなかった。苦い味のする綿を口に詰め込まれたように気分が悪い。

自分以外の女性にとって、妻となり母となることはどうしてこんなにも簡単なのだろう。自分だけうまくいかないのは、なぜなのか。

憤りと疲労を一気に感じて、馬車の天井を叩いた。リストにある次の目的地を告げる――ジャイルズが推薦するおしゃれな仕立て屋だ。

けれども、子どもの姿に心を深くえぐられていた。満たされない心が、夫だけでなく子どもも欲しいと悲鳴をあげている。あきらめていた夢を、ジャイルズがよみがえらせたのだ。無意識に喉をつかんで考える。でも、まだ可能性は残されている。昨夜、一度は夫と体を重ねたのだから。

涙が込みあげた。もし子どもができていたとしても、それがなんになるだろう。ジャイルズがいないほうがキャサリンは幸せになれる。夫がそう信じているのなら、子どもができても三人で家族になれるわけではない。

キャサリンは馬車の座席にぐったりともたれ、片手を落とした。絶望にのみ込まれそうになって、懸命にジュリアとマーカムを思い浮かべる。ふたりのために、少なくとも人前では平気なふりをしなければならない。

こぢんまりとした仕立て屋の店内は、壁際に服地がきれいに積みあげられ、あちこちに鏡がかけられていた。いくつものテーブルと椅子が置かれていて、それぞれのテーブルの上には流行のスタイル画が散乱している。女店主はキャサリンを熱烈に歓迎した。

「奥さまのドレスはすぐに試着ができるように用意できています」かすかに訛りのある口調で言った。

「わたしのドレスですって？」

「はい」女店主は熱心にうなずいた。「前もっていただいていたご指示どおりのものばかりですから、決して失望なさいませんよ」

キャサリンは眉をひそめた。「本当にわたしのドレスなの？」

「はい。侯爵から直々に奥さまのご指示を承りました。つい先週のことです」

キャサリンはうなずくしかなかった。ジャイルズはどうして彼女の寸法がわかったのだろう。唇を引き結ぶ。この件には絶対にジュリアが関わっている。それから村の仕立て屋も。キャサリンの知る誰も彼もが、彼女と侯爵をくっつけようと画策していたとしか思えない。

裏切り者ばかりだ。

店主と助手がイブニングドレスを一着ずつ、合計三着運んできた。一着ごとに素晴らしさが増す。いまいましいことに。

これほど繊細な気遣いができる男性が、どうしてこんなにも人を傷つけられるのだろう。

「奥さまは素晴らしい好みをお持ちですわ。ですが今晩までとなりますと、このうちの一着しか仕上げられません」

イブニングドレスを着るような予定はなかったが、キャサリンはとりあえず緑のドレスを選んだ。

それは美しく大胆なドレスだった。ウエストのところでまとめられている紗（しゃ）を二重にした白いアンダードレスは、金糸で縁取りをしたシダに似た葉が裾にあしらわれている。だがそれよりも目を奪われるのはずっしりと重いタフタ地のオーバードレスで、アンダードレスに添って落ちたあと長く伸びている裾が特徴的だ。

アンダードレスに合わせた刺繍（ししゅう）が施されたオーバードレスはウエストのやや上で絞られていて、キャサリンをよりほっそりと長身に見せると同時に、胸の谷間を大胆に強調している。ふくらんだ袖（パフスリーブ）はキッド革の手袋とのあいだにわずかに腕がのぞく長さだ。ドレスに合わせた手袋は細かい縫い目で緻密につくられていて、まるで自分の肌かと思うくらいぴったりしている。けれども一番気に入ったのは襞状に折りたたまれたスカーフで、深い襟ぐりから立ちあがっているその部分は、エリザベス朝の宮廷様式らしい優雅さをドレスに添えていた。

贅を凝らした最先端のドレスは、女王が着ても恥ずかしくない。ジャイルズはキャサリンをそんなふうに見ているのだろうか。気品のある凜（りん）としたレディだと。

いまいましいことにまたしても希望が息を吹き返しそうになり、キャサリンは懸命に押し戻した。そもそも、ジャイルズが彼女をひとりの女性としてちゃんと見たことがあるという証拠はまったくない。彼は人としての誠実さや品位や敬意よりも、血のつながりによる家の存続を重んじる人間だ。おそらくこのドレスは、妻ではなく彼自身の尊厳を示すためのものなのだろう。

キャサリンは仕立て屋たちの手を借りてもとのドレスに着替えながら、こんなに堂々としたドレスを着ていく機会があるだろうかと考えた。

メイドが馬車を呼びに行っているあいだ、カウンターの前で美しいリボンを眺める。

「ご注文の残りの品はお持ち帰りになられますか？　それとも配達いたしましょうか？」

キャサリンは眉根を寄せた。「残りの品？」

「はい。もちろん覚えておいででしょう！　ずいぶん細かいご注文でしたもの」

店主が箱を持ってくる。キャサリンがゆっくりと蓋を持ちあげると、中にはさまざまな淡い色あいの靴下がおさめられていた。絹、毛、綿など材質は異なっても、すべて繊細な編みで美しく立体的に仕上げられている。彼女のどんな気まぐれにも応えられる品揃(しなぞろ)え、自分に許してきた唯一の贅沢を思う存分堪能できる品揃えだ。

ジャイルズはこんなことまで覚えていてくれた。

心を動かされたくないと思うそばから、喉にかたまりが込みあげた。必死で押し戻そうとしても、かたまりはどんどん大きくなる。箱いっぱいの華やかで美しい靴下を見つめながら、泣きたい衝動と戦った。侯爵夫人が靴下を見ていきなり泣き崩れたら、仕立て屋がどう思うだろう。

入り口の扉のベルが鳴って新しい客の到着を知らせたので、キャサリンはあわてて涙を引っ込めた。

「ありがとう、マダム。このまま持って帰るわ」声がほんの少し震えただけですんだ。

キャサリンは顔を伏せたまま、入ってきた客の横を通り過ぎようとしたが、その女性と正面から顔を合わせることになってしまった。ファリングの双子の片割れのレディ・ダーリントンは、昔とまったく変わらず美しい。

キャサリンはレディ・ダーリントンの連れに視線を移した。彼女の両脇を固める女性たちも、同じくらい美人だ。明るい茶色の目に焦げ茶色の髪の女性と、黒っぽい髪の女性。黒っぽい髪の女性のほうは、頑固そうな顎の線と明るい色の大きな目に見覚えがある。

キャサリンは身を守る盾のように、靴下の箱を胸の前に抱えた。

「レディ・キャサリン」ファリングの双子の片割れがにっこり笑って手を差し出し、すぐに言い直す。「あら、ごめんなさい。今はレディ・ブロムトンよね。わたしはレディ・ダーリントン。レディ・フィリッパとして覚えてくれていると思うけれど」

キャサリンはなんとか冷静に応対しようとしたのに、焦って手を伸ばしすぎて持っていた箱を落としてしまった。中身の靴下が、しなびた虹のようにそこらじゅうに散らばる。

「あら、大変！」黒っぽい髪の女性がすぐに床に膝をついた。「まあ、すごい。なんて素晴らしいんでしょう！」

女店主があわてて駆け寄った。「お立ちになってください、お嬢さま。わたしが拾いますから」

つまりこの女性は、仕立て屋があわてて駆けつけ〝お嬢さま〟と呼ぶような身分だということだ。

「でも、どうしても触ってみたかったの。本当にすてきなんですもの。わたし、すてきな靴下には目がないのよ」女性は淡い黄色の靴下をしっかり握って立ちあがると、笑顔で友人を見た。「フィリッパ、お願い。この方を紹介して」

「もちろんよ」フィリッパがほんの少し明るすぎる声を出した。「キャサリン、レディ・クラリッサよ」黒っぽい髪の女性を示して言ったあと、離れたところで静かにたたずんでいる女性を指す。「あちらはミセス・カテリーナ・ファンヘルト。未亡人で、アムステルダム出身なの」

「はじめまして」カテリーナの声には魅力的なオランダ訛りがある。

クラリッサが手を差し出した。「お会いできてうれしいわ」

キャサリンはほんの一瞬ためらったあと手を出したが、頬に血がのぼってしまい、当惑しているのを隠すことができなかった。「わたしもお知りあいになれてうれしいわ、レディ・クラリッサ、ミセス・ファンヘルト」

「兄がブロムトン卿と友だちなのよ」クラリッサが口早に言った。

「まあ」キャサリンはそれだけ返すのが精いっぱいで、あとは何も言えなくなってしまった。きっと目の前の女性たちは、彼女の頭が足りないと思っているだろう。「お知りあいになれて楽しかったけれど、もう……行かなくてはならないので」

フィリッパとクラリッサが意味ありげな視線を交わした。

「それならお引き止めしてはいけないわね。でも――」フィリッパがクラリッサに向けた懇願するような目は、眼鏡のせいで大きく強調されている。

「でも、まだ結婚式について何も聞かせていただいていないわ！」クラリッサが声をあげた。「ぜひ、詳しく教えて。ファリング卿の手紙はとんでもなく短くて。わかるでしょう？　男って本当にしょうがないのよ。あなたのドレスがどんなふうだったかさえ、ひとことも書いてないんだもの」

「でも詳しく聞いても、がっかりするだけだと思うわ。なんていうか、簡素な式だったから」キャサリンはクラリッサの示している興味がいやみでないよう祈った。

「簡素ですって？」フィリッパが鼻で笑った。「ブロムトン侯爵が身分にふさわしい仰々しい行動を取らなかったことなんて一度もないわ」

キャサリンは一週間前の夫の姿を思い浮かべた――ブランケットの上に寝そべって、彼女を不道徳な行為に引き込もうとそそのかしているところを。フィリッパが話している侯爵と、自分の知っているジャイルズはまるで違う。

彼が恋しかった。死ぬほど。

思わず唇が震えてしまう。

それを見て、クラリッサが急いで言った。「マダム、何か飲むものをいただけないかしら」

「もちろんでございます」女店主が即座に返す。

店の奥に入っていく仕立て屋を、キャサリンは目で追った。カテリーナとフィリッパは連れだって部屋の隅のテーブルへ行き、そこに置かれているスタイル画を見てあれこれ言いあっている。

クラリッサは靴下の入った箱を取って椅子の上に置くと、キャサリンと腕を組んだ。

「実はね、外に止めてある馬車に気がついたの。ここであなたに会ったのは、偶然じゃないのよ」クラリッサがささやいた。

「わたし——なんて言えばいいのか……」キャサリンは口ごもった。

「じゃあ、わたしがふたり分しゃべるわね」クラリッサがさらに声をひそめる。「わたしたちは、いつかどこかで顔を合わせることになったでしょう。それがどこだったとしても、周りじゅうがわたしたちに注目し、耳をそばだてたはずよ」彼女はにやりとした。「だから今日、衝動にまかせて行動してよかったと思っているの。あなたは今そんなふうに赤くなっているくらいだから、大勢の人たちの前ではもっと挙動不審になったんじゃないかしら」

キャサリンは顔をしかめた。「こんなことを言ってごめんなさい、レディ・クラリッサ。でも、あなたが親切なのか、わたしを傷つけようとしているのか、よくわからなくて」

「あなたを傷つけるですって？　どうしてわたしがあなたを傷つけなくてはならないの？」

クラリッサが叫んだ。

キャサリンは黙ってクラリッサを見つめた。でもいくら見つめても、伝わってくるのは悪意ではなく誠実さだ。「あなたがブロムトン卿と親しかったと聞いていたから。単なる思い込みだったのなら、ごめんなさい」

クラリッサは目をしばたたいたあと笑い出した。「いやだ、まさか違うわ！」茶目っけたっぷりに続ける。「率直に言わせてもらうと、あなたは恩人よ。わたしが彼と結婚しても、うまくいきっこなかったんですもの」

なんて正直な女性なのだろう。キャサリンは今度は心から口にすることができた。「あなたと知りあえて、とってもうれしいわ」

「じゃあ誤解はもう解けたことだし、これ以上わたしたちにつきあう必要はないわ。早く家に戻りたいでしょう？」

フィリッパとカテリーナの笑い声が部屋の奥から聞こえてくる。キャサリンは急にジュリアが恋しくなって、ふたりがいるほうを焦がれるように見てしまった。

クラリッサはそんなキャサリンの表情を見て、心を決めたようだった。

「今晩、わたしたち三人でお芝居を見に行くの。もしよければ、ブロムトン卿と一緒にあなたも来ない？」

キャサリンはクラリッサと目を合わせた。「ブロムトン卿には別の用事があるから」

「それならあなたひとりでも、ぜひ来て」

「演目は喜劇かしら。わたしはハッピーエンドが好きなの」キャサリンは口もとに笑みを浮かべた。

クラリッサがうれしそうに笑う。「あなたとはお友だちになれそうだわ、レディ・ブロムトン。わたしもハッピーエンドが好き。とくに自分のことの場合は」

ジャイルズが会員になっている紳士クラブの宿泊できる部屋は、長期滞在用にはつくられていなかった。そこの小さなベッドで三晩も過ごすと、存在すら知らなかった筋肉が悲鳴をあげはじめ、一週間経つ頃には足を引きずって歩かなければならなくなった。

クラブにいたいわけではないし、どうやらクラブの支配人もジャイルズに居着いてもらっては困ると思っているらしい。だが支配人が侯爵を強制的に追い出すなどという大胆なまねを決してしないことはたしかだ。それでも、ジャイルズに頼みごとをされるたびに舌打ちをする程度には、いらだちを見せていた。

その舌打ちも意味ありげな視線も無視して、ジャイルズは軽い食事を〝彼の〟部屋に用意してほしいと支配人に頼んだ。そして運ばれてきたコールドビーフをにらみつけ、フォークで突き刺して口に運んだ。

硬い肉をもぐもぐと噛む。さらに噛む。まだまだ噛む。

そのとき部屋の扉が勢いよく開いて、ファリングが入ってきた。「いいかげんにしろ、スペード」

珍しく怒っている様子のファリングを見て、ジャイルズは硬い肉をなんとかのみくだした。

「いったいどうした？」フォークを置く。何が起こったにしろ、こんなものはもうひと口だって食べられない。

「レディ・ブロムトンだけなら、なんとかなった」ファリングが表情を険しくする。「だが今は四人だ。四人だぞ。それがみんなでぺちゃくちゃとしゃべりまくる。きみが今すぐやめさせないなら、何を言われても自業自得だぞ」

「四人って誰だ？」

「四人の女どもさ。どいつもこいつもとんでもない」ファリングが指を立てながら数えていった。「フィリッパ、カテリーナ、クラリッサ、キャサリン」

ジャイルズは眉をひそめた。〝クラリッサとキャサリン？〟

「だが、キャサリンはクラリッサとは知りあいじゃない」

「同じロンドンにいて、顔を合わせないと思っていたのか？」ファリングは両手をあげた。「もちろん、ふたりを引きあわせる栄誉を担ったのはぼくの双子の片割れさ。あいつはスキャンダルと見ると寄っていく女だからな。とにかくあの四人は今や姉妹のように仲がいい」

鼻を鳴らす。「いや、姉妹じゃないな。魔女の集まりだ」

「魔女の集まり？　キャサリンとクラリッサが？」ジャイルズは手で顔を撫でおろした。

「それにフィリッパとカテリーナも。四人はどこへ行くにも一緒だ。劇場へも夜会へもボンドストリートでの買い物へも、突然思い立ってハンプトン・コートの迷路へ行くときでさえ。

きみが望んでいたのはこれか？　きみはもう世間の笑いものさ」

ジャイルズの頬に血がのぼった。「妻と元婚約者がこそこそ仲よくしているなんて、ぼくだっていい気持ちはしないが、あのふたりと対決するより、世間にいろいろ言われるほうがましだ」

ファリングがあきれ顔になった。「階下におりたとき、みんながみんな奥方の噂をしていたら、いやじゃないのか？」

ジャイルズはファリングにちらりと目を向けた。「階下へはおりていない」

「おりていないって――」ファリングが背中を伸ばす。「この部屋に七日間ずっとこもっていたっていうのか？　いったい何をしていたんだ？」

もちろん、階下におりてみんなと過ごすつもりだった。結果的にそうしなかったが。手紙を書いたり、論文を読んだりで忙しかったのだ。といっても、ほとんどの時間はぼうっと宙を見つめ、さまざまな計画を立てては打ち消すあいだに過ぎていった。何度も何度も、容赦のないただひとつの真実にたどり着くだけだった。

七日間、天井ばかり見つめすぎていたので、もはや目をつぶっていても天井が見えるほどだった。どんな計画を立てても、根本的な解決にはならなかった。問題は自分自身にあるからだ。血がつながっていない父親によって卑劣な性格を叩き込まれ、うりふたつの専制的な人間に成り果ててしまった自分自身に。

ジャイルズはキャサリンにはふさわしくない。だから彼女を自由にした。つまりその時点で、妻の人生における彼の出番は終わったのだ。

ジャイルズもキャサリンも地獄にいる。このまま彼女に近づかないようにすれば。自分はもうどうにもならないが、まだ妻を救うことはできる。

「そんなに頭をひねらなければならないなら、たいして意味のあることはしていなかったんだろう」ファリングがジャイルズの椅子の端をつかんだ。「きみがここでぐずぐずしているうちに、奥方はきみの友人のトーリー党の男たちのあいだで着々と人気を築いているぞ」

ジャイルズの胸に突き刺されたような鋭い痛みが走った。では妻は、彼の勧めに従って愛人をつくることにしたのだ。

「妻は好きな相手に好意を振りまけばいい」

ファリングはジャイルズをまじまじと見つめた。それからテーブルにこぶしを叩きつけたので、上にのっている皿ががちゃんと音をたてた。「これまできみを自信過剰でプライドの高い男とは思っても、間抜けと思ったことはなかった。あれほど挑戦を愛していた男が、どうしてしまったんだ」

ジャイルズはキャサリンを思い浮かべた。ふたりで情熱を分かちあった午後のことを。あのとき彼女の優しさと同時に、絶望の深さも感じた。もし自分の中に少しでも紳士らしさがあるのなら、あんなふうに妻の体を思う存分貪ったりしなかったはずだ。しかも、憎まれているのをひしひしと感じながら。

「キャサリンはぼくを憎んでいるんだよ、ファリング。彼女にはそうする充分な理由がある。

妻がぼくにどんな罰を与えたいと思ったとしても、当然なんだ」彼は目をそらした。

「きみには脳みそがあるのか？　自分が何を言っているのか、ちっともわかっちゃいない」

ファリングが歯を食いしばった。

「わかっているさ」

「きみはどんな罰を与えられても当然かもしれない。だがキャサリンはそうじゃない」

ジャイルズが彼女を傷つけているとほのめかすなんて、ファリングはどういうつもりなのだろう。「ぼくは妻に罰を与えてなどいない」

「本当にそうか？　よく考えてみろ、ブロム。キャサリンがこのままの生活を続ければ、いくら幸運に恵まれているぼくでも恐ろしい事態を防ぐことはできない」

「恐ろしい事態？」ジャイルズはこぶしで唇をこすった。「妻がぼくの友人たちのあいだで人気者になったというだけの話じゃないか」

「恐ろしい事態だ」ファリングが詰め寄る。「きみの友人たちは、奥方のそばにきみの気配がないことに当然もう気づいている。やつらは遠からずそれをキャサリンに求愛してもいいしるしだと解釈して、行動を開始するだろう」

吐き気が込みあげ、胃の中のものが逆流しそうになる。ジャイルズは皿を押して遠ざけた。

「そのことは充分承知している」

「少なくとも、完全に正気を失ったわけじゃないんだな。それで、どうするつもりだ？」

「何も。言っただろう。キャサリンはぼくを憎んでいる。彼女の邪魔はしないよ」

ファリングが両手をあげた。「あんなハゲワシみたいな連中に奥方を自由にさせるなんて、とうてい許せることじゃない。きみは信じられないくらい卑劣な男だ。彼女が今きみを憎んでいるとは思えないが、この先きっとそうなるだろう」

「キャサリンは今もぼくを憎んでいる。覚えていないのか？　ぼくはきみたちふたりが一緒にいるところを見ている。それにきみが姿をくらましてからは、エスコート役としてキャサリンのそばについているんだ。彼女はどこへ行っても、真っ先に夫の姿を探しているよ。懸命に平気なふりをしているが、きみを愛しているんだ。ぼくには六人も女きょうだいがいるんだぞ。誰かを愛しているときに女性がどんなふうになるのか、よくわかっている。キャサリンを見ていれば、きみに振り向いてもらいたいという心の叫びが聞こえてくるよ」

ジャイルズは友人を見つめた。今の言葉を信じたいが、無理なのはわかっている。ファリングは事実をすべて知っているわけではない。ジャイルズが自分の罪悪感をやわらげるためにキャサリンを利用するという冷酷なまねをしたことは、関知していない。

ファリングが上着を直しながら言った。「今夜、レディ・ダーリントンの夜会に行くキャサリンをエスコートする。だがぼくの力では、ハゲワシどもをそう長いあいだは押しとどめておけない。もしこのままちゃんとした夫らしく行動しないで奥方を放っておくなら、きみはぼくが思っていたような男じゃなかったということだ」

ファリングは険しい表情でにらみつけると、扉を叩きつけて出ていった。

ジャイルズはテーブルの前の椅子を蹴り飛ばした。締めつけられた喉から、うなり声が漏れる。

〝傷を見つけて止血するのだ〟

傷は見つけている。だが自分が傷そのもので、全身から血が流れている場合、どうやって止めたらいいのだろう。

皿の上の肉に目を落とすと、ふたたび吐き気に襲われたので、食事はあきらめた。にぎやかな外の通りに出て気を紛らわせようと、目的地を決めずにふらふらと歩き出す。ところが気がつくとぴかぴかに磨かれた真鍮製のノッカーの前に立っていて、自分がどこに向かっていたのかを悟った。

この真鍮製のノッカーには、胸が悪くなるほど見覚えがある。

扉の向こうから、にぎやかな物音が聞こえてきた。人々の陽気な声から、楽しそうな雰囲気が伝わってくる。歓迎されないことはよくわかっていたが、それでも扉を叩いた。彼の名を聞いて不安げな様子になった使用人にこぢんまりとした居心地のいい居間に通され、そこで待つように言われた。

居間に現れたのは、母親ではなくその夫だった。

「今日はどうしてここへ、侯爵？」ミスター・ブラックウッドが尋ねた。

ジャイルズはこの男とは決して同じ部屋に入るまいと誓っていた。それなのに今こうして向かいあっている。しわだらけの服にぺしゃんこのクラヴァットという、絶望の淵に沈んでいることがひと目でわかる格好で。

「どうして？」ジャイルズは繰り返した。「きみこそ教えてくれないか？　世の中にはいくらでも女がいるのに、どうして侯爵夫人を選んだんだ？　なぜ彼女の名前を汚さなくてはならなかった？」

「ぼくは〝侯爵夫人〟を選んだんじゃない。リディアを選んだんだ」ブラックウッドはジャイルズをじっと見つめた。無精髭が伸びた頬からしわの寄った上着、泥がはねたブーツへと視線を動かす。「きみはぼくの妻が、自分の名前を汚してしまったと感じていると思っているのか？」

ジャイルズはブラックウッドの後ろに視線を移した。狭いが居心地のいい部屋に棚やテーブルが乱雑に置かれている様子から、幸せに暮らしているとわかる。語らいを誘うことを第一に考えた簡素なしつらえは、ジャイルズがキャサリンのために模様替えをする前の母親の居間と同じ雰囲気だ。

そして驚きとともに気づいた。母親の居間はあの屋敷で唯一、やすらげることを目的につくられた部屋だった。あそこだけが、あたたかさを感じられる場所だった。

今回つくり替えなくてはならなくなるまで、一度も足を踏み入れなかったのが悔やまれてならない。

「いや。母は今幸せなんじゃないかと思うよ」ジャイルズは打ちのめされ、唾をのんで〝幸せ〟という言葉を押し出した。

「ぼくは自分の名を汚したんだ。といっても、喜んでそうしたんだが。きみのお母さんと結ばれるために離婚したんだよ」

ジャイルズは顔をあげた。「なんだって？」

「きみにショックを与えようと思って、離婚のことを打ち明けたわけじゃない。理解してほしくて話したんだ。前の妻とは長いあいだ冷えきった関係でね。愛する人ができたと告白すると、人がつくった制度より誠実に生きるほうが大切だと彼女は言ってくれた。きみからしたら、まったくもってどうかしている考え方だろうが」

またあの言葉が出てきた。〝愛〟という言葉が。母親とこの男のあいだには、愛があるのだ。マーカムとジュリアとキャサリンのあいだにも。そこらじゅうに愛があるのに、自分だけが取り残されているのはなぜだろう。

ブラックウッドの後ろに女性が現れた。

「ウォレン？」母親が夫の腕に手をかけた。「誰がいらした――まあ」

「侯爵はお帰りになるところだよ」

「いや、まだだ」ジャイルズはささやいた。

〝母さん〟彼は足もとに視線を落とした。

「わたしを傷つけるためにここへ来たの、ブロムトン？」

ブロムトン。いつだってブロムトンなのだ。喉からすすり泣きが漏れる。彼は首を横に振った。

母親とその夫が話しあっているが、声の調子からは内容はまったくうかがえない。やがて扉が閉まる音がしたものの、誰が部屋を出ていったのか、ふたりともいなくなったのか、ジャイルズにはわからなかった。確かめるために顔をあげたくもない。もし母親が残っていれば、お辞儀をするだろう。そんなことをされたら、今は耐えられそうにない。

「お辞儀はやめてほしい」彼は言った。

「わかったわ」母親が答える。「それが正しいことだから、お辞儀をしていたのよ。あなたは父親と一緒で、いつもわたしに正しい振る舞いを求めたから」

ジャイルズは息を吐くと、目を開けた。

「どうしてここへ来たの？」

「ほかに――どこにも行くところがなかったから」彼はふたたび視線を落とした。「ここに来たのは、間違いだったかな」声が割れてしまう。

「あなたは傷ついているのね。そんなことはないと思いたいけれど」怪我をした野生動物に近寄るように、母親がゆっくりと距離を縮めた。

ジャイルズは顔をあげた。「ぼくは数えきれないほど間違いを犯した」腹立たしいことに、目に涙がたまっていく。「どこから話せばいいのかわからない」

母親が片手を腰に巻きつけ、もう一方で口を覆った。

「ラングレーの血を取り戻すために、なんでもするつもりだった」彼は唇をきつく噛んで震えを止めた。「ぼくを許してくれるかい？」

「あなたが求めているのは、わたしの許しなの？　話をしなくてはならない人は、別にいるんじゃない？」

ジャイルズはがくりと首を落とした。そのまま黙っていると、しばらくして母親の手が腕に置かれるのを感じた。母親は彼を椅子まで連れていって座らせると、自分も腰をおろした。

「あなたに父親のことは決して言うつもりはなかったのよ。でも――あなたがすごく遠く感じられて。それに、再婚を禁じられたから」母親が息を吸った。「だからといって、言ってしまったという事実は許されることではないけれど」

「ぼくは母さんに、二度とブロムトン城に足を踏み入れることは許さないと言った。だが本気じゃ――」彼は口をつぐんだ。この言葉をぶつけた夜は本気だった。そこで今度はごまかさずに言い直す。「でも、取り消すよ。取り返しがつくなら」

母親がジャイルズの頬に手を当てた。その感触に、彼の全身から力が抜けていった。

「どうしてここに来たの、ブロムトン？」

悪かったと言うために。許しを乞うために。自分の中に取り戻せるような名誉が残っているかどうか確かめるために。

「キャサリンを愛しているんだ」うまく説明できず、ただそう言うことしかできなかった。

「だが妻はぼくを憎んでいる。母さんがぼくを憎んでいるように。でも憎まれて当然だ。ぼくはキャサリンとも母さんとも、やり直せるチャンスを失ってしまった。もうどうしたらいいのかわからない」袖口に涙が落ちる。

「ああ、かわいそうに」母親が身を寄せてきた。

ジャイルズは目を閉じた。「母さん」

第三代ブロムトン侯爵、第一〇代ストレイス伯爵、第一二代ラングレー男爵であるジャイルズ・エヴァーハート・ラングレーは、五歳のとき以来初めて、母親の腕に抱きしめられた。

「大丈夫よ」母親が彼の髪にささやく。

「キャサリンはぼくを許してくれない。そうなっても当然なんだ。ぼくは母さんを許さなかったんだから」

母親が両手で彼の顔をはさんで目を合わせた。「今は許してくれている?」

ジャイルズはうなずいた。

母親が眉間にしわを寄せる。「でも、あなたはまだ自分を許していないのね」

彼はもう一度うなずいた。「キャサリンがぼくみたいな男を望んでくれるはずがない。だって、彼女にあげられるものが何もないんだ。侯爵がつくりあげた今のぼくには」

母親が深いため息をついた。「侯爵にとって息子のあなたは、いわば心臓(ハート)のような存在だったのよ。ただし彼に心(ハート)があったかというと、自信がないけれど。あたたかい心は」

「ずいぶん苦々しい口調だな」

母親が眉をあげる。「ええ、わかっているわ。何十年も彼を恐れて暮らしてきたからでしょうね、きっと」

「侯爵は母さんを虐待していたんだね。肉体的に」

母親が小さくはなをする。「ええ」

ジャイルズは母親も恐怖におびえていたなんて、考えたこともなかった。彼以外の人間にはいつだって笑顔を向け、自信に満ちた優雅な姿を見せていたから。

「守ってあげられなくて、ごめん」

「守ってもらう必要があるなんて、あなたにわかるはずがなかったもの。絶対に誰にも悟られないようにしていたから」母親が唇を震わせる。

ふたりは抱きあい、長いあいだそのままじっとしていた。後悔と心の痛みで凝り固まっていた体が、少しずつほぐれていく。

「彼を愛していた？」

「侯爵を？　もちろん愛してなんかいなかったわ。父が結婚を決めたのよ。結婚して何年経っても、侯爵は変わらなかったし」母親は両方の手のひらで頬の涙をぬぐった。

「違うよ。本当の父さんについて訊いたんだ」ジャイルズはなんとか言葉を押し出した。

母親が警戒するような表情になる。

いったい何を恐れているのだろう。ジャイルズにはもう、彼女を傷つける力なんてないというのに。それどころか、どんな力も残っていない。

「今結婚している人が、ぼくの父親なのか？」

母親が顔をしかめる。「自分より身分の低い男が跡継ぎの父親になることを、あの侯爵が許したと思う？」

ジャイルズは眉根を寄せた。「どういうことだ？」

「前に言ったはずよ。どんな手段を使っても妊娠しろと、侯爵に命令されたって」

「いや、言っていない。母さんはどんな手段を使っても妊娠しなくてはならなかったと言っただけだ。つまり侯爵は、ぼくが自分の子どもではないと知っていたと？」

母親が背中をこわばらせた。「もちろん知っていたわ。すべてをお膳立てしたのはあの人だもの。なんとしても跡継ぎが欲しくて」

ジャイルズは目を閉じて、激しく打っている心臓を鎮めようとした。「本当の父親も、ぼくが息子だってことを知っているのかい？」

母親はぐっと唇を引き結んだあと、ため息をついた。「当時も今も、彼はわかっていると思うわ。慎重な人だから、口にはしないけれど」

ジャイルズはめまいがした。理解したと思っていたことが、ふたたび覆されたのだ。だが今度はもう、この泥沼からなんとかして這いあがろうとは思わない。

「侯爵は自分より身分の低い男が跡継ぎの父親になることは許せなかったと言っていたね。だとすると、ぼくの父親は公爵か王族ということになる」

母親がたじろいだ様子から真実がうかがい知れたが、結局は黙っているので、ふたりのあいだに秘密が亡霊のように漂った。

「本当に知りたいの？　知れば、あなたの気持ちが変わる？」

そうだと言いさえすれば、この不安定な状態を終わりにできる。たったひとことで真実を手にできるのだ。だがその場合でも、ジャイルズが公に実の父親の息子だと認められることはない。法的にも世間的にも、永遠に侯爵の息子なのだ。

キャサリンを思い浮かべた。彼女と歩んでいく未来を想像する。自分には手に入れる権利がないと信じていた未来を。本当の父親の名前を——身分を——知れば、妻に差し出せるものができるのだろうか。実の父親を知れば、今度こそ紳士になれるのだろうか。

突然、答えがひらめいた。そんなことはない。自分の価値を証明するのに、どんな血が流れているのかを知る必要はない。どう振る舞うかが重要なのだ。どう行動するかで、自分のなりたい人間になれるかどうかが決まる。

「いや、もういい」

母親が明らかにほっとした様子で、息を吐いた。ジャイルズは彼女に神経を集中させた。

「ブラックウッドを愛しているんだね。彼をウォレンと呼んでいた」

「ええ」母親の目に見る見るうちに涙がたまる。「そうよ、愛しているの。そうでなかったら、あなたを失う危険を冒すなんて絶対にしなかったわ」

ジャイルズはうなずき、母親の手を握った。「ミセス・ブラックウッド、ぼくたちは最初からやり直したらどうかな」

母親が唇をきつく結んで、涙をこらえている。「あなたはいつかわたしのもとに戻ってくるって、ウォレンはいつも言っていたの」そう言って、ジャイルズの両頬にキスをした。彼は母親と額を合わせた。「さて、あなたの奥さまをどうやって取り戻せばいいかしらね」

「ぼくは変わったんだと、キャサリンに証明したい。彼女を愛していて、二度と傷つけるつもりはないと。でも、どうすればそれができるのかわからないんだ」

「愛というのは、奇跡を成し遂げるためにあるの」母親はジャイルズの顔をはさんで、優しく揺すった。「絶対に希望をなくしてはだめよ」

15

仕立て屋での〝偶然とは言えない〟出会いから始まった友情は、あっという間に深まった。彼女たち以外、誰も楽しんでいる様子のない舞台を見ながら笑いが止まらなくなったことから始まり、ドレッシングルームであれこれ相談しあったり——これは好みや価値観が似ている者同士が集まるとたちまち白熱する——舞踏会に行ったり、アイスクリームを食べたり、ハンプトン・コートの迷路をさまよって長い長い午後を過ごしたりしているうちに、キャサリンはロンドンの誰もがすでに知りながら誰ひとり口にはしようとしない秘密を、この新しくできた友人たちに打ち明けた。ブロムトン侯爵と彼の新妻はもう何日も口をきいていないという秘密を。

とはいっても、ジャイルズが抱えている個人的な事情を明かしたわけではない。ただ自分が賭けの賞品となり、その事実を伏せられたまま求婚され、急な事態の展開にあたふたしているうちにいつの間にか恋に落ちていたということを説明したにすぎなかった。

「ブロムトン卿のほうも、あなたを愛していると言ったの？」カテリーナが尋ねた。

「ええ」

フィリッパが舌打ちした。「じゃあ、なぜ彼は姿をくらましたのかしら」

「わからないわ」キャサリンはそう返したが、それは真実とは言えなかった。自分は彼女にふさわしくないと、ジャイルズは言った。妻を救うために彼女を解放しなくてはならない、とも。でもそんな理屈はまったく意味が通らない。「ジャイルズと最後に過ごした午後のことをいつも思い返しているの。わたしの言動次第で、夫を引き止められたんじゃないかって」

そのときのことを細かく思い浮かべる。ゆっくりと手袋を外されたときから、ジャイルズが熱に浮かされたように絶頂を迎え、扉が閉まってかちりと鍵がかけられたところまで。その中から、ひとつの場面がくっきりと浮かびあがった。夫が肩越しに振り返って、苦悩に満ちた視線を向けてきた姿が。戸枠を握る彼の手には関節が白くなるくらい力が入り、絶望に満ちた目はキャサリンに懇願していた。

あれほどの罪悪感をどうしたら鎮められるのか、どうしても思いつかない。

それができるのはジャイルズ自身だけだ。戦って自らを変え、勝利をおさめることができるのは。

じれったげに爪先を床に打ちつけていたクラリッサが、急に動きを止めた。「わたしたち、キャサリンに的外れな質問をしていたんだわ」

「じゃあ、どんな質問をすべきだったというの?」カテリーナが訊く。

クラリッサがキャサリンに直接問いかけた。「キャサリン、あなたはブロムトン卿に戻ってきてほしい？」

〝ええ〟彼女の心がすぐに返す。嘘偽りのない正直な気持ちを。もしジャイルズが戻ってきたら――ひざまずいて懇願してくれたら最高だ――ふたりで分かちあった魔法のような感情を取り戻せるように、あらゆる努力をする。

「こんなふうに、社交界に戻ってこられるとは思っていなかったの。あなたたちのおかげで、想像もできなかったほど順調に今の生活を送れている」キャサリンはゆっくりと返した。

「でも、ちっとも幸せそうじゃないわ」フィリッパが意見を述べた。

「ええ。でも、うれしくないわけじゃないのよ。ただ……できれば……」キャサリンは何度も唾をのんだ。

クラリッサが表情をやわらげる。「ブロムトン卿がいなければ、社交界に戻れても意味がないと言いたいのね」

キャサリンはうなずいた。

カテリーナが視線をそらす。その目は不自然に明るい。

「あなたはもう答えがわかっていると思うわ。愛よ」愛するがゆえの心の弱さはどうしようもできないとばかりに、クラリッサは肩をすくめた。

フィリッパが顔をしかめる。「わたしたちはまだ、ブロムトン卿に焼きもちを焼かせることもできないでいるのよ。わたしの双子の片割れが忠実な番犬としてあなたに張りついているからだけれど」

番犬になったファリングの姿を思い浮かべて、カテリーナがくすくす笑った。

「焼きもちを焼かせるのがいいのかどうか、よくわからないわ」キャサリンは言った。

「そうね。わたしたちが仲よくなったところを世間に見せびらかせば、きっと反応があると思っていたんだけれど――」

「クラリッサ！」キャサリンは声をあげた。

クラリッサが後ろめたそうに見つめてくる。「あなたがどんな状態かわたしたちが気づいていないと、本当に思っていたの？」

キャサリンはしぶしぶ首を横に振った。

「侯爵はプライドの高さゆえに自分の首を絞めるようなまねをしかねないってことは、わたしが誰よりもよく知っているわ」

「今夜わたしが開く夜会に、ブランメルが来る予定なの。どうにかしてブロムトン卿にそのことを知らせられたら……」フィリッパが考え込んだ。

クラリッサがぱちんと指を鳴らした。「ブロムトン卿はスキャンダルが大嫌いだもの。彼にブランメルのことを知らせる方法さえ見つけられたら、あなたのそばに駆けつけるわよ。妻が何かしでかさないか、心配なだけだとしても」

キャサリンは首を横に振った。「わたしのことを考えてくれるのはうれしいわ。でもこんなふうにあれこれ画策するのはいやなの。そもそもそういうたくらみのせいで、こんなことになっているわけだし」ため息をつく。「ジャイルズがここにいてくれたらと思うわ。でも気持ちに反することを無理やりにはさせられない。夫が夫でなくなってしまうもの」

「じゃあ、本当の彼ってどんなふうなの？　高慢ちきなろくでなし？」フィリッパが言う。

「頑固な間抜けよ」今度はカテリーナ。

いや、ジャイルズは罪の意識が強すぎて妻のもとに戻れないだけだ。

「わかった。あれこれ画策するのはなし。でも準備をしておいて悪いことはないわ。今夜ダンスをするとき、最高に魅力的に見えるようにしましょう。仕立て屋から届いたばかりのあの緑のドレスを着ていったら？」

「あとはとにかく、番犬役のわたしの兄をどうにかしなくちゃ」


四人はかわるがわるファリングとカドリールを踊って、彼をへとへとに疲れさせた。賭けはカテリーナの勝ち――キャサリンとクラリッサは彼が二曲で音をあげると賭け、フィリッパは少しおまけして三曲に賭けていたのだ。カテリーナは彼をバルコニーへと連れ出しながら、クラリッサとキャサリンに片目をつぶってみせた。

「あのふたり、怪しいわ」クラリッサが言った。

「彼女はレインと――」

クラリッサは肩をすくめた。「そんなことをはっきり訊くわけにはいかないもの。そうでしょう？」

キャサリンとフィリッパがにやりとする。

「どちらにしても、カテリーナは自分で自分の面倒を見られるわ。どう？　彼はいる？」クラリッサが誰のことを言っているのかは明らかだ。四人で話しているとき、〝彼〟という声の調子だけでブロムトン侯爵を指しているとわかる。あざけりといらだちがまじった声なのだ。ただしキャサリンだけは、せつなく焦がれる気持ちも加わってしまうが。とにかく彼が来たら目で見なくても絶対に肌で感じると思いつつ、キャサリンは念のため舞踏室に素早く目を走らせた。

やはり今日も、ジャイルズは来ていない。

キャサリンは扇を広げ、ゆるゆると動かして口もとを隠しながら、クラリッサに顔を寄せた。

「あなたの計画にはひとつ欠点があったわ」ひそひそと言った。

「欠点ですって？　どんな欠点よ」クラリッサが鼻息を荒くする。

「わたし、ダンスをしたい気分じゃなくなってしまったのだけれど」

「あら、そういう欠点ね。でも、まだわからないわよ。夜は長いもの」クラリッサはほっとしたように返し、扇をぱたぱたと頬に打ちつけた。「自分が間違っていることを彼がまだ悟っていないのが、ほんと不思議。男って、がっかりするくらい鈍感なのよね」キャサリンにちらりと目を向ける。「たとえば、あなたの弟さん」

キャサリンは肩をすくめた。「そうね、もちろんパーシーは鈍感よ」

クラリッサがうれしそうににっこり笑う。「パーシーですって？」

キャサリンはクラリッサを見た。「正確にはパーシヴァル・ウィリアム・ヘンリーっていうの」

「彼はパーシーと呼ばれるのが好きなの？」

「もちろんいやがっているわ」

クラリッサがうれしそうに息を弾ませたあとキャサリンをちらりと見て、急いでいつもの落ち着いた様子に戻った。「マーカム卿が戻ってくるのが楽しみだわ」そう言って勢いよく扇を開き、ささやき声でつけ加える。「ハートよね、彼は」

キャサリンは新しくできた友人の表情を見つめた。クラリッサがマーカムとどういった種類の友情をはぐくんでいるのかについては訊かず、黙ってドレスの後ろに伸びている長い裾を直す。仕立て屋でこのドレスを見たときの印象は正しかった。あまりの素晴らしさに、会場がざわめいたほどだ。

「わたし、ばかみたいに見えるわ」キャサリンはささやいた。

「逆よ。あなたにきびしい視線を向けた年配女性はひとりじゃなかったもの」

「レディ・メリウェザーしか気づかなかった。あの人の息子さんを――昔知っていたから」

キャサリンはひるんだ。

クラリッサが鼻を鳴らす。「あなたがカートライト卿と婚約していたことなら、よく知っているわ。夜会に来ている人たちは、みんなそう。その全員が、メリウェザー卿夫妻がどちらも感じのいい人間ではないことにも気づいている。あなたを責める人は誰もいないわ」

「ブランメル以外はね」

クラリッサが顔をしかめた。「ブランメルはいわゆる〝気のきいた言葉〟をしょっちゅう垂れ流しているのよ。今ではもう誰も、彼の言ったことなんかいちいち覚えていないわ。それに彼は、これまで数えきれないほど決闘を申し込まれている。受けたのは一度だけだけれど」

「それで、その結果は？」キャサリンは尋ねた。

「相手の男が現れなかったの」クラリッサは扇をぱたぱたと動かした。「とにかく、年配の女性たちがにらんでいるのは、あなたがすてきだからよ。あの人たちはうらやましさに歯嚙みしているの」

キャサリンは片眉をあげた。今の自分をうらやむ人間がいるなんて、考えられない――夫に打ち捨てられている新妻という立場を。

クラリッサがキャサリンの背後を見て、扇をぱちんと閉じた。「噂をすれば……」

「ブロムトン侯爵が来たの？」キャサリンは尋ねた。

「いいえ、ブランメルよ」クラリッサが返した。「ゆっくり振り返って。顎をあげてね」

キャサリンはブランメルとの再会に備え、一〇通り以上もの反応を練習していた。冷淡な賞賛から礼儀正しくも尊大な表情まで。けれども結局、実際の衝撃を弱めることはできなかった。

当然ブランメルは昔より老けていたが、かえって魅力は増している。はっきり言って、息をのむほどすてきだった。近侍がクラヴァットを仕上げるあいだ、どうやって動かないでいられるのだろう。そのクラヴァットは恐ろしいくらい複雑に結ばれている。

　フィリッパがブランメルにキャサリンのことを話しているらしく、こちらに頭を傾けている。彼がキャサリンのほうにゆっくりと視線を向けたあと、向き直って心臓の上に指先を当てて何か言った。フィリッパが声をたてて笑う。ブランメルはフィリッパの手に唇をつけると向きを変え、明らかにキャサリンを目指して歩き出した。

「いったいどうすればいいの？」キャサリンはささやいた。

「好きなように振る舞えばいいわ。ただし自信を持ってね」クラリッサが助言する。

　ブランメルを無視すれば、周りにキャサリンの過去を思い出させるだけだ。でも手を差し出せば、過去の行為を許したことになるのではないだろうか。

「ブロムトン侯爵夫人はいったいどうするおつもり？」クラリッサが尋ねた。

　キャサリンの耳にジャイルズの声が聞こえた。すぐそばに立っているように、はっきりと。

〝近侍の息子はいつか報いを受ける〟

　彼女はふつうに礼儀正しく振る舞うことに決め、ブランメルの出方を見守るために脇によけて場所を空けた。そもそも、彼女が気になるのはひとりの男性の意見だけだ。たとえ彼がクラリッサの言うように、がっかりするほど鈍感だとしても。

「レディ・クラリッサ」ブランメルが挨拶をする。

「ミスター・ブランメル」クラリッサが返した。「レディ・ブロムトン、紹介するわ。こちらはミスター・ブランメル」

キャサリンは手を差し出した。「以前、お会いしていると思いますけれど」

「ああ、そうですね」ブランメルがかすかに笑みを浮かべる。「長いあいだお顔を拝見できなくて残念でした。このシーズン中はもっとお会いできるといいのですが」

「ありがとうございます。きっとそうなると思いますわ」キャサリンは返した。

「それはよかった」突然静まり返った舞踏室に、ブランメルの声が響いた。彼が横を向いて片眼鏡を持ちあげる。「なんと、これは面白いことになってきましたな」

「彼よ」クラリッサが周りの注意を引かないように静かな声でささやいた。

キャサリンの意識から、目の前にいる洒落た服装の伊達男が一瞬で消えた。周りにいる誰のことも目に入らない。ただひとり、彼女の夫以外は。その夫が舞踏室を突っきって、ゆったりとこちらへ向かってくる。その足取りは、長いあいだ彼を押さえつけていた重しから解放されたように軽やかだ。すぐ後ろには女性がひとりいて、さらにその後ろには、キャサリンが今まで見たことのない変わった人々の集団が続いている。

腕を伸ばせば届く距離で、ジャイルズが立ち止まった。部屋の中には妻しかいないとばかりに、縁の赤い目を細めて見つめている。

彼の服装は、はっきり言ってひどいありさまだった。髪もくしゃくしゃで、顎には何日分もの無精髭が伸びている。

衝撃的なほど乱れた姿は、キャサリンの心に愛しさを呼び起こした。

「きみは前に、ぼくが一番大切に思っているものは何かと尋ねた」ジャイルズが言った。キャサリンの心臓がどきりと跳ねる。「あなたは〝名誉〟だと言ったわ」

「もう一度訊いてほしい」

キャサリンは夫の目を見つめた。するとこれまで彼女を怒らせ絶望させてきた尊大な貴族という殻が、戦いを重ねてぼろぼろになった鎧のように剝がれ落ちているのがわかった。その下に顔をのぞかせているのは少年だ。何百人もの人間の生活を支えるという重荷を背負わされ、愛情を与えられず、義務を果たすためだけに育てられた子ども。勇敢だが途方に暮れているひとりぼっちの子どもが、愛を求めて手を伸ばしている。

〝ああ、ジャイルズ〟キャサリンは唇を湿らせた。「ブロムトン卿、あなたは何を一番大切にしているのかしら？」

「勇気を大切に思っている。ユーモアと善意も」彼がごくりと唾をのみ、喉仏が上下する。

「そして優しさも」

視界がぼやけ、キャサリンはまばたきをして涙を押さえた。

「どうしてか訊いてくれ」ジャイルズがうながす。

「どうして？」

「きみがこれらを体現した女性だから、ぼくも大切に思うようになった。ぼくもそういう人間になりたいと、きみが思わせてくれた」夫が彼女の手を取った。

クラリッサがため息をつく。

キャサリンは首を横に振った。「わたしもずっとそうだったわけじゃないわ。神を信じて敬虔に過ごすことが、人間として完璧な生活だと信じていたこともあったもの――」

「そんな生活はぞっとする」ブランメルのつぶやきに、忍び笑いが広がる。

「きみは今、何を信じている？」ジャイルズが訊いた。

「完璧なんてものが存在するのは神話の中だけよ」

「いや、そんなことはない。ぼくにとってきみは完璧だ」

「こんなやりとりを聞くのは初めてだわ」レディ・メリウェザーが部屋じゅうに聞こえる声を出した。

「意外じゃないな。スキャンダルは新たなスキャンダルを生むものだ」メリウェザー卿が返した。

「口には気をつけてください、メリウェザー卿。妻を侮辱されたら、ぼくは相応の行動を取らなければならなくなる」ジャイルズが警告した。

「わたしはただ――」

ジャイルズは険しい表情を向けた。

メリウェザー卿があとずさりした。「侮辱するつもりはなかったんだ、レディ・ブロムトン」

「そんなふうには受け取っていませんわ」彼女は返し、ジャイルズに視線を戻した。「あなたはスキャンダルの種になりつつあるわよ」

「違うな」彼は否定し、床に膝をついた。「ぼくがスキャンダルの種を提供するのは、まだこれからだ」

クラリッサに続いて、女性たちが次々にため息をつく。

「これから、一番重要な質問をするよ」

キャサリンは顔がほころびそうになるのを、唇を噛んでこらえた。「わたしたちはもう結婚しているのよ」

「わかっている。ぼくが訊きたいのは、きみがぼくとビリヤードをしてくれるかだ」ジャイルズが真剣な表情で言いきった。

キャサリンは一瞬まじまじと彼を見て、それから笑い出した。「もちろんよ。あなたとビリヤードをするわ」おかしくてしゃっくりが出る。

「ぼくだけと？」

彼女は夫の前に膝をついた。「ええ、あなただけと」

ジャイルズの目尻にしわが寄る。

「あなたは運命と戦って勝つだけの強さを持っている人だと思っていたわ」

彼が唇を重ね、そのあとキャサリンの首の後ろに手を回して引き寄せた。ブロムトン侯爵は自分のトーリー党員の友人たちの前で、スキャンダルの種を提供した。

「一〇分だ！　きみたちふたりに一〇分だけやろう」ファリングが叫んだ。

「ファリング卿。確認したいのだけれど、ブロムトン卿はキャサリンの旦那さまよね？」カテリーナが訊いた。

「やれやれ、ほっとしたよ。ぼくはもうへとへとだ」ファリングが返す。

キャサリンは目を開けてささやいた。「ジャイルズ、この人たちは誰?」

ジャイルズはにやりとした。まるで少年のような笑みだ。「きみがあれほど会いたがっていたデミモンドの代表ってところかな」

「まさか」キャサリンは噴き出した。

メリウェザー卿と彼の妻が足音も荒く出ていく。

ファリングが舌打ちした。「どうやらきみは、ホイッグ党のテーブルに座らなくてはならなくなりそうだぞ」

「これからは、自分の好きなように行動するつもりだ」ジャイルズはキャサリンに手を貸して、一緒に立ちあがった。「レディ・ブロムトン、母のミセス・ブラックウッドを紹介するよ」

キャサリンは夫とその母親をかわるがわる見たあと、手を差し出した。「お会いできてどれほどうれしいか、きっとおわかりにならないと思います」

母親の目にうっすらと涙が浮かんだ。「わたしこそお礼を言いたいわ。息子を返してくださって、どうもありがとう」

キャサリンとジャイルズは笑いながら、もつれあうように彼の馬車に乗り込んだ。

「どうだったかな。ぎこちないし、誠意がまだ足りなかった？」ジャイルズは妻にキスをしながら尋ねた。

「最高だったわ」キャサリンもキスを返す。

「きみを新たなスキャンダルに引きずり込んでしまったが、いやじゃないかい？」

「あなたがああいう派手な行動を取ると前もって知っていたら、やめてと言ったと思うわ」彼女は取り澄ました顔で言ったあと、うれしそうに笑った。「だけどこれでもう、結婚から見放された女の話をする人はいなくなるわね」

「そのドレスは想像していたとおりの素晴らしさだ。うっとりするくらいきれいだよ」彼は欲望を抑えきれずにうめいた。

「きれいだった、よ。スカーフがめちゃくちゃになってしまったもの」キャサリンはため息をついた。

「いいかい、直せないものはないんだ」

「本当に美しいドレス。あなたの好みは非の打ちどころがないわ」

「もちろんさ」ジャイルズは以前の尊大さをちらりとのぞかせ、すぐに表情をやわらげた。キャサリンの顔にかかっている髪をどけて、そっとキスをする。「ぼくはきみを崇拝しているんだよ」

「本当に？」

彼はゆっくりうなずいた。「ああ、本当だ。前は愛なんて信じていなかったのに」

「今はどう？」

「今は信じている」ジャイルズは彼女の頬に指先を滑らせた。「どうか許してほしい。ぼくはプライドばかり高い最低の男だった」

キャサリンの目に涙が込みあげた。「あなたが出ていったときは本当につらかった」

「ごめんよ。でもあのときは、きみをあれ以上傷つけたくない一心だったんだ」

夫はどう説明すれば彼女の心を溶かすことができるかわかっている。「なぜ気が変わったの？」

「きみなしでは、もう一瞬だって耐えられなくなった。だからきみが許してくれるかどうか、すがりに行ったんだよ」

キャサリンは彼と目を合わせ、心の内を探った。「わたしがどう反応するか、自信がなかったのね」

「耳を引っぱたかれても当然だった。きみがもう一度チャンスを与えてくれる心の広い女性でよかった」ジャイルズが彼女を抱き寄せる。

「さて、こうしてわたしを取り戻したわけだけれど、これからどうするつもり？」キャサリンは彼の顎の下に頭を入れて、身を寄せた。

ジャイルズは彼女の首筋を撫でながら返した。「あの靴下だけを残して、あとは着ているものをすべて脱がせる。ベッドの上でね。それから疲れ果ててふたりで眠りに落ちるまで、少なくとも三回はきみをぼくのものにするつもりだ」

「侯爵は、なんでも望みどおりのものを手に入れるべきだと思うわ」

満足そうにため息をついているキャサリンに、ジャイルズは言った。「侯爵が手に入れて当然のものなんて何もない。ぼくは本当に運がよかったんだ」

エピローグ

キャサリンは椅子の背に体を預けて、太陽の光を顔に浴びた。ここノーサンバーランドでは、こうやって午後を戸外で過ごせることはめったにない。ジャイルズはまれな機会を満喫できるように、予定を変えてくれたのだ。彼はいつもそうしてくれる。ジュリアとマーカムが椅子を、クラリッサが夫とファリングが中庭にテーブルを運んだ。


テーブルクロスとグラスとレモネードを。

子どもの頃のどんなに大胆な空想でも、キャサリンは城の女主人になるなんて考えたこともなかった。落ちた評判を取り戻そうと懸命に生きていた頃に、いつか夫に人前で愛撫されると知ったらぞっとしていただろう。ポケットをつけるためのスカートの隙間から手を入れられ、靴下に包まれた脚に触れられながら、周囲にばれないように必死で上品な表情を保つことになると知ったら。


キャサリンは椅子の上で体をずらし、夫がさらに深く手を入れられるようにした。

執事が運んできた今朝届いた手紙を、ジャイルズはファリングに渡した。

「ファリング、手紙の仕分けをしてくれないか。重要なものだけ声に出して読んでほしい」

ファリングは何かに耐えるようにため息をつくと、一通目を開いた。「ダーリントン卿が最近提出した法案について、きみの取っている立場を再考するように頼んできている」顔をあげる。「驚いたな」そう言いながらも、驚いている様子はまったくない。

「無理もない。かつては誰よりも党に忠実だったブロムトンが、まったく予想のつかない男になってしまったんだから」マーカムが口をはさんだ。

「予想がつかないなんてことはまったくないわよ。ジャイルズは党に対する忠誠より良心を優先しているというだけ。わたしは彼を誇りに思うわ」キャサリンが反論する。

ジャイルズが感謝の笑みを向けながら腿の外側をくすぐったので、キャサリンは咳をして笑いをごまかした。

「基準がブロムトンの良心では、ダーリントン卿は前みたいには安心できないんだろう」マーカムがキャサリンに言う。

「ブロムトンを以前の理想的トーリー党員に戻そうとしても無駄だと、ダーリントン卿にははっきり言ったんだ」ファリングが手紙を振り広げた。「ブロムトンがどういう人間かは変えられないし、彼は自分が正しいと信じることをするからって」

キャサリンは夫を見つめた。今の彼は、つねに自分の心に従って行動している。

心を癒す道のりは、母親のフォリーへあがっていく道と似ていなくもない。曲がりくねっていたり険しかったりでこぼこしていたりする場所もあるけれど、勇気をもって慎重に進んでいけば、その先には素晴らしい景色が待っている。

「ダーリントン卿には、もっといい法案を持って訪ねてくるように伝えてくれ」ジャイルズが返した。「そうしたら、もう一度検討する。自分の意見に迷いはないから、妥協はしない」

キャサリンは夫を見つめた。こんなふうに尊大なほど自信を持って振る舞うジャイルズ――いかにも彼らしい彼――に見とれてしまわなくなる日が、いつか来るのだろうか。

夫は愛情深く、責任感があって、優しい。そして、意外にも謙虚だ。

何より、今でも靴下とガーターだけをつけているキャサリンを見ると、バターのようにとろけてしまう。彼女はそんなジャイルズの姿を思い浮かべ、ひそかにみだらな笑みを浮かべた。

ただしそのガーターは、夫がこのままリボンのように結んであるレースをいじるのをやめないと、床に落ちてしまう。

「ダーリントン卿は喜んで来るんじゃないかしら」クラリッサが爪を調べながら言う。「去年のあのブロムトン卿の派手な行動を見せつけられたあとでは、誰も彼の奥方からの誘いを断れないでしょうからね――わくわくするようなものを見逃がしてしまうのが怖くて」

「やめてくれ！」マーカムが体を傾け、妹の耳を両手でふさぐ。「ジュリアは社交界でなんとかこれまでのところうまくやっているんだ。変な考えを吹き込まれたら困る」

「なんとかこれまでのところうまくやっている？」ファリングが笑った。「ジュリアとホレイシアは最高級のダイヤモンドだと賞賛されたんだ。スキャンダルの気配なんて、まるでない」

「いつまでも猫をかぶっていられるもんか」マーカムがぶつぶつ言う。

「わたしは最高級のダイヤモンドとたたえられたのよ。言っておくけれど、計画どおりなんだから」ジュリアは兄の手を耳からどけ、ジャイルズのほうを向いた。「ね、わかったでしょう？　必要に迫られれば、ちゃんと振る舞えるって言ったのは本当だって」

「たしかにそう言っていたな」ジャイルズは喉の奥で笑った。

クラリッサが上目遣いにマーカムを見た。「マーカム卿、策略好きのスタンレー家のあなたに訊きたいんだけれど、レディ・コンスタンスへの求愛はうまくいっているのかしら」

マーカムが赤くなる。「求愛なんかしていない」

クラリッサは眉をあげた。「周到な計画がうまく実を結ばなかったのね」

「求愛？　それはすてき。助言が欲しい？」キャサリンは弟を見てにっこり笑った。

マーカムが警戒するような表情を浮かべる。

「いやだ、どうしたの？」キャサリンは意味がわからないふりをした。「わたしはただ、ジャイルズが前に結婚は人をいい方向に変えると言っていたって教えてあげようと思っただけよ」

クラリッサが鼻を鳴らした。「わたしをいい方向に変えるための別の方法を、山ほど思いつくわ」

「それは男にとっては幸いだ」マーカムが言う。

クラリッサは彼を見もしなかった。「もちろん、わたしにとってもね」

ファリングが顎をこする。「結婚は人をいい方向に変えるのか?」

ジャイルズがうなずいた。「少なくとも、ぼくの場合は」

「本当にそうね」キャサリンは笑いながら同意した。

ジャイルズが咳払いをする。「手紙には、ほかに何が書いてある?」

「ええと、どこまで読んだっけ。ああここだ。どうやらロンドンじゅうの人間が好奇心でうずうずしているらしい。噂を聞いた人間がいるそうだ。やつが——」

ファリングは言葉を切って顔をしかめ、紙を裏返してふたたび顔をしかめた。

「誰なの?」ジュリアが訊く。「誰のことで、みんなうずうずしているの?」

ファリングがクラリッサを見る。

「わたしは先週手紙を受け取ったわ」クラリッサがため息をついた。「あなたたちにも伝えておいたほうがよさそうね。兄が秋頃に戻ってくる予定なの」

ジャイルズが息を吸った。「そろそろだと思っていた」

「そうだな」ファリングも同意する。

マーカムとクラリッサは意味ありげな視線を交わした。

「ジュリア、ちょっと散歩しない?」クラリッサが誘った。

唇を噛んでいたジュリアが口を開く。「ええ、行きたいわ」

ファリングはジャイルズをちらりと見て立ちあがった。「ぼくは——ええと——書きあげなくちゃならない手紙があるんだ。姉妹たちへの手紙さ」そう言って肩をすくめた。

一同が去っていくのを、キャサリンは戸惑いながら見送った。「あなたはみんなを怖がらせてしまったみたいよ」

「ぼくが？　ぼくは何もしていない」

「ジャイルズ」キャサリンはまじめな声を出した。「レインが戻ってきたら、どんなふうに感じる？」

「ほっとするかな。きみは？」

キャサリンはジュリアを目で追った。「いつまでも腹を立てている理由は、わたしにはないわ。ジュリアはもう誘惑される心配はないし。それにクラリッサは、お兄さまが戻ってきたほうがよく眠れるんじゃないかしら。ねえ、本当にほっとするだけ？　彼に会いに行くつもりはあるの？」夫を横目でちらりと見る。

「それはレイン次第だ。彼にその気があるなら、ぼくはかつての関係を少しでも取り戻せるように、努力するつもりだ」

キャサリンは夫の頰に手を当てた。「あなたは本当に変わったわ」

ジャイルズが彼女の手のひらに唇をつける。「きみはどうなのかな？　結婚でいい方向に変わった？」

「たぶんね」キャサリンは軽い調子で答えた。「もしかしたら、ようやくレディらしく振舞うことを覚えたかも」

ジャイルズがうめく。「そうじゃないことを祈るよ」

「きちんと振る舞わないほうがいいというの？」

「もちろんじゃないか」

「ジャイルズ。今日は何色の靴下をはいているのかって、わたしに訊いて」キャサリンは目をしばたたいて彼を誘惑した。

ジャイルズが立ちあがりながら早口で尋ねる。「今日の靴下は何色？」

キャサリンは秘密を共有するように笑みを浮かべた。「赤よ」

ジャイルズが黙って彼女を椅子からすくいあげると、屋敷に向かって歩き出した。

「あなたはこうでなくちゃね、わたしの乱暴者さん」

「はねっかえりのぼくのキャサリン」

「ねえ、パーシーは正しかったわ」キャサリンはジャイルズのたくましい肩に頭を預けた。

「わたしは侯爵夫人でいるのが合っているみたい。とくにあなたの侯爵夫人でいるのが」

訳者あとがき

日本では初めてのご紹介となるウェンディ・ラカプラ。『英国一結婚から遠い令嬢』は一度仕上げてコンテストに出品、最終審査に残ったものをその後二度も大きく書き直したというエピソードから、作者の思い入れの強さがうかがえる作品です。

幼い頃から跡継ぎとして父親に厳しく育てられたブロムトン侯爵は、父親の実の子ではないとある日突然、母親から知らされました。自分の血に誇りを抱いていた彼は大きな衝撃を受け、正当な血を引く者が侯爵領を受け継ぐべきだと思いつめます。そして一族の血を母系で継いでいる遠縁のマーカム伯爵に近づき、カード勝負でわざと負けて全財産を譲り渡そうとしました。ところがマーカムは財産を受け取ろうとせず、代わりにオールドミスの姉キャサリンと結婚するようにブロムトンに迫ったのです。ただし姉にはそうした事情を秘密にしてほしいと言われ、ブロムトンは彼女への求婚を開始するのですが……。

侯爵となるべく生まれた自分に誇りを持って生きてきたブロムトンは、〝イートン校の鑑〟とか〝トーリー党の誇り〟と周りから評される紳士の中の紳士とも言うべき男性でした。ところが正当な血を引いていないと知った途端にいわばアイデンティティクライシスに見舞われ、自分の存在意義を見失ってしまいます。DNA鑑定といった科学的な証明手段があるわけでもないのですから知らん顔をしてやり過ごせばいいようなものですが、誇り高くまじめな性格の彼にとってはとうてい許せることではなかったのでしょう。ところで父親に似てとにかく尊大な性格だと何度も示唆されたブロムトンですが、自分を見失うほどの衝撃を受けたあとだからか、作中ではそういう部分はあまりうかがえません。それよりも、幼い頃から母親に甘えることを禁じられきびしくしつけられたことからくる愛情への飢えのほうが印象的で、自分は誰からも愛されない人間なんだと思い込んでいる場面が何度も出てきます。

一方ヒロインは、完全なオールドミス。過去に二度も婚約したのに結婚できなかったことから、社交界にいられなくなって一族の田舎の領地に引きこもって暮らしています。本来は感情が豊かで欲望に素直などちらかと言えば奔放な彼女ですが、一途に愛していた最初の婚約者から〝誘惑者〟として避けられた経験が、自分には淑女らしい慎みが欠けているという心の傷になっています。

本書を〝ヒーローとヒロインの勝負〟という視点で見てみると、結末は〝ヒロインの完全勝利〟という感じでしょうか。ヒーローであるブロムトンもヒロインであるキャサリンもともに気が強いタイプですが、物語の中でふたりは逆の経過をたどって自分を取り戻していきます。オールドミスとして本来の自分を押し殺し禁欲的な生活を送っていたヒロインは、大胆に誘惑してくるヒーローに心を解放されます。逆に恐れ知らずで尊大だったヒーローは本当はずっと愛を求めていたのだということを悟り、断絶していた母親との関係を修復してヒロインの元に戻ります。強さを取り戻したヒロインに対して、愛する心という柔らかい部分を自分の中に発見したヒーロー。トラウマから解き放たれて伸び伸びと振る舞えるようになった彼女が、このあと包容力のある彼を〝尻に敷く〟さまが目に浮かぶようです。著者のウエンディ・ラカプラのデビューシリーズは、社交界のルールに従わないレディを描いた三部作。著者は気が強くて元気な女性が好みなのでしょう。

本書はカードの四つのマークにちなんだあだ名を持つ四人の男性をヒーローにしたシリーズの一作目。原書では今年の五月に二作目が刊行されており、一一月には三作目が出る予定です。二作目は〝ハート〟であるマーカム卿とブロムトンのかつての婚約者クラリッサ、三作目は〝ダイヤ〟であるレイン卿とキャサリンの妹ジュリアの組みあわせ。本書のヒロインに負けない元気なヒロインたちに、どんな展開が待っているか楽しみです。

二〇一九年九月

ライムブックス

えいこくいちけつこん　とお　れいじょう
英国一結婚から遠い令嬢

著　者　　ウェンディ・ラカプラ
おがわくみこ
訳　者　　緒川久美子

2019年10月20日　初版第一刷発行

発行人　　成瀬雅人
発行所　　株式会社原書房
〒160-0022東京都新宿区新宿1-25-13
電話・代表03-3354-0685　http://www.harashobo.co.jp
振替・00150-6-151594
カバーデザイン　　松山はるみ
印刷所　　図書印刷株式会社

落丁・乱丁本はお取替えいたします。
定価は、カバーに表示してあります。
 ISBN978-4-562-06528-8　Printed in Japan